아무도,
아무도 없이

김다경 소설집

아무도,
아무도 없이

차
례

영어 학당

커피를 내린 뒤 마당을 내려다보니 낯선 노인이 화단
가에 서 있다. 대문을 닫고 빗장까지 걸었는데, 누굴까?
쪽문의 빗장은 밖에서도 누구든 풀고 들어올 수는 있
었다. 그러나 빗장까지 풀고 들어왔다면 뭔가 용무가 있
을 것이다. 내가 밖으로 나가자 노인이 쑥스러운 표정으
로 다가왔다. 노인은 연두색 상의에 파란색 등산복을 입
고 있었다. 옷차림이 주름진 얼굴과는 어울리지 않게 상
쾌하다.

"선상님, 마을에 사는 박가라고 한디요. 아그들이 배
우는 영어를 좀 배워볼까 해서 왔는디요."

노인은 단숨에 말했다. 왜 영어를 배우려고 하지? 의

아하게 생각하고 있을 때,

"말끈이가 배우니께 지도 한번 배워볼라요. 열심히 할텐께 나도 잔 갈쳐주시오."

영어보다는 건강을 위해 운동을 하시는 것이 더 좋을 것 같다고 말하자,

"왜 나는 안 갈쳐 줄라고 하요?"

박 노인의 얼굴이 약간 붉어졌다. 김말끈 노인이 영어 공부를 시작했지만 며칠 지나면 못 배우겠다고 하겠지, 그러면 그때 끝내리라 마음먹고 있었다. 그런데 김 노인이 소문을 낸 모양인지 박 노인까지 오고 보니 이젠 어쩔 수 없이 영어수업을 하게 되겠구나, 생각하니 난감하지 않을 수 없다. 금년엔 대학 강의까지 줄이고 그동안 구상 중이었던 장편소설을 쓰고 있었다. 이런 내 계획을 알 리 없는 박 노인은 떼를 쓰고 있다.

"왜 영어를 배우려고 하십니까?"

"영어니께요. 그것을 배우고 싶단 말입니다."

이미 김 노인에게 영어를 가르치고 있으니 못하겠다고 할 수도 없는 노릇이었다.

내가 김 노인에게 영어를 가르치기 시작한 것은 일주

일 전쯤의 일이었다. 김 노인도 박 노인처럼 마당으로 들어와서는 막무가내 영어를 가르쳐 달라고 떼를 썼다. 손자들과 대화를 하고 싶다고 했다. 내가 영어선생이 아니니 생각해 보고 말씀드리겠다고 하자,

"대학에서 학생들을 갈치는 박사 선생님이라고 들었는디, 영어를 모르것소? 빼지 말고 잔 갈쳐 주시오."

아버지 또래의 어르신이 허리를 굽실거리며 매달리는 데는 도리가 없었다. 김 노인에게 일주일에 두 번, 화요일과 금요일 수업을 하기로 하고 알파벳을 가르치고 있던 참이었다. 김 노인은 두 번째 수업 날, 벌써 알파벳을 다 외우고 쓸 정도였다. 물론 필순이 틀리기도 했지만 영어에 대한 열정은 놀라울 정도였다. 그동안 배우고 싶었던 공부라 그럴 수도 있겠다 싶었다. 수업이 끝났을 때 김 노인은 '또 만납시다'라는 말을 영어로 물었다. 내가 'See you again'이라고 가르쳐 주자, 그는 '씨 우 어갠', '씨우어갠', 수없이 외우고 나서는 한글로 적어갔다.

이틀 뒤, 박 노인은 예정된 시간보다 삼십여 분 일찍 도착했다. 내가 방문을 열어주자마자 성큼 안으로 들어

와 꾸벅 인사를 한다. 방이라야 두 개뿐인데 안방과 주방이 딸린 방이 전부였다. 주방이 딸린 방에서 공부를 해야 할 형편이었다.

잠시 뒤, 인기척을 하며 김 노인이 안으로 들어오다가 박 노인을 보고 화들짝 놀랐다.

"성님, 여그는 뭔일이요?"

김 노인이 한쪽 발을 안으로 들인 채 박 노인에게 물었다.

"너만 공부하먼 쓰것냐?"

뜻밖에도 박 노인의 목소리가 냉랭하다.

"내 말은 어뜨게 알았냐는 것이지라우."

"너는 암도 몰게 혼자만 배우고 싶었능갑다잉."

박 노인의 말속에 뭔지 모를 가시가 숨어있다.

"그럼, 공부를 시작해 볼까요?"

나는 어르신들의 대화를 끊었다.

*

　시내에 있는 집에서 저녁식사를 마치고 늦은 시간에 집필실로 들어오는 길이었다. 시내의 집에서 집필실까지는 이십육 킬로미터의 거리였다. 사차선 도로에서 우회전 한 다음 들길로 한참을 들어가면 들판 한 가운데 마을이 있었다. 마을에는 버스가 들어오지 않아 마을 사람들은 칠백여 미터 거리에 있는 정류장까지 걸어가야 했다.

　운전을 하며 마을로 들어가고 있는데 앞에서 두 노인이 걸어가고 있었다. 헤드라이트 불빛이 닿자 그들은 한쪽으로 비켜서며 계속해서 앞을 향해 걸었다. 나는 늘 하던 대로 어르신들 앞에 차를 세웠다. 유리창을 내리며, 타십시오, 라고 말하자, 앞장 서 걷던 할아버지가 걸음을 멈추지 않고 오른손을 들어 그냥 가라고 손짓을 보냈다. 뒤에 서 있던 왜소해 보이는 할머니와 일순간 눈이 마주쳤다. 눈동자가 서글서글해 보였다. 할아버지는 나를 돌아보지도 않고 시종 앞을 향해 걸어가면서 가라고 계속 손짓을 보냈다. 나는 액셀러레이터를 밟았다. 잠시 후 백미러를 바라보니 노인들은 어둠속에서 점점 희미해지고 있었다. 내가 이 마을에 집필실을 마련한 것은 팔년 전이었다. 그럼에도 나는 사십여 호 남짓 된다는 이곳 주민들과는 거의 내왕이 없었다. 내가 마을 주민들과 소통하는 유일한 시간은 시내를 오가는 길에 마을에서 버스 정류장까지 걸어서 오가는 어르신들을 태워드리는 일이 전부였다. 오가는 길에 만난 어르신들은 차에 오르면, 아이고, 미안하요, 하고 말하면서 몸 둘 바를 몰라했다. 그런 다음, 뉘 집에 왔다가요? 라고 꼭꼭 물었다. 안마을에 삽니다, 라고 말하면 안마을 어디? 하고 다시 물었다. 마을 회관을 지나 하얀 집 건너편에 있는 하늘색 대문 집입니다, 라고 말하면, 나주 댁에서 살 그만, 하고 말했다. 이제는 누가 물으면, 나주 댁이 살던 집에서 삽니다, 하고 말한다. 마을에서 아는 분이라면 이장님과 옆집에 사는 사람들이 전부였다. 산책길에 마을 주민들을 만나면 나는 누구든지 허리 굽혀 인사를 한다. 주민들을 알아보고 인사를 하는 것이 아니라 마을에서 만난 분들이라 모두 이 마을 사람들이거니, 생각하면서 한 행동이었다. 그러니 시내에서 마을 분들을 만나면 모른 채 지나칠 것이 뻔했다.

한번은 할머니 한 분이 짐을 들고 걸어가고 있었다. 차를 세웠더니 할머니는 봇짐을 먼저 올린 뒤 내 옆자리에 앉았다. 어디 가십니까? 묻던 중에 할머니가 양손에 신발을 들고 있는 것이 보였다. 할머니 신발 신으십시오, 하고 말하자,

"아이고, 어쩐다냐. 급해서 나도 몰게 신발을 벗어부렀네이."

할머니는 어쩔 줄 몰라 하며 고무신을 신었다.

"이런, 이런이라니……"

할머니는 민망했던지 혼잣말을 했다. 본인의 행동이 어이없게 느껴졌는지 헛웃음을 웃으며,

"노망했다고 숭보것네이."

라고 말했다. 급하면 누구나 그럴 수 있습니다. 저도 우산이나 손수건은 꺼내기만 하면 잃어버립니다. 위로의 말을 몇 마디 하다 보니 버스 정류장에 도착했다. 할머니는 차에서 내리면서 미안하요, 라고 말했다. 마을 어르신들은 고맙단 말 보다는 미안하요, 라고 말한다. 그 말은 민폐를 끼쳐서 미안하단 말인가 보다 생각했다. 그

러나 나는 어르신들의 미안하단 말속에 고맙단 말 이상
의 진심을 느꼈다. 이런 인연이 나의 영어 수업과도 무관
치 않았을 것이다.

*

오늘은 다섯 분이 수업에 참석했다. 어제저녁, 세 어
르신이 한꺼번에 찾아와 영어공부를 하고 싶다고 했다.
그중에는 이장 부친도 있었다. 이왕 시작한 일이고, 다
섯 명이라도 수업에 지장을 줄 정도는 아니어서 함께 가
르치기로 마음먹었다. 며칠 전에는 간이 칠판과 녹음기
까지 마련했던 터라 영어발음 때문에 신경을 쓰지 않아
도 되었다. 그러나 오늘은 다섯 분이 들어와 있으니 방
안이 꽉 찼다.

수업 두 시간 전부터 이장 부친이 마당에 들어와 서성
거렸다. 흰 머리칼을 짧게 파마한 이장부친의 머리는 흰
색 양털 모자를 쓴 듯이 보였다. 공부를 하기 위해 차례
로 방으로 들어오던 어르신들이 먼저 와 있던 어르신들

을 보고 서로 놀란 표정을 지었다.

"태봉이까지 와부렀네이."

이장 부친을 보고 김 노인이 소리쳤다.

"성님도 왔소?"

"워매, 건들이도 왔능가?"

건들이는 키가 크고 마른 김 노인의 별명인가 보다. 서로 서로 얼굴을 바라보며 놀라는 눈치다. 그중 박 노인의 표정은 노골적으로 불편해 보인다. 동네 어르신들이라 서로 소문을 내어 공부하러 왔거니 생각했더니, 어르신들의 표정은 반가움보다는 웬일인지 떨떠름해 보인다.

"오늘 새로 오신 분들이 계시니 알파벳부터 다시 시작하겠습니다. 지루하시더라도 복습을 한다 생각하십시오."

"선생님, 두종이는 아무래도 영어는 못 배울것인디요."

이르듯이 말하는 박 노인의 말투가 새로 온 육두종 노인을 사뭇 얕보는 투다.

"영어를 배우지 못할 사람은 없습니다."

"아니 그것이 아니고요, 두종이는 한글도 몰라라우."

"아니여, 재작년에 복지관에 다님서 나도 한글 배웠어야."

육 노인이 얼굴을 붉히며 말한다.

"괜찮습니다. 어린 아기 때 엄마 엄마, 소리를 듣고, 엄마 엄마 따라 부르다가 글자를 배웠잖습니까, 영어도 이와 마찬가집니다. 많이 듣고 따라 하다보면 말을 하게 되고, 나중에는 글자를 배워서 읽고 쓰게 됩니다. …… 녹음기에서 흘러나오는 소리를 잘 듣고 따라합시다."

내 말에 박 노인이 자신의 노트 앞에 올려 두었던 스마트폰을 자랑스럽게 들어 올리더니 녹음을 시작한다. 박노인은 면에서 잠시 공무원 생활을 했다한다. 그는 인터넷도 할 줄 안다고 자랑했다. 나를 만나자마자 굿모닝이라고 인사한 유일한 노인이었다.

어르신들은 이제 귀를 쫑긋거리며 알파벳을 소리 내어 따라 읽는다. 그 모습이 순진한 초등학생들 같다. 이마의 굵은 주름과 입가의 빗살 같은 잔주름마저도 정겹다.

불현듯, 처음 영어교과서를 접했던 초등학교 육 학년 겨울 방학 때가 생각난다. 영어 교과서를 펼치자 알파벳이 나타났다. '1'과에는 'you'라는 글자가 쓰여 있었다. 겨우 알파벳을 뗀 내가,

"와이, 오, 유(you), 뭔 말이에요?"

나는 아버지께 물었다.

"유, 라고 읽는다. 당신, 너, 이런 말이다."

아빠는 교과서 글자에 손을 짚었다. 아빠의 손끝이 노르스름했는데, 담배냄새가 짙게 풍겼다. 그 아버지는 이십여 년 전에 암으로 세상을 떠났다. 내가 배운 첫 영어단어였다. 이제 이 어르신들도 다른 세상을 여는 첫 언어가 될 것이다.

에이(A), 벌써 삼 주째 알파벳 필순을 지도하고 발음기호를 가르친다. 필순도 발음도 모두 시원치 않다. 그러나 어르신들의 눈빛은 열정으로 가득하다. 고유명사도 잊어버리기 쉬운 육칠십 대의 연세에 영어공부를 하겠다고 하는 이유가 혹시 치매에 공부가 좋단 얘기를 듣고서 너도 나도 배우러 온 것은 아닐까, 하는 생각이 들었다. 어르신들은 녹음기의 소리에 집중한다. 단 한 마디도 놓치지 않으려는 모습이 안타까울 정도다. 알파벳을 시작한 지 얼마 되지 않는 이장 부친은 글씨를 쓰는 손길이 떨린다. 마치 그림을 그려놓은 모습이라 웃음이 솟는다.

*

    나는 가끔 동네를 산책한다. 어둠이 서서히 밀려오는 시간, 빛이 사라져가는 시간에 골목길을 걷는다. 자신의 의지와 상관없이 고유의 색깔을 잃어버리는 대지의 쓸쓸한 모습은 육체가 시들어가는 모습과도 닮았다. 나는 그 쓸쓸함을 주우러 마을길과 들길을 서성이곤 했다.

    마을회관 앞을 지날 무렵, 대형 버스 한 대가 숨 가쁘게 들어오더니 마을 사람들을 풀어놓고 떠난다.

    "선생님, 어디 가시요?"

    뒤를 돌아보니 버스에서 내린 김 노인이 나를 바라보며 반가운 목소리로 물었다. 김 노인은 일을 갔다가 돌아오는 길이라고 했다. 이른 아침이나 저녁 무렵이면 마을에 대형 버스가 나타나곤 했는데, 이는 일당 일꾼들을 인근 마을이나 시내의 일터까지 실어다 주고, 저녁이면 다시 데려다 주는 버스라는 것을 이미 알고 있었다. 그러나 김 노인이 일당으로 일할 만큼 건강해 보이지 않았기 때문에 나는 그를 유심히 바라봤다. 구부정한 어깨 위에 낡은 배낭을 메고 있는 김 노인의 모습은 지쳐 보

였지만 목소리는 의외로 밝았다. 김 노인 외에도 네댓 분
의 마을 사람들이 내렸는데 대부분 할머니들로 보였다.

*

"선생님, 낼부터 울둘목 축제를 하는디, 금요일 하루
는 쉬어주면 안 되것습니까?"

이장 부친이 열띤 얼굴로 물었다.

그럼 축제 기간에는 쉬겠습니다, 나로선 반가운 일이
었다.

"그라고요. 선생님."

어렵사리 말을 꺼내놓고 한참을 망설인다. 양털 머리
칼 아래로 이마 위의 주름살이 냇물을 그린다.

"다른 거이……"

이장 부친이 말을 하다말고 뒤를 돌아봤다. 김 노인
이 눈을 꿈적한다.

"다른 거이 아니라, 영어로 사랑합니다, 그른 말도 갈
쳐주면 안 되것습니까?"

방 안에는 한바탕 웃음꽃이 터졌다.

"그른 것도 모르냐?"

박 노인이 헤헤 웃는다.

"뭔디?"

"노래도 모르냐? 아일 러분뉴, 유러분 미, 노래도 있드냐."

"선생님 말은 믿어도 니 말은 못믿은께, 선생님 잔 갈쳐주씨요."

이제는 부끄러움이 없이 목소리가 당당해진다. 나는 칠판에 'I love you'를 판서한 뒤 따라 읽게 했다. 합창을 하는 어르신들의 얼굴에 갑자기 화색이 돌고 흐릿했던 눈빛에 생기가 뿜어져 나왔다. 가장 어리다는 예순네 살의 육두종 노인에서부터 일흔두 살인 박 노인까지 모두 십 대로 보인다. 불현 듯, 방 안에는 소년들만 모여 있는 것 같다. 나는 사랑한다는 말을 젤 먼저 가르쳐 드릴 걸, 하고 생각했다.

수업이 끝나고 모두가 집으로 돌아간 뒤 김 노인이 다시 방으로 들어섰다. 잃으신 물건이라도 있으십니까? 내 물음이 채 끝나기도 전에 김 노인은 주춤주춤 다가서

더니 몹시도 거북해 하면서 노트를 펼쳐서 보여주었다.

　─나은 해보하니다─

　"이 말을 영어 말로 좀 써주십시오."

　나는 이 말이 무슨 말인가? 생각했다.

　"나는 행복합니다, 인가요?"

　김 노인이 얼굴을 붉히며 고개를 끄덕인다. 내가 영어로 쓰고 발음까지 한글로 써 준 뒤 소리 내어 읽어주자, 김 노인은 좋아라 집을 나갔다.

　저녁 무렵 산책을 나갔다가 골목길에서 이장을 만났다. 그는 항상 그렇듯 고개를 깊이 숙여 인사를 했다. 나는 지나치려 했지만 그는 멈춰 서서 뭔가 망설이더니 용기를 낸 듯 입을 열었다.

　"선생님, 저희 아버님은 사정이 좀 있어서 그러는데, 공부를 안했음 합니다."

　"좋아서 하시는 공부를 왜 그러십니까?"

　"그게…… 실은 딸기 농사를 해서 번 돈을 울둘목 축제에 갔다가 다 써부러서요."

　성실하다고 소문난 이장은 가을걷이가 끝나면 비닐하우스에서 딸기 농사를 하느라 겨울에도 쉴 틈이 없었다.

어두운 저녁에도 트랙터로 논을 갈고 있는 그를 본 적이 있을 정도로 부지런했다. 오늘 유심히 그의 얼굴을 바라보니 젊은 그의 모습은 온데간데없고 그의 아버지 보다 더 늙어 보였다.

"이번 울둘목 축제에 놀러가서 필리핀 아주머니하고 삼십만 원이나 써부렀는디, 겨울부터 쓴 돈이 자그마치 백만 원이 넘어요. 아이들 학원비를 내려고 농협에 갔다가 알았습니다."

"필리핀 아주머니요? 그런 사람이 있어요?"

"우리 마을에 필리핀에서 시집와서 사는 새댁이 있어요. 한 오 년 쯤 됐을 것이요, 샛별이하고 은별이라고 남매를 낳았는데, 이 년 전에는 필리핀에서 외할머니가 와서 살더니, 작년 겨울에는 샛별이 이모까지 와서 삽니다."

이장은 난감한 표정을 감추지 않았다. 그동안 뭔가 이상하다고 느끼긴 했지만 미처 생각지 못했던 일이었다. 그토록 갈급했던 영어공부가…… 동네 어르신들이 필리핀 여성과 사랑에…… 생각이 여기에 미치자 나도 모르게 실소를 금치 못했다. 매 수업마다 눈을 비비며 내 말에 귀를 기울이던 어르신들의 모습이 떠올랐다.

다음날 나는 외출을 하기 위해 서둘러 마당을 나오고 있었다. 그때 이장 부친이 실실 웃으며 나타났다. 영어 공부를 못하게 한다는 말을 하러왔을까? 생각을 하고 있을 때, 그는 용기를 낸 듯 호주머니에서 종이 한 장을 꺼냈다.

　　"이것이 뭔 말인지 모르것어서 갖고 왔는디요."

　　"지금은 약속이 있어서 가야 합니다. 제 방에 놓고 가십시오."

　　저녁에 돌아와서는 원고를 쓰고 다음날은 강의를 하기 위해 아침 일찍 집필실을 비웠다. 오후에 돌아오니 이장 부친이 마당에서 나를 기다리고 있었다. 나는 그제야 편지 생각이 났다.

　　"죄송합니다. 제가 바빠서 아직 읽어보질 못했습니다. 낼은 우리 수업 날이니 수업 끝나고 말씀드리겠습니다."

　　이장 부친은 민망한 듯 뒷목을 극적이며 마당을 나갔다. 그날 밤도 나는 이장 부친이 놓고 간 종이를 읽어보지 못했다. 마감 원고 때문에 신경을 쓸 여유가 없었다.

　　눈을 뜨자마자, 밖에서 말소리가 들려왔다. 어르신들이 마당에 들어와 있는 모양이었다. 수업 시간까지는 한 시간 남짓 기다려야 했다. 그런데도 어르신들이 들어와 있는 모양이었다. 아침에야 잠든 탓에 몹시 고단했다.

방문을 열자, 김 노인이 제일 먼저 얼굴을 내밀었다.

"선상님, 이것을 암도 몰게 잔 읽어주시오."

김 노인이 다급하게 내민 편지는 뜻밖에도 영어로 쓴 편지였다. 모르는 단어가 군데군데 눈에 띄었다.

"저도 모르는 말이 있으니 사전을 찾아봐야 합니다. 그러니 낼 알려드리겠습니다."

수업이 끝나고 모두가 돌아간 뒤 나는 사전과 편지를 들고 자리에 앉았다.

사랑하는 김막끈 씨, 선물 고마워요. 옷이 너무너무 맘에 듭니다. 비싼 옷이니 아껴 입을 생각입니다. …… 임신이 되었습니다. 임신이 아니기를 간절히 기도하면서 병원까지 갔습니다. 임신이 확실했습니다. 자스민.

예순여섯 살이라는 김 노인은 이 년 전에 상처를 하고 혼자 산다고 했다. 과연 임신이 가능할까? 김 노인은 건들이라는 별명처럼 키가 크고 마른편인데, 탈모로

인해 일흔이 넘은 박 노인보다 더 늙어 보였다. 나는 그제야 이장 부친의 편지가 생각났다. 하교할 무렵, 이장 부친이 미소 지으며 몇 번씩 나를 바라보았을 때도 나는 잊고 있었다.

사랑하는 윤태봉 씨, 당신은 언제나 제게 힘이 됩니다. 보약은 잘 먹고 있습니다…… 난 임신이 되고 말았답니다. 임신 중에 그 약을 먹어야 할지 모르겠습니다. 자스민.

나는 잘못 봤나, 생각하며 편지지를 나란히 펼쳐놓았다. 한 장은 김막끈, 다른 한 장은 윤태봉, 보낸 이는 같은 필적의 자스민이라는 여자였다. 키다리 김 노인과 양 털머리칼 이장 부친의 얼굴이 차례로 지나갔다. 두 사람을 동시에 사랑한다고 하고, 임신을 했다고 얘기하고 있다. 이런 여자라면, 다음엔 중절 수술을 하겠다고 할 것이고, 뻔한 스토리가 눈앞에 전개되었다. 돈이 목적이 아니고서야 이런 편질 보내지는 않겠지. 그런데 여자는 아이를 낳아 기르겠다는 말도 중절 수술을 하겠다는 말도 없다. 단지 임신 소식을 전한 것뿐. 두 사람에게 그것도 동시에 임신 소식을 전한 건 왜일까? 동시에 두 노인과? 과연 두 노인이 임신을 시킨 것은 사실일까?

이틀 뒤 수업 시간이 되자, 이번에도 김 노인이 제일 먼저 나타났다. 나는 어떻게 하면 좋을지 고민 중에 있었다. 여자는 돈을 바라고 한 행동이 분명해보이고, 임신소식을 알려주면…… 어르신들은 어떤 방법으로 든 중절 수술비를 벌어야 할 형편에 놓일 것이고……

그때 이장 부친이 실실 웃으며 들어왔다.

"건들이는 먼 일로 이렇게 일찍 왔냐?"

이장 부친이 김 노인에게 경계심을 보이며 물었다. 그런 뒤 나를 향해 꾸벅 인사를 한다. 궁금한 마음을 감추고 서로를 탐색하듯 바라보는 어르신들의 표정에 나는 나오는 웃음을 깨물었다. 그러나 편지 내용을 생각하니 난감하기만 했다. 오늘따라 수업 시간은 금방 지나갔다. 수업이 끝났을 때도 나는 두 어르신에게 어떤 말을 전해야 할지 판단이 서지 않았다. 간밤에는 사실대로 알려야 한다고 생각했지만, 어르신들을 마주 대하고 보니 검버섯이 오른 마른 얼굴에 안타까움 마저 느꼈다. 더욱이 여자의 편지가 석연치 않아 자꾸만 망설여졌다.

이장 부친과 단둘이 마주했을 때 나는 임신 사실을 감추고 보약을 잘 먹고 있단 말만 사실대로 알려드렸다. 그러자 그는 또 무슨 말을 썼던가요? 하고 자꾸 물었다. 그가 돌아간 뒤 김 노인이 밖에서 망을 보고 있었던 듯 금방 들어왔다. 나는 그에게도 임신 사실을 감추고 옷 얘기만을 전했다. 두 어르신의 얼굴은 행복으로 가득했지만 나는 좀 심란했다.

*

멀리서 개 짖는 소리가 조그맣게 들려오더니 점점 가까워진다. 이제는 옆집 개까지 합세하여 극열하게 짖어댄다. 귀가 따갑다. 그 소리는 한참동안 마당을 점령했다. 초저녁이면 골목길을 오가는 사람들 때문에 개들이 짖었지만 어둠이 깊어지면 적막함이 마을을 삼키곤 했다. 개 짖는 소리는 집필실 마당에서 멈췄다. 나도 모르게 긴장한 채 손을 멈췄다.

창문에 검은 그림자가 스치는가 싶더니 사라졌다. 몇

차례 그림자가 지나쳤지만 나는 하던 일을 마치고 자리에서 일어났다. 그때, 무슨 소리를 들은 것 같았다. 잘못 들었나? 생각하면서도 한참동안 귀를 기울였다.

"선상님 지시오?"

익숙한 음성임을 알았으면서도 잠시 망설이고 있었다. 밤에 나를 찾아온 사람은 처음이라 놀랍기만 했다. 방문을 빠끔 열었더니 생각대로 김 노인이 구부정한 자세로 서 있다.

"선상님, 지가 영어 말을 못해서 그란다요."

"죄송합니다. 낼 오셔서 말씀해 주십시오."

미안하다며 머리를 조아리는 김 노인을 나는 단호한 음성으로 말한 뒤 방문을 닫았다. 미안한 마음도 없지 않았지만, 그러지 않으면 시도 때도 없이 드나들 것만 같았다.

다음 날, 아침 일찍 김 노인이 찾아와 종이 한 장을 주고 갔다. 영어로 적어달라는 부탁이었다.

나은 자스미을 마나서 해본하니다.

사랑하는 자스미을 해본하게 해 주고 시쏘. 김말끈.

비록 맞춤법은 엉망이었지만 소리 내어 읽어보니 무슨 말인지 내용은 알 수 있었다. 애정 어린 김 노인의 표현이 놀라울 따름이었다.

수업 날이 되자 김 노인은 내 눈치만을 살폈다. 나는 시종 모른 채 수업을 진행했다. 수업이 끝난 뒤, 나는 김 노인에게 영어 편지를 건넸다. 긴장한 그의 얼굴에 금세 미소가 출렁거렸다.

김 노인이 방을 나가자, 방 안에서 어물거리던 박 노인이 부스럭거리며 종이 한 장을 내밀었다. 영어로 적어 달라는 것은 편지가 분명했다. 순간, 이러다 러브레터를 대필하는 사람이 되겠구나 싶었다. 영어수업이 어느 샌가 변질되고 있다는 생각이 들면서 기분이 구리구리해졌다. 문득, 영어수업을 중단해야 할지도 모른단 생각이 들었다.

저녁에 원고를 쓰려고 책상에 앉아 있자니, 내가 왜 임신 사실을 감추는 황당한 일을 저지르고 말았을까? 생각을 거듭하다 보니 이번에는 사건을 해결해줘야 할 것 같단 생각이 들었다. 자스민이라는 여자를 만나 임신 사실을 확인하고, 만일 임신이 사실이라면 누구의 아이인지, 키울 것인지 중절수술을 할 것인지 물어야 하는 것이 아닐까? …… 내가 지금 무슨 생각을 하고 있는 것일까? 이런 일이 가당키나 한 일인가?

도무지 일이 손에 잡히지 않았다. 우선 그 여자를 만나 보는 것이 좋을 것 같기도 했다. 그러나 어르신들의 사생활에 내가 나서는 것이 과연 옳은 일일까? 그것이 아니라면 편지 내용을 사실대로 알렸어야 했다. 아무 것도 모르고 행복해 하는 어르신들을 보니 머리가 뒤숭숭해졌다. 아내가 있는 이장부친에게는 임신 사실을 알리지 말고 홀아비인 김 노인에게만 말해줄까? 자스민이라는 여자가 중절 수술비를 벌려는 수작일거야. 그러지 않고서야 두 어르신에게 동시에 알릴 수는 없어. 그렇다면 다른 어르신들과는 어떤 관계일까?

내일은 수업이 끝나면 자스민이라는 여잘 만나봐야겠다고 생각했다. 그러나 노인들의 은밀한 사생활에 끼어든다는 게 유쾌하지가 않았다.

화요일 오후, 어르신들은 여전히 깨끗한 옷차림으로 들어와 자리에 앉았다.

"태봉이가 뭔 일로 결석이라냐?"

김 노인이 뒤를 돌아보며 물었다. 수업시간이 다 되었음에도 이장 부친이 나타나지 않는다.

"쌤, 한 번만 결석하면 퇴학 시키시오."

박 노인의 갑작스런 호칭에 나는 웃음이 나오려는 것을 간신히 참았다. 순간 머릿속에서는 이장이 못나가게 했구나, 하는 생각이 번쩍 들었다.

나는 수업을 시작했다. 뜻밖에도 어르신들이 수업에 집중을 못했다.

"쌤, 지가 이장 집에 한번 갔다 올라요."

박 노인은 말을 마치기가 무섭게 대답도 듣지 않고 방을 나갔다. 잠시 후, 그가 돌아왔다.

"집에 가봤드니 아무도 없습디다."

"그저껜가 자전거 타고 면에 가는 것을 봤는디."

김 노인이 불쑥 말한다. 박 노인이 갑자기 방문을 열어 밖을 내다봤다. 수업 중에 어르신들이 안절부절못하는 모습은 처음이었다.

"뭔 일인지 자네는 안 가?"

박 노인이 김 노인에게 물었다.

"선상님! 지가 갈만한 데를 한번 찾아 볼라요."

김 노인의 말에 다른 노인들도,

"나도 한번 가볼라네."

"나도 찾아봐야제."

어르신들이 모두 방을 빠져나갔다.

나는 방을 정리한 뒤 잠시 운동을 나갔다 돌아왔다. 그때 이장이 나를 찾아왔다.

"우리 아부님, 여그 안 오셨지라우? 그제 시제 가셨는디, 당숙 집에서 하룻밤 주무시고 오시것다고 했는디, 어젯밤에도 돌아오시지 않아서 연락을 해보니 시제에도 안 오셨다고 하네요."

이장은 걱정이 되는지 풀이 죽어 있었다.

"아부님께 전화를 해도 충전이 다됐는지 먹통이 되불고."

이장이 바쁜 걸음으로 집을 나갔다.

이장 부친이 자스민의 임신 사실을 알고 걱정이 되어 집으로 돌아오지 못하는 것은 아닐까? 그러나 나는 이내 고갤 흔들었다. 두 노인의 태아가 아니고 제 삼의 인물일 수도 있지 않을까? 온갖 상상이 춤을 춘다.

다음 날 오후,

"쌤! 쌤!"

박 노인이 숨 가쁜 목소리로 나를 부르며 마당으로 들어섰다.

"태봉이가 논을 팔아서 샛별이 이모하고 도망쳤대요."

"이장 부친이요?"

나는 깜짝 놀랐다. 사흘 전, 홀아비 김 노인이 종이 한 장을 가져와서는 이 그림이 무슨 뜻인지 모르겠다고 했다. 종이에는 서툰 그림이지만 달걀 모양 속에 태아가 그려져 있었다. 나는 그제야 김 노인에게 임신 사실을 알려주었다. 김 노인은 그림을 바라보며 짐작은 했으나 나이가 많아서 혹시나 했다며 그 역시 놀라는 기색이 역력했다. 김 노인은 아무 말도 하지 않고 한참을 서 있었다. 이장 부친에게는 임신 사실을 알려주지도 않았지만, 그가 더 이상 그림이나 편지를 가지고 찾아오지도 않았다. 한편으로 생각하면 홀아비인 김 노인이 자스민이라는 여자와 함께 살기를 바라는 마음도 없지 않았다. 그런데 김 노인의 반응은 반가워하는 것 같지 않았다. 그 일이 마음에 걸렸던 때에 이장 부친의 돌발 행동에 놀라지 않을 수 없었다. 자스민이라는 여자가 이장 부친에게

도 태아 그림을 보여주었고, 그는 임신 사실을 알고 그녀
와 떠날 생각을 했을까?

나는 책상 앞에 앉았지만 글을 쓸 수가 없었다. 밖에
서 누군가 부른다. 이번에는 김 노인이 숨을 몰아쉬며
들어섰다.

"선상님, 태봉이가 자스민을 빼돌렸어라우. 내 새끼를
임신했는디, 개 같은 넘이."

*

이장 부친과 자스민이 가출한지도 닷새째가 되었지만
그들의 행방은 알 수가 없는 모양이었다. 이장은 행방불
명 신고를 했다고 했다. 그들이 도망했다는 소문이 점점
확실해지는 가운데, 어르신들은 수시로 집필실을 드나
들며 소문을 물어 날랐다. 축제 때도 육두종 노인이 자
스민 곁에 앉자 이장 부친이 그들 사이로 끼어들어 분위
기가 험악해졌다고 했다. 또, 박 노인이 자스민에게 술
한잔을 권하자, 이장부친이 박 노인의 술잔을 빼앗아 대

신 마셨다는 둥……

이장도 자스민이 사는 샛별이네 집에서도 그들을 찾으려 한다는 소식만 들려왔다. 한번은 인근 마을 장에서 그들을 본 적이 있다는 소문도 나돌았지만 어디까지나 헛소문뿐이었다.

세미나 관계로 엿새 만에 집필실로 돌아오자, 마당 한쪽이 희끗하다. 누군가 두 팔을 활짝 벌리고 잔디밭에 누워있다. 김 노인이었다. 그에게서 술 냄새가 물씬 풍겼다.

"어르신, 일어나십시오."

흔들어 깨우자, 한참 만에 눈을 뜬 김 노인은 힘없는 음성으로 나를 향해 돌아누우며 선상님, 하고 부른다. 부쩍 야윈 얼굴로 나를 올려다보는 모습이 엄마를 바라보는 어린 아이 같다.

"태봉이 넘을 잡아야 할 것인디, 부해가 나서 가만히 앉아 있을 수가 없어라우. 생각하먼 원통해서 못살것어라우."

김 노인은 자리에서 일어나더니 가슴을 치며 말한다.

"선상님, 누가 내속을 알것소, 선상님이나 알제."

그는 방으로 따라 들어와 벽에 등을 기대고 앉았다.

"생각하면 할수록 원통해라우, 필리핀으로 갔을까라우. 그렇게 되믄, 내가 아부진지도 모르고 살것인디……"

그는 혼잣말을 계속했다. 한참을 함께 앉아 있었지만 얘기가 끝날 것 같지 않다. 그는 얘기를 계속하다가 잠시 끊었다 다시 반복하고 있다. 나는 자리에서 일어나 혼자만의 방으로 들어왔다. 독서를 시작했지만 귓속으로는 김 노인의 얘기가 계속 흘러들었다. 얼마 뒤, 나는 방을 나와 눈을 감고 있는 김 노인을 깨웠다.

"어르신, 이제 집으로 가셔서 쉬십시오. 제가 모셔다 드리겠습니다."

아침에 눈을 떴을 때 긴장감마저 들었다. 원고는 더 이상 나가지 못한 상태였다. 집필실을 옮겨야 할 것 같단 생각을 줄곧 하고 있었지만 실행에는 옮기지 못하고 있었다. 정오가 조금 지나 책 서너 권과 노트북을 가방에 넣고 있을 때였다. 뜻밖에도 박 노인과 육 노인이 집으로 들어왔다.

"공부하러 왔그만요."

사건이 터지고 나서 수업은 자동적으로 종료된 거나 마찬가지였다. 이장부친과 자스민의 행방불명은 위아래

동네는 물론 면단위를 술렁거리게 한 사건이었다. 이 일에 나까지 연루되어 마을 주민들로부터 눈총까지 받고 있었다. 내가 일을 핑계로 영어 수업을 계속할 수 없음을 간곡히 말씀 드리자, 두 어르신은 몹시 아쉬운 얼굴로 돌아섰다. 마침 집으로 들어오던 김 노인이 나가는 그들과 마당에서 마주쳤던 모양이었다.

"선상님은 박가가 공부하러 온 속셈을 모르시지라우. 저 둘이 샛별이 외할머니를 좋아해라우."

나도 뭔가 의심의 눈길로 바라보고 있던 참이었다.

"선상님, 자스민을 한번이라도 봤시우?"

"못 봤습니다."

"선상님도 너무 하시오. 얼매나 구여운지, 한국말은 밥, 묵어, 화장실, 샛별, 은별, 좋아밖에 못해요. 그려서 내가 안녕하시오? 하고 갈쳐주먼 아농하스요, 하고, 맛있소, 하면 마시요, 하고 말해라우. 그렇게 구여운 자스민을 못 봤다니……"

김 노인은 자스민을 만나지 못한 내가 크게 실망스러운 모양이었다. 그는 잠시 잠잠히 앉아있더니,

"선상님, 증말로 못봤시우?"

김 노인은 문득 생각난 듯이 나를 바라보며 다시 묻는다. 나는 고개를 끄덕였다.

"지난 겨울에 자스민이 눈이 내리는 것을 보고는 얼매나 좋아한지 꼭 강아지같등만이라우. 알고 보니 필리핀이라는 나라는 눈이 안 온다 안 하요."

나는 그냥 듣고 있고 김 노인은 얘기를 계속했다.

"인자는 선상님을 안 봐야것다 생각했제만 나도 몰게 와부러요. 왜냐, 선상님은 내 속을 알고 있능게요."

주름진 눈가에서 진물 같은 물기가 얼룩지고 있었다.

*

이장 부친과 자스민이 마을에서 사라진지도 한 달 남짓이 지났다. 가끔 소식을 물어 나르던 어르신들의 발길도 요즘은 뜸해졌다. 김 노인만 날마다 찾아와 하소연을 늘어놓았다.

장맛비가 한창이던 무렵, 나는 집필실을 비워두고 지리산 자락으로 들어와 글을 쓰고 있었다. 불쑥 박 노인으로부터 전화가 왔다.

"쌤, 이장이 태봉이를 데려왔다요."

다급한 박 노인의 음성이 단숨에 쏟아진다.

"이장 부친이 돌아오셨다구요? 여자 분은요?"

"여자는 도망가고, 태봉이가 여자를 찾으러 다니다가 돈도 없고 하니께 조카한테 돈을 꿔달라고 갔등갑디다. 조카가 이장한테 연락해 갖고 데려왔는디, 거지꼴로 돌아 왔당게요."

"무사히 돌아오셔서 다행입니다."

나도 모르게 안도의 한숨을 내쉬었다.

그해 겨울

"씨피알*, 씨피알, 구백십이 호."

실내방송을 통해 여자 아나운서의 다급한 음성이 밤을 깨운다.

*

소나무 사이로 듬성듬성 서 있는 나목들이 고드름이 되었는지 날카로운 바람에도 입이 열리지 않는다. 진눈

---

* 씨피알(CPR: cardiopulmonary resuscitation): 심폐소생술

개비가 숲속을 유랑하듯이 헤매다가 곤두박질친다. 창
문 밖은 산으로 둘러싸여 있지만 병실 안은 창문이 굳게
닫혀 있어 건조하고 답답하다.

"젊은 여자가 들어왔음 좋겠다."

나는 창밖의 풍경을 바라보다가 나도 모르게 혼잣말
을 했다.

"젊은 여자는 너무 불쌍하잖아."

옆자리의 형이 내 말을 언제 들었는지 대꾸한다.

"착하기도 하셔라."

나는 까닭 없이 심술이 난다.

"어젯밤 퇴원했는데 벌써부터 손님 타령이냐? 공기도
틉틉하고, 그 자리는 비워뒀음 좋겠다."

"주제 파악 좀 하시지, 우린 기껏 침대일 뿐이야."

병실은 난방이 시작되면서 피, 오줌, 가래 등의 냄새
가 더욱 심해졌다. 그럼에도 환자들은 그 냄새조차 맡지
못했고, 보호자들은 한 이틀 지나면 냄새에 익숙해졌다.

저런 나쁜 년, 모처럼 얌전하게 티브이를 보고 있던
조 여사가 드라마에 나오는 여자를 향해 욕설을 퍼붓는
다. 그 옆에 앉아 있던 간병인은 장난감처럼 생긴 기구

를 만지작거리며 묵묵히 앉아 있다. 폐활량을 늘이는 운동을 시작하려는 모양이다. 두 시간마다 폐활량 운동을 해야 함에도 조 여사는 못하겠다며 어리광을 피웠다. 간밤에는 열이 심하게 나는 바람에 간병인은 거의 뜬눈으로 보냈다. 간병인은 아까부터 뭔가 망설이는 눈치다. 폐활량 운동을 시작해야 할지, 아니면 드라마에 집중하고 있는 조 여사를 방해하지 않고 기다리고 있을지 고민하고 있는지도 모른다. 창가 침대에는 어제 수술을 마치고 돌아온 위암 수술 환자와 가족들이 있고, 그 옆의 침대에도 아직은 움직임이 자유롭지 못한 환자들이 숨을 몰아쉬며 누워있다.

"아줌니!"

한 자리 건너편에 누워있던 시골 할머니가 간병인을 바라보며 그르렁거리는 음성으로 부른다. 또, 며느리를 찾아달란 얘길 것이다. 우리들의 호프, 상큼 발랄한 시골 할머니의 며느리는 어디 갔을까? 서른을 갓 넘었을까, 목소리도 맑고 미소도 아름답다. 사실 며느리는 미모가 출중한 축에는 들지 못한다. 그러나 노인들로 가득한 병실에 얼굴이 반들반들 윤기가 흐르고 목소리까지

통통 튀어서 우리들에게는 즐거움의 대상이다.

"우리 매느리 어딨는지 아요?"

"화장실에 가시려고요?"

간병인이 눈치 빠르게 시골 할머니에게 다가간다.

"자꾸만 고맙소. 우리 매느리는 여그가 갑갑한개비요."

간병인이 할머니를 간신히 일으켜 세운 뒤 한 손으로
는 어깨를 잡고 다른 손으로는 링거 스탠드를 밀었다.

"아줌니가 해주면 우리 매느리 보담 편해라우."

간병인은 할머니와 함께 화장실로 들어간다.

조금 전, 할머니의 며느리는 휴대폰을 들여다보며 게
임을 하고 있었다. 그녀는 화려한 체크무늬 남방에 짧은
치마가 달린 스키니를 입고 있었고, 상체에 비해 하체가
발달해서인지 그녀의 다리는 육감적이었다.

"아줌마!"

조 여사가 갑자기 날카로운 소리로 간병인을 부른다.
그러자 간병인이 화장실 안에서 얼굴을 내밀었다.

"빨리 나오지 않고 뭐해요?"

조 여사의 짜증난 음성이 끝나기 바쁘게 간병인이 튀
어 나와 그녀 곁으로 다가간다. 이 병실에 이십사 시간

간병인의 간호를 받고 있는 사람은, 조 여사라고 부르는 조앵두 할머니가 유일했다. 따뜻한 물수건으로 발 좀 씻어줘요, 간병인이 시골 할머니를 도와주고 있는 모습을 보자, 조 여사는 또 화가 난 모양이다. 간병인이 수건을 들고 부리나케 밖으로 나간다.

잠시 뒤 시골 할머니의 며느리가 들어오더니 급하게 화장실로 들어간다. 소식을 듣고 달려온 모양이다. 뒤이어 간병인이 들어와 조 여사의 발에 수건을 두른 뒤 주물러준다. 그때, 푸르르 뽕– 부부– 붕, 창밖을 내다보며 서 있던 환자가 연거푸 방귀를 뀌어놓고 히히히, 소리 내어 웃는다. 그 소리에 보호자가 손뼉을 치며 좋아한다.

"어제 방귀를 뀌었으니 오늘은 좀 조심할 일이지, 수준이 낮아서 얘기를 못하겠네."

조 여사가 얼굴을 잔뜩 찌푸리며 외면한다.

"야, 온다."

옆자리의 형이 갑자기 소리친다. 병실 입구를 바라보니 검정색 밍크코트 속에 온몸이 묻힌 듯한 모습의 젊은 아줌마가 들어온다. 야, 소원 이뤘네, 형이 속삭인다.

"아가씨였음 더 좋았겠지만, 그래도 만족, 지금껏 젊

은 여잔 첨이다."

내가 말하자, 형이 활짝 웃는다. 간호사가 들어와 내 주위에 커튼을 쳐준 뒤 명찰을 달아준다. 정희영 사십삼 세. 희영 씨는 손수 코트를 벗고 환자복으로 갈아입은 뒤, 휴대폰을 찾아들고 어딘가로 전화를 한다.

"나 병원에 도착했어. 피곤할 테니 오늘은 오지 말고 주말에나 들러. 남편은 퇴근 후에 올 거야…… 친정 부모님? 걱정하실 것 같아서 수술이나 끝나면 형편 봐서 알릴 생각이야, 동생들에게는 낼 연락하려고……"

간호사가 돌아와 링거를 꽂아주고 나가자, 희영 씨는 또다시 휴대폰을 찾아들었다.

"아들, 연날리기는 재밌었니? 추우니까 감기 조심해야 겠구나. 응, 그랬구나. 외할머니가 부침도 만들어 주고 달콤한 홍시도 주시고, 맛있는 거 많이많이 해줘서 좋겠다. …… 울 아들, 뭐가 되고 싶다고 했지? 그래, 하지만 두 가지는 네가 피곤할 걸, 응, 그래서 하는 말인데, 한 가지만 선택해서 열심히 하는 건 어떠니? 게이머든 축구 선수든 네가 뭘 해도 엄만 널 지지할 거야. 누나 바꿔줄 래? 할머니랑 윷놀이 하고 있다고? 아, 재밌겠다."

끝없이 이어지는 사랑의 대화에 나는 그녀의 아들이
되고 싶은 심정이었다. 대화를 마친 그녀의 눈에서 갑자
기 눈물이 주르륵 흘러내렸다.

암 병동은 대부분 노인들이다. 요즘은 건강진단을 받
고 겉모양이 멀쩡한 사람들도 간혹 수술을 받기 위해 들
어온다. 오늘만 해도 정희영 씨가 걸어 들어왔다. 그녀는
수술을 받기에 너무 젊은 나이란 생각이 든다.

＊

"아가, 뭘 그르케 비싼 것을 사왔냐. 이 겨울에 딸기
는 비쌀 것인디. 그라고 이것은 이상하게 생겼다. 첨본
것인디."

"망고예요. 어머니, 아."

"아, 달다. 달아, 너도 묵어."

시골 할머니의 음성이 커튼 사이에서 흘러나온다.

"저 망고로 오늘은 또 무슨 소릴 할지 모르겠다."

형이 흥미로운 얼굴로 나를 돌아본다.

"…… 그이는 어머닐 육 인실에 모시게 된 걸 큰 불효로 생각하고 있어요. 조금만 여유가 있었어도 이 인실에 모셨으면 편하실 텐데."

"무신, 그런 소릴."

"어머니, 이건 비밀인데요, 그이가 아이를 포기하자고 했어요. 가난을 대물림하기 싫대요."

"그래서 안 낳는 거시냐?"

"……"

"이런 나쁜 놈!"

옆자리의 형이 그의 짐작대로 되어간다는 듯이 며느리의 목소리를 그대로 흉내 낸다.

"난 그란지도 몰랐구나. 아가, 그놈 말은 듣지 마라. 둘은 꼭 낳아야 쓴다. 즈그 묵을 복은 갖고 태어나닌께, 너머 걱정마라. 그라고 이렇게 비싼 것은 사오지 마라. 수술 뒤끝이라 그란지 내가 통 맛을 모르것다. 그라고, 돈을 모을라먼 애기 없을 때 모아야 헌다. 애끼는 거이 저축하는 거드라. 나는 어찌나 가난한 집에 시집왔든지 시끼 묵을 것도 부족하드라마다. 느그 신랑 뱄을 때, 백숙이 어뜩케나 묵고 잡픈지 눈앞에서 백숙이 왔다 갔다 했어야, 느그 시아부지는 닭 한 마리 사다 줄 돈도 없었어. 지금도 그 생각을 하면…… 시째 낳고 식당에 들어가서 시다발이를 시작했다."

시골 할머니는 잠시 쉬었다 얘기를 계속한다. 그르렁거리는 음성이 점점 심해진다.

"아무래도 할머니가 위험해, 야, 자고 있냐?"

"형, 수술하러간 희영 씨는 왜 아직 안 올까?"

희영 씨는 수술을 받기위해 오전 열시쯤 병실을 떠났다. 네다섯 시간 후면 돌아올 것이라고 했지만 오후 다섯 시가 지나도 돌아오지 않는다.

"지금 그 생각을 하고 있었냐?"

나는 고갤 끄덕였다.

"홍삼 좀 내주게."

갑자기 조 여사가 홍삼을 찾는다. 아들이 홍삼 팩이 든 상자를 가지고 왔었다. 그녀는 위 절제 수술을 받아서 아직은 아무 것도 먹을 수가 없는 형편이었다.

"의사 선생님이 아직은……"

"과일은 아무리 먹어야 소용없어. 홍삼을 먹어야 기운을 차리지."

조 여사는 심술이 나는지 혼잣말을 하며 고개를 절레절레 흔든다. 마침 간호사가 들어와 조 여사의 혈압과 소변을 체크한다.

"젊은 아줌마가 아직도 안 오는데 무슨 일 있어요?"

뜻밖에도 조 여사가 희영 씨의 소식을 간호사에게 묻는다.

"수술 시간이 길어지네요."

간호사가 대답하며 돌아선다. 조 여사는 수술이 늦어지는 것이 아무래도 위험한 게 아닌가 하고 지레 짐작하는 모양이다.

"형, 희영 씨가 혹시 중환자실로 간 것은 아닐까?"

젊은 사람들은 의외로 전이가 많았고, 멀쩡하게 들어와서는 중환자실로 옮겨가는 경우도 많이 보아온 터라 나도 모르게 병실 입구 쪽으로 눈길이 갔다.

간밤, 저녁식사가 한참 지난 뒤 희영 씨의 남편이 나타났다. 그는 뜻밖에도 얼굴이 번들번들 윤기가 흘렀고 큰 키에 다부진 체구였다. 야윈 희영 씨의 얼굴과는 생뚱맞게도 대조적인 모습이었다.

희영 씨는 수술을 앞둔 때문인지 밤이 깊도록 잠을 이

루지 못하고 뒤척였다.

"여보, 만약, 무슨 일이라도 생기면 아이들을 잘 돌봐줘."

아이들을 잘 돌봐줘, 라고 말할 때 희영 씨의 음성이 갑자기 흔들렸다.

"무슨 소리야? 이깟 암 갖고 별소릴 다 하네. 어서 잠이나 자."

"그러니까 내 말은, 혹시나 해서 하는 말인데……"

희영 씨의 음성이 거미줄에 맺혀 있는 이슬처럼 위태롭다. 뭔가 스치기만 해도 물이 되어 주르륵 흘러내릴 것 같다.

"아이들에게 잘 할 수 있지?"

"그런 말이 어딨어."

"약속해줘."

간절함이 깃든 희영 씨의 말이 끝나기 바쁘게 남편은 약속, 하고 대답한다. 나직하게 주고받는 말이 민망하게도 또박또박 들려온다.

수술실로 들어갔던 희영 씨가 저녁 무렵이 되어서야

병실로 돌아왔다. 희영 씨가 이동 침대에서 침대로 옮겨지는 동안 병실 안은 금세 조용해진다. 수술을 끝낸 사람을 배려하려는 마음에서일 것이다.

"수술이 끝난 거야?"

주위를 한참동안 둘러보던 희영 씨가 힘없는 음성으로 남편에게 물었다.

"잘됐으니까 안심해."

"지금 몇 시나 됐어?"

"일곱 시가 조금 지났어."

"오후 일곱 시? 수술이 왜 이렇게 늦은 거야?"

"수술 중에 의사가 실수로 핏줄을 잘랐나봐 피를 많이 흘려서 수혈을 했어."

의외의 소식이다. 남편의 음성은 차분하다. 너무나 담담해서 사무적으로 들린다.

"아, 아파, 아, 아……"

갑자기 희영 씨가 통증을 호소한다.

"손목에 달린 진통제를 눌러."

"의사 선생님을……"

신음소리와 함께 희영 씨의 음성이 끊어진다. 마취가

풀리고 통증이 시작되는가 보았다. 간호사가 주사를 놓고 갔음에도 신음소리가 병실 안에 가득해진다. 육 인실에는 이런 밤들이 이틀이나 사흘에 한 번 꼴로 벌어졌다. 조 여사는 신음소리로 가득한 분위기에 눌려 아무래도 잠이 안 오는 모양이다. 간병인이 조 여사를 붙들고 병실을 나간다.

설핏 깨어보니 뿌연 어둠속이다. 그 사이 잠들었던 모양이다.

"아저씨! 일어나세요. 보호자가 잠들면 어떻게 합니까?"

간호사의 까칠한 음성은 처음 들어본다. 아마도 그 소리에 깨었지 싶다.

"두 시 삼십 분까지는 환자를 재워선 안 된다고 말씀 드렸잖아요."

간호사의 음성이 사뭇 화가 나있다. 간호사가 나간 뒤 조 여사의 간병인이 조심스럽게 커튼을 밀치며 들어왔다. 제가 좀 도와드릴게요, 라고 말한 뒤 간병인은 희영 씨의 침대로 다가갔다. 희영 씨의 남편은 간이침대에 앉아 있다가 충혈 된 눈을 돌려 간병인을 바라본다. 간병인이 희영 씨의 이마를 짚어보더니 불안한 얼굴로 다시

한 번 짚어본다. 간병인은 발소리를 죽이며 서둘러 밖으로 나간다. 잠시 뒤, 그녀는 얼음을 가득 채운 비닐봉지를 들고 들어왔다. 조리실에 있다는 제빙기 속의 얼음을 퍼 온 모양이다. 그때까지도 보호자 침대에 앉아 있던 희영 씨의 남편이 말없이 자리를 내어준다. 간병인이 희영 씨의 이마에 얼음주머니를 올리자 그녀가 눈을 떴다가 감는다. 희영 씨의 남편은 간병인이 하는 행동을 그저 바라보고 서 있다.

"깨우세요. 잠들어버리면 위험해요. 어서요."

간병인이 희영 씨의 이마 위에 있는 얼음주머니를 돌리며 말했다.

"난이야! 난이야!"

희영 씨의 남편이 그제야 누구의 이름인지 모를 이름을 부른다. 희영 씨는 한기를 느끼는지 담요를 끌어안으며 잠에 빠져든다.

"아줌마, 잠들면 위험해요. 아줌마!"

간병인이 얼음봉투를 수건으로 감싼 뒤 눈, 볼, 이마로 돌려가며 희영 씨를 깨우려고 한다. 그때마다 희영 씨는 눈을 부릅떴다가 감는다. 약물 때문인지 희영 씨의 의지력으로는 역부족이다. 잠시 후, 눈을 뜬 희영 씨는 고통으로 몸을 퍼덕거린다. 양쪽 손가락과 발목에는 전선이 줄줄이 연결되어 있고, 두 개의 링거가 꽂혀있는 희영 씨의 몸은 마치 실험중인 인간 같다. 몸을 움직일 때마다 피주머니는 허리에 깔리고 링거 줄은 당겨지고 뒤엉긴다.

입술을 깨물고 있는 희영 씨의 입술 사이에서 으으, 신음소리만이 이어진다. 간병인이 그녀의 남편에게 얼음주머니를 붙들게 한 뒤 간호사실로 들어갔다. 가제를 얻어 와서 물을 적신 뒤 희영 씨의 입술에 적셔준다. 그제야 그녀는 혀로 입술을 핥으며 물, 물하고 물을 찾는다. 수분이 모조리 증발하여 갈라진 입술은 부스러기가 일어있다. 희영 씨는 신음소리를 내면서도 스르르 수면 속으로 빠져든다. 보호자는 환자를 깨우려고 하고, 환자는 스스로의 의지력으로는 감당할 수 없는 통증과 졸음으로 힘들어하고, 한판 싸움은 계속 이어지고 있다.

간병인은 시계를 쳐다본다. 환자는 아직도 세 시간은 족히 깨어 있어야 한다. 마취로 굳어진 폐를 정상으로 돌려놓으려면 환자를 재워선 안 되었다. 폐렴이라도 걸리게 되면 죽을 수도 있는 위험한 상황이었다. 간병인은 얼음주머니로 희영 씨의 얼굴을 문지르며 억지로 심호흡을 시켰다. 입 안에서 악취가 난다. 그 순간, 희영 씨의 남편은 두어 걸음 뒤로 물러난다. 수술 전 금식에다 지금껏 물 한 모금 마시지 않고 위를 비워둔 터라 입 안에서 악취가 나는 것은 당연한 일이었다. 간병인은 간호사실에서 마스크를 두 장 얻어 와서 희영 씨의 남편에게 한 장을 건네주었다. 그녀의 남편은 봉투를 뜯어내기가 바쁘게 마스크를 썼다.

"아주머니, 눈 뜨세요. 주무시면 안돼요."

희영 씨는 간병인의 목소리가 들리는지 눈을 가늘게 떴다가 물! 물! 하고 말한다. 수술환자가 병실로 돌아오면 간호사는 보호자를 불러 간호하는 방법부터 가르쳐준다. 그걸 모를 리가 없는데……

"심호흡을 시켜드리는 것이 통증이 덜 할 거예요."

간병인은 통증으로 괴로워하는 희영 씨에게 심호흡을 시킨다. 그녀는 말을 잘 듣는 아이처럼 간병인을 따라 심호흡을 하다말고 다시 물을 찾는다.

"물을 주시면 안 됩니다."

간병인은 희영 씨의 남편에게 일러준 뒤 밖으로 달려가 얼음을 또 한 바가지 퍼왔다. 그녀는 이제 얼음조차도 감각이 없는 모양이다. 순간순간 수면 속으로 빨려든다. 희영 씨의 남편은 간병인이 하는 모습을 구경하듯 지켜보고 있다. 나는 이런 보호자는 처음이라 희영 씨의 남편이 맞나? 불현 듯 의구심이 생긴다.

문을 여는 소리에 눈을 떴다. 청소부가 들어와 쓰레기통을 비운다. 청소부는 아침 여섯 시면 어김없이 들어와 쓰레기를 먼저 수거한다. 희영 씨를 바라보니 커튼은 활짝 열려있고 그녀는 산소마스크를 쓰고 있다. 상황이 좋지 않은 모양이다. 그녀의 남편은 간이침대에 누워 곤히 잠들어 있다. 간병인이 희영 씨 곁으로 다가온다. 희영 씨가 슬그머니 눈을 떴다. 그 눈동자에 고마움이 어렸다. 간밤의 일을 알아보는 모양이었다.

그때 간호사가 들어와 희영 씨의 상태를 체크하고 나간 뒤, 곧바로 의사가 들어왔다. 의사는 희영 씨의 상태를 살펴보더니 얼굴이 굳어졌다. 잠시 뒤 희영 씨는 이동 침대에 옮겨져 병실을 떠났다.

*

"퇴원하고 한 달 후에는 항암제를 맞아야 한다고 그랬는데 몇 번을 맞아야 하는지 모르겠네."

점심상을 앞에 두고 조 여사가 불현 듯 항암제 얘기를 꺼낸다. 그녀는 온갖 나쁜 상상을 하는 모양이다.

"잊어버리세요. 그걸 세고 있음 기분이 나빠져요. 기분이 나빠지면 몸이 알고 스트레스를 받아요. 의사선생님이 즐겁게 지내시라고 하셨잖아요."

"다른 사람들은 방사선 치료를 받거나 항암제를 맞는다는데 저 시골 노인네는 항암 치료도 안 받는다니……세상 참 불공평하다니까."

시골 할머니는 담낭 암으로 수술을 받았으나 이미 간에 전이가 되어 시한부의 삶을 진단 받은 상태였다. 그러나 정작 본인은 모르고 있었다. 나는 시골 할머니가 조 여사의 얘기를 듣고 다른 생각을 하게 될까봐 두려워진다.

"저런 입방정, 아무래도 시골 할머니를 잡고 싶은 모양일세. 그러지 않아도 할머니의 심정이 답답할 텐데.

네가 낮잠을 자고 있을 때, 며느리가 노골적으로 식당을 이전해 달라고 말했어. 그러니까 할머니가 그 집은 형 몫이다. 형이 월세라도 받으며 살아야 할 것이 아니냐. 그러자,

"시숙님은 장애인이니 어차피 저희들이 평생 보살펴야 할 형편이에요. 하고, 착한 음성으로 말하는 거야, 과연 그럴까?"

"그렇게 말했다면 이제부턴 좀 더 적극적으로 나올 텐데, 할머니가 며느리나 아들의 꾐에 빠져선 안 될 텐데."

"오늘은 전복죽이라나 뭐라나 사들고 와서 할머니한테 먹여주면서 애교를 부리는데…… 그럴 때의 그녀는 몸이 오그라들 정도로 귀여워."

"할머니에게 애교를 떠는 게 뭐겠어? 형은 과잉친절이 무섭지도 않아?"

"애교를 떠는 모습을 바라보고 있노라면, 그 목소리만으로도 사랑하고 싶어져."

"저런 여자와? 저 여자가 형을 죽여도? 사기를 쳐도?"

"그건 아직 닥친 일도 아니잖아. 오지 않은 일을 두고 미리 겁먹을 필욘 없지. 지금 내 머릿속은 그녀를 안아

보고 싶을 뿐야."

"형은 가끔 분간 없이 아무한테나 빠지는 게 탈이야."

"난 할머니가 퇴원하지 않았음 좋겠다."

"맙소사!"

점점 황당해지는 소리에 나는 고갤 돌렸다. 간병인이 조 여사에게 새 환자복을 갈아입힌다. 링거를 꽂고 있는 채로 옷을 갈아입히기가 보통 어려운 일이 아닌 모양이다. 주렁주렁 달린 피주머니까지 피해가며 옷을 입히고 있는 간병인의 얼굴에 송글송글 땀이 맺힌다.

침대 위에 잠잠히 앉아 있던 시골 할머니가 조 여사의 눈치를 살피며,

"아줌니, 우리 매느리 못 봤소?"

하고 조심스럽게 묻는다.

"핸드폰을 하세요. 병실에 있는 사람이 어찌 알겠소."

조 여사가 퉁명스럽게 대답한다.

"핸스폰이 있어야 하지라우. 환자헌티는 핸스폰이 몸에 안 좋다고 아들이 가져 갔는디, 그런 아줌니는 있소?"

"나는 간병인이 있으니 필요 없어요."

조 여사가 어제는 시골 할머니에게 며느리는 집으로

보내고, 간병인을 이십사 시간 쓰라고 말하는가 하면, 간병인에게는 시골 할머니가 심부름을 시키면 들은 채도 하지 말라고 당부까지 했다. 그러니 간병인은 조 여사의 눈치가 보여서 선뜻 일어서지도 못하고 있다. 시골 할머니는 화장실이 급한 모양이다. 이제는 상체를 좌우로 흔들어댄다. 보다 못한 간병인이 화장실 가시게요? 하고 물었다. 할머닌 고갤 끄덕인다. 간병인은 시골 할머니를 화장실까지 데려갔다. 어서 나가봐요, 시골 할머니는 미안한지 다급한 음성으로 밀어내듯 말했고, 간병인은 재빠른 동작으로 돌아와 조 여사 옆에 앉는다.

"아이고 염치도 좋지. 아줌마도 그래. 그렇게 도와주고 싶으면 돈을 절반만 받아요."

"죄송해요. 소변이 급하신 거 같아서요."

간병인은 죄인 같은 표정으로 굽실거리고 조 여사는 못마땅한 얼굴로 이를 딱딱 마주친다.

시골 할머니가 한 손은 스탠드를 밀고 다른 손은 허리춤을 붙든 채 화장실 앞에 서 있다. 침대까지는 걸어가겠지만 침대 위로 올라가야 하는데 할머니 혼자서는 어림없다. 간병인은 조 여사에게 잡힌 손을 빼내려고 하지만 그녀는 간병인의 손을 놓지 않는다.

"할머니! 돈을 반반씩 나눠 내는 것이 어떻겠어요?"

조 여사가 노골적으로 불만을 드러낸다.

"아이고 우리 매느리가 있는디, 무신소리다요. 소피가 마려서 부탁했더니 도와준 것 같고, 참 인심도 야박하다."

그 소리에 조 여사가 입술을 삐죽거리더니 간병인의 어깨를 흔든다. 밖으로 나가자는 신호다.

그때 시골 할머니의 며느리가 사뿐사뿐 걸어서 들어온다. 그녀는 화장실 앞에 서 있는 할머니를 보자 재빨리 팔을 붙든다.

시골 할머니는 며느리에게 화장실에도 자주 갈 수 없다고 한번쯤 불평을 할 수 있으련만 내색하지 않았다. 저녁 무렵이면 퇴근하여 아내를 데려가는 아들에게도 할머니는 그저 함박꽃 같은 미소로 아들 내외를 보냈다. 밤이면 며느리와 교대하는 간병인에게 매일 밤, 오늘 밤만 지나면 혼자서도 제 몸 단속할 수 있을 거라며 씩씩하게 말했지만, 할머니의 앓는 소리는 점점 심해지기만 했다.

*

　조 여사가 모처럼 방문한 아들과 함께 휴게실로 나가자, 시골 할머니는 기다렸다는 듯이 간병인을 손짓하여 불렀다.

　"아줌니도 참 못할 일이요. 늙은이 간병하기가 보통 일이요. 내가 보니 밤에도 잠을 제대로 못 자게 하등만."

　"아닙니다. 제가 할 일인데요."

　"늙은 나를 도와주고 이렇게 고마울 데가 없소잉. 내 딸 같아서 하는 말인디, 우리 가게에서 국밥장시 한번 해 볼라요? 지금 하는 일보다는 나을 것인께, 내가 국밥 하나는 소문나게 잘 하요. 아줌니헌테만 갈쳐 주고 싶소."

　"장사는 한 번도 생각해 보지 못했어요."

　"안 하드라도 들어보믄 생각이 달라질 것이요."

　"…… 내장을 삶을 때 월계수 잎을 넣어서 삶게 되믄 잡내가 안나. 그라고 국물은……"

　할머니는 앓는 소리를 내면서도 말을 계속했다. 할머니의 친절에 간병인은 엉거주춤한 자세로 서서 얘기가 끝나기만을 기다리고 있다.

"차분히 앉저 봐."

"할머니, 그게 아니라."

"어디 가게? …… 생각 있으면, 언제든 나헌티 말만 혀. 갈쳐 줄 텐게, 알것제잉? 그라고 이것은 집에 갈 때 아이들 과자나 사다줘요."

할머니는 준비해 두었던 듯 봉투 하나를 간병인의 손에 쥐어 준다.

"할머니, 이 돈은 넣어두세요."

"이러면 내가 서운하당께."

"어머니 같으신 분이라 도와드린 것을 가지고 이러시면 안 됩니다. 저는 할머니 정만 받을게요."

간병인이 한사코 할머니의 호주머니에 봉투를 넣어드리며,

"조 여사님 돌아오시면 점심 먹으러 갔다고 전해주세요."

간병인은 서둘러 병실을 나간다. 나도 따라 나가고 싶은 충동에 사로잡힌다. 잠시라도 신음소리가 없는 곳에서 쉬고 싶다.

이 암병동으로 옮겨오기 전, 나는 일반병동에서 나와 일층 휴게실에서 잠시 대기 했던 적이 있었다. 일층에는

편의점과 식당, 선물가게, 커피점, 만남의 광장 등이 있었다. 운신이 어려운 몸으로 진통제에 의지하여 조금은 흐릿한 시선으로 하루하루를 견디고 있는 환자들의 모습만을 바라보다가 일층으로 내려오니 모든 것이 낯설었다. 편의점이나 빵가게는 물론 식당 앞까지 사람들이 줄을 서서 계산을 하거나 큰 소리로 얘기를 나누거나 하, 하, 웃음을 터뜨리기도 했다.

"씨피알, 씨피알, 천이백팔 호."

마음대로 움직이고, 거리낌 없이 몸을 흔들며 웃고, 시끄럽게 말하는 사람들 사이로 여자 아나운서의 다급한 음성이 귀를 때렸다. 사람들은 여전히 웃고 떠들었고 하던 일을 계속했다. 아나운서의 목소리는 바람처럼 가볍게 스쳐지나갔다. 씨피알이라는 소리를 분명 들었던 것일까? 똑같은 소리를 병실에서 들었을 때는 나도 모르게 긴장이 되었다. 깊은 밤에 들을 때면 누군가 삶과 죽음의 경계선을 아슬아슬하게 넘나드는 듯이 느껴져 초조했고, 그들의 안부가 궁금하기만 했다. 가끔은 나도 모르게 이 분, 삼 분, 무심코 분 단위를 세고 있을 때도 있었지만, 골든타임이라는 삼 분이 지날 때면 저절로

숨이 멈춰졌다. 그토록 절박하게 들렸던 소리가 장소에 따라 다르게 들리는 것에 화들짝 놀랐다. 고개를 돌리니 커피점이 바라보였다. 유리벽 안쪽에서는 빵을 먹는 사람, 노트북을 들여다보는 사람, 커피를 마시며 서류를 들여다보는 사람, 이마를 맞대고 얘기를 나누는 사람들의 모습이 보였다. 충전된 사람들의 무리가 한 가득이었다. 그 싱싱한 삶의 공간이 한없이 그리워진다.

*

심부름을 다녀온 간병인의 얼굴이 사뭇 어둡다.

"이층 중환자실에 들렀더니 희영 씨가 오늘 오후에 고향으로 갔대요."

"고향엔 왜?"

시골 할머니가 물었다.

"왜긴 왜겠어요? 죽었단 얘기겠죠. 침대에 실려 갈 때 위험하구나, 생각했지만 이렇게 빨리 갈지는 몰랐네, 그런데 왜 갑자기 죽었을까?"

"무슨 병으로 죽었는지 궁금해서 물었더니, 개인정보라 알려줄 수가 없대요."

간병인의 대답에 나도 모르게 눈을 감았다.

"젊은 댁이 너무 안됐다."

"수술 후에 갑자기 사망하는 경우는 급성폐렴이 많다는데……"

여기저기서 들려오는 소리에 나는 귀를 막고 싶은 심정이었다.

간호사가 들어와 희영 씨의 침대에 붙어있던 명찰을 떼어냈을 때, 중환자실에서 돌아오지 못하는구나, 생각했지만 죽을 것이라는 생각은 하지 못했다.

희영 씨가 수술실에서 돌아온 날 밤, 간병인이 간호를 하다 지친 얼굴로 자리로 돌아간 뒤였다. 희영 씨의 남편이 보호자석에 털썩 주저앉았다. 희영 씨가 고통을 호소하며 물 물! 하고 물을 찾았다. 그러자, 희영 씨의 남편이 사물함 위에 놓여있던 물을 힐끔힐끔 쳐다보았다. 잠시 뒤에는 커튼을 둘러보았다. 희영 씨는 커튼 속에 가려져 있었다. 희영 씨가 다시 두어 번 물을 찾자, 그는 자리에서 벌떡 일어나 사물함 위에 놓여있던 컵을 붙잡았다. 그 컵은 간병인이 가제에 물을 적셔 희영 씨의 입술을 축여 주었던 물컵이었다. 그는 거리낌 없이 한 손으로는 그녀의 머리를 안고 다른 손으로는 물을 정성스럽게(?) 먹여주었다.

그런 뒤, 희영 씨의 남편은 할 일을 다 한 사람처럼 보호자 침대에 누워 잠이 들었다.

다음날 아침, 잠에서 깨었을 때 나는 꿈을 꾸었을 것이라고 생각했다. 내가 그 지독한 꿈을 잊으려고 했을 때 희영 씨는 이미 호흡이 곤란해져 있었다.

"죽인 거네."

얘기를 듣고 형이 놀라 소리쳤다. 암병동에는 수술 전날 입원했다가 다음날, 수술이 끝나면 보통 일주일에서 열흘, 길면 이 주 정도 입원했다가 퇴원했다. 수술이 잘됐다던 담당의사의 얘기도 무심하게 희영 씨는 나흘 만에 사망했다.

"너도 참 안됐구나. 그런 일을 목격했으니."

사랑이 넘치는 음성으로 아들과 통화를 하던 희영 씨의 어진 얼굴이 떠올랐다. 그동안 앓는 사람들 사이에서도 잠을 이루지 못한 밤은 없었다. 그런 내가 희영 씨의 죽음으로 머릿속이 혼란스러워 잠을 이룰 수가 없었다. 희영 씨는 아무도 모르게, 영문도 모른 채 죽지 않았을까? 어떤 사람들은 까닭도 모른 채 억울하게 죽을 수도 있다는 것을 알게 되었다. 나는 그 사실이 이해되지 않았다.

"네가 이곳으로 오기 전, 나도 두 번의 참혹한 죽음을 겪어서 지금 네 기분을 알 것 같다. 간암 수술을 받고 입원한 할머니가 있었는데 큰아들이 찾아와서는 손자 결혼을 시켜야 하는데 방을 얻을 돈이 없다고 손을 내밀고, 딸은 장사가 너무 힘들어서 그만 두고 싶다고 한숨을 쉬고, 둘째아들은 이혼할 생각이라고 말하는 것이었어. 며칠 후, 둘째아들이 병실로 들어오더니 커튼을 두른 뒤 할머니에게 통장을 보여주며 비밀번호를 묻더구나. 할머니가 번호를 가르쳐주지 않자, 목을 졸랐어. 할머니가 캑캑거리자, 손을 놓고 다시 물었지만 할머니는 끝내 가르쳐주지 않았어. 할머니는 다음날 새벽에 숨을 거뒀지. 할머니가 왜 갑자기 죽게 됐는지 아는 사람은 아무도 없을 거야."

"또 한 번은?"

"오늘은 그만하자, 그때 일을 생각하니 내 맘이 암에

걸린 것 같다."

"티브이에선 더 끔찍한 일도 많잖아."

"그건 영화를 보듯이 보고 들은 거고, …… 난 목격자였고, 이 일은 직접 경험한 거잖아."

형은 희미한 어둠속에서 긴 한숨을 토해낸다.

밤낮없이 자장가처럼 들려오던 앓는 소리가 문득 내몸에서 들려오는 것 같다.

"씨피알, 씨피알……"

갑자기 어둠 속에서 여자 아나운서의 음성이 쏟아진다. 또 누군가 생사의 경계선을 오르내리고 있는 모양이다. 심폐소생술이 있는 것처럼 양심 소생술은 없을까?

씨피알이라는 소리가 양심소생술, 양심소생술 하고 말하는 것 같다.

*

다음날 아침, 시골 할머니가 엑스레이 촬영을 다녀왔다.

"할머니는 곧 퇴원하시게 되나봅니다. 엑스레이 촬영

을 다녀오시는걸 보니."

간병인이 미소를 지으며 말했다.

"예. 결과를 보고 퇴원시키나 봅디다."

"시골로 가세요?"

"아니요, 아들네 집으로 가요. 시골이라 걱정이 된다면서 아이들이 한사코 못 내려가게 해서요."

"요즘 보기 드문 효자네요."

"암요."

시골 할머니가 자랑스러운 얼굴로 고개를 돌려 며느리를 바라봤다. 며느리는 어느새 창밖을 내다보고 서 있다. 그녀의 어깨 너머로 눈보라가 사정없이 몰아치고 있다.

그린 망고

과도로 그린 망고 껍질을 벗긴다. 진초록색 껍질 속에서 노오란 속살이 드러난다. 녹색 껍질과 노란 속살의 조화는 언제 봐도 아름답다.

처음 그린 망고를 보았을 때 초록색 껍질을 보고 덜 익은 망고로구나, 생각했다. 학교에서 돌아온 작은오빠가 '그린 망고라고 해, 익어도 껍질은 녹색이야.'라고 가르쳐주었다. 그때 처음 녹색 껍질과 노란 속살을 보며 겉과 속이 너무나 다른 모습에 놀랐다. 망고는 향기도 좋지만 수분이 많고 부드럽고 달다. 열대과일 중에는 두리안이라는 못생긴 과일이 있다. 둥글 넙적하게 생겼는데 겉껍질이 여주처럼 우툴두툴하고 괴물처럼 생겼다. 게다가 똥냄새까지 물씬 난다. 냄새가 얼마나 고약하던지 호텔이나 리조트에서는 반입금지 과일로 지정되어있다. 속을 열어보면 연한 노란색 과육이 여러 개 들어있다. 부드럽고 달디 단 과육 속에는 씨앗이 크게 자리 잡고 있다. 처음 그 맛을 보면 별다른 기대 없이 먹게 되지만, 몇 번 먹고 보면 중독성이 있는지 그 맛을 찾게 된다. 이곳 사람들은 두리안을 천국의 맛과 지옥의 냄새라고 말했다. 두리안에 맛들이면 그 맛을 잊지 못한다고 한다. 그런데도 나는 두리안을 보면 눈길도 안 간다.

거실 천장에는 흰색의 대형 실링팬이 돌고 있다. 벽에는 에어컨도 있지만 이바랑 할머니는 에어컨의 찬바람을 싫어했다. 이십 대에 첫 출산을 했지만, 출산한 뒤로는 선풍기 바람조차 몸이 받아들이질 않는다고 했다. 나는 에어컨도 켤 수 없는 이 미지근한 실내 공기가 답답했지만 어쩔 수가 없다.

오늘도 이바랑 할머니는 텔레비전을 보며 누워 있다. 벌써 이십여 일이 지났지만 발목의 부기는 여전히 남아있다.

나는 망고를 슬라이스로 썰어서 할머니 앞에 놓아드

렸다. 망고는 할머니가 가장 좋아하는 과일이다. 할머니의 핸드폰에서 벨이 울린다.

"아이고 회장님, 설을 쇠러 가신다고요? 암요 가셔야지요 …… 회장님, 병원비가 얼마나 든다고 지난번에도 그렇고, 어제도 선물을 놓고 가셨는데 몰랐어요. 가신 뒤에야 알았다니까요. 이러시면 안 됩니다. 우리 검사가 알면 큰일 납니다. …… 네네. 잘 다녀오세요."

할머니는 최대한 인자한 음성으로 공손하게 말했다.

"망할 것들, 안 간다고 하더니만, 어제 한말을 금세 뒤집는구면. 닷새 있다올 거면 뭐 하러 가."

"방회장님이 자주 병문안 오시는 걸 보면, 제일 친하신 것 같아요."

"우리 검사가 방회장 일을 도와준 지도 십 년 가까이 될 거야, 그러니 자주 찾아오지."

할머니는 당연하다는 듯이 말했다. 방회장 내외가 귀국한다고 하자, 할머니도 귀국하고 싶은 생각이 간절해진 모양이다. 그도 그럴 것이 함께 입국했던 일행들이 설을 쇠러 간다며 모두 귀국한 뒤라, 다리가 나아도 동반자들이 없으니 골프를 할 수도 없고, 친구도 없으니 외로운 모양이다. 장기체류를 하는 손님들은 설이 되면 거의 대부분 귀국했다.

"오늘은 무슨 국을 끓였을까요? 드시고 싶으신 것 있으시면, 말씀하세요. 뭐든 가져다 드릴게요."

나는 얼른 화제를 돌렸다.

"국과 밥이면 되지 뭐, 입맛이 없어서."

할머니는 말은 늘 그렇게 하지만 뭐든 잘 먹었다. 음식을 간단히 가져오면 이것저것 더 가져다 달라고 주문했다. 나는 스무 개 가량의 찬 통에 반찬과 밥, 나물 등, 후식까지 담아 침실로 날랐다.

"부기가 쭉쭉 빠지는 약은 없을까?"

"지난번에 며느님이 인편에 부쳐온 한약이 있잖아요. 그걸 드시면 효과가 더 좋을지도 몰라요. 아드님도 그약을 잘 드시고 계신지 물으셨어요. 한번 드셔보세요. 말레이시아 병원 약보단 더 좋을 거예요."

"그 약이 뭐 좋겠어. 진맥도 안 해봤잖아."

할머니는 한국에서 보내온 약이 싫어서가 아니라 며느리가 지어 보낸 약에 대한 불신 때문이 아닐까, 하고 생각했다.

"깁스도 풀었으니 슬슬 운동이나 시작해 볼까요?"

나는 할머니와 한 시간 가량 복도를 걷고, 두 시간을 쉰 다음 운동을 계속했다. 까웃 까웃, 희미하게 인터폰이 울린다. 사장의 호출이다. 급한 용무가 있어서 사무실을 비워야 하니 도와달라는 얘기였다.

사무실에 도착했을 때 사장은 이미 자리를 비운 뒤였다. 나는 컴퓨터를 켠 뒤 인터넷을 열고 국내 뉴스에 접속했다. 최순실 게이트로 연일 촛불집회 소식이 도배되어 있다. 이런 나라도 나라냐? 피켓에 적힌 글이 아니라 내 입에서 흘러나온 소리다.

밖을 내다보니, 비가 주룩주룩 내리고 있다. 그럼에도 태양은 밝게 비춘다. 정원의 나무들과 무성한 꽃에서 생명의 에너지가 눈부시게 튕겨 나온다. 창밖의 환희가 실내에 있는 나에게도 전달되는 느낌이다. 답답했던 마음이 어느새 가벼워진다. 골프를 하던 손님들이 나무 아래로 비를 피해 모여 있다. 검은 옷차림에 노란색 히잡(hijab)을 쓴 여성이 우산도 없이 빗속을 천천히 걸어가고 있다. 비가 오는 것도 신의 뜻이니 비를 맞으며 걷고 있을 것이다.

빗소리가 빛과 소음마저 흡수해버린 듯 하다. 마음마저 차분해진다. 갑자기 커피 생각이 난다. 불현듯 알바를 하던 때가 생각난다.

대학생이 되었을 때, 하필 아버지의 자영업이 망하자 부모님은 할아버지와 할머니가 계시는 시골로 귀향했다. 등록금을 마련하지 못한 오빠는 입대했고 나는 서울에 홀로 남겨진 채 공부를 해야 했다. 대학 졸업까지는 구 년이 걸렸다. 눈부시게 아름답고 싶었던 이십 대를 알바로 보냈다. 대학 졸업 후, 직장에 대한 꿈은 더 높은 장벽만을 만들어 주었고, 꿈과 현실 사이에서 고립된 채 여전히 알바를 계속해야했다. 급료로 고시원 임대료를 내고 생필품을 구입하고 나면 한 달의 절반은 라면으로 때웠다.

한번은 식당에서 홀 서비스 알바를 하고 있었다. 이십사 시간 영업을 하는 곳이라 길면 열 시간까지도 알바가 가능했다. 이 개월 남짓 일을 하고 있을 때였다. 주문을 받으려고 식탁 사이를 걷고 있었다. 갑자기 얼굴을 향해 물이 날아왔다. 순간 얼굴과 옷에서 술 냄새가 물씬 났다. 놀라 돌아보니, 옆 테이블의 손님이 안주를 가져다주지 않고 무시했다며 오히려 화를 냈다. 술에 취해 게슴츠레해진 눈으로 조롱하듯 말하는 손님을 마주보고 있자니 소름이 돋았다. 나는 들은 기억이 없고, 손님은 나에게 분명 얘기를 했다고 큰소리로 소란을 피웠다. 그러자, 함께 술을 마시고 있던 일행들도 같은 소리로 꾸짖었다. 사장이 달려와 굽실거리고…… 이대 일의 싸움에서 한 사람을 죽이는 것은 문제도 아니라는 것을 그때 처음 알았다.

다른 일자리도 구하지 못한 때라 사장의 구질구질한 성희롱에도 아슬아슬하게 버티고 있던 때였다. 이미 숱하게 겪었던 일이지만 그 일만은 면역이 되지 않았다.

다음날, 그만 두겠단 말에 사장은 온갖 감언이설을 늘어놓더니 안 되겠는지, 급기야는 고시원으로 찾아와 벨을 눌렀다. 어떻게 집주소를 알았을까, 곰곰이 생각해보니 알바를 시작할 때 알바 명단에 집주소와 주민번호, 전화번호 등을 기록했던 일이 생각났다. 기척이 없자, 사장은 다음 날 밤에도 고시원으로 찾아왔다. 그는 계속 벨을 눌렀다. 벨소리는 머릿속을 뒤집듯 불안하고 두려웠다. 알바에서 벗어날 수 없듯이 그 소리도 영원히 끝날 것 같지 않았다. 고시원을 내놓고 잠시 친구 집에 있다가 시골로 향했다.

시골 부모님은 팔 월의 폭염 속에서 고추를 따느라 분주했다. 집안에 혼자 남아 빈둥거릴 수가 없어서 밭으로 갔다. 엄마는 한사코 못나오게 했지만 가만히 쉬고 있을 형편이 아니었다. 챙이 넓은 모자를 쓰고 엄마 바지까지 챙겨 입고 따라나섰다.

고추밭 사이로 들어가 엄마가 챙겨준 앉은뱅이 의자를 깔고 앉아서 고추를 땄는데, 좁은 이랑 사이에는 고추 가지가 서로 엉겨 이랑을 막고 있었다. 가지를 헤치며 고추를 따는데 이랑 사이는 바람 한 점 지나가지 않았다. 키가 커버린 고춧대는 앉아 있는 나의 모습을 삼켜버렸다. 이랑 사이에 앉아있자니 온실 속에 들어가 있는 듯 무덥기도 했지만 매운 냄새가 코를 찔렀다. 등은 따가운 햇살로 뜨끈뜨끈 익어가고 모자 속 머리에서 부터 시작된 땀은 얼굴을 타고 목으로 흘러내렸다. 나중에는 온몸에서 땀이 비 오듯이 쏟아졌다. 옷은 물속에서 기어 나온 듯 달라붙었고, 장화를 신은 다리에서 땀이 흘러내리고 발에서도 땀이 차서 발바닥은 물이 철퍼

덕거렸다. 하지만 익은 고추가 너무 많아서 손을 쉴 수가 없었다. 오랫동안 같은 동작을 계속하다보니 뒷목과 어깨가 끊어질 듯 아팠다. 자리에서 일어나 잠시 허리를 폈다. 옆 이랑을 둘러보니 엄마는 고춧대 사이에서 보이지 않고 고추 따는 소리만 저만치서 들려왔다. 땀을 닦다가 손가락이 눈가를 스쳤는지 재채기와 함께 눈물 콧물이 한꺼번에 쏟아졌다. 눈물이 시야를 가렸지만 매운 손으로는 눈물을 닦을 수가 없었다. 눈을 감고, 손을 멈추고, 눈물이 멈추기를 기다렸다. 눈물이 하염없이 쏟아졌다. 땀인지 눈물인지, 삶에 대한 회의와 고단함 때문인지 분간하기 어려웠다. 한참을 오열하듯 눈물을 쏟았다. 얼마 뒤 어깨로 눈물을 찍어내고 다시 고추를 따기 시작했다. 고추 이랑 사이의 후텁지근하고 매운 열기 속에서 종일 계속된 강행군에 허리를 펴려고 일어나니 눈앞이 핑그르르 돌았다.

"야야, 한나야아!"

부르는 소리가 이상스럽게 흐려졌다. 옆 이랑으로 달려가니 엄마는 사지가 늘어져 있었다. 구급차에 엄마를 싣고 병원으로 갔을 때, 정신을 차린 엄마는,

"한나야, 내가 왜 여깃냐?"

라고 묻더니 일어나려고 했다. 일사병이라 했지만, 엄마는 응급실에서 일반적으로 해야 할 검사조차 거부하고 괜찮다며 자리에서 일어나 집으로 향했다. 엄마는 허리조차 제대로 펴지 못해 구부정한 모습으로 농사일에서 헤어 나오지 못했다. 먹고 싶은 것, 입고 싶은 것 한번 마음대로 입고 먹어본 적은 있었을까?

그 무렵, 먼 친척이 말레이시아에서 산다는 말을 듣고 나는 득달처럼 부모님을 졸라 주소 하나를 받아냈다. 무작정 말레이시아로 향했다. 미니 슈퍼마켓을 운영하고 있는 친척은 아이들이 세 명이나 되었고, 자식들 뒷바라지 하느라 가난을 면치 못하고 있었다. 대학생 아들 두 명은 아르바이트를 하고 있었지만 간신히 용돈을 버는 수준이었다.

나는 막무가내 사정을 말하고 일을 도왔다. 다행히 이곳이 열대지방이라 난방을 할 필요가 없었다. 가게에서 자고 일하며 숙식을 제공받을 수 있었다. 반년쯤 지났을까, 에어컨도 없는 가게에서 일을 돕고 있는 내가 안되어 보였던지, 한번은 이 집안의 희망인 둘째오빠가 나를 불러냈다.

"이 물건을 나대신 배달 좀 해 줄래?"

오빠는 시험기간이라 바쁘다며 작은 박스 하나를 내밀었다. 내비게이션이 있으니 쉽게 찾을 거라며 그의 소형 고물차 키를 내밀었다. 한 시간 반 가량 걸려서 목적지에 도착했다. 입구에는 M리조트라는 대형 간판이 걸려 있었고, 흑인 수위 아저씨가 문을 열어 주었다. 대문을 지나자, 아스팔트길이 곧게 뻗어 있었다. 야자수 가로수 길 끝에 삼층의 붉은 건물이 나타났다. 주변에는 잔디가 끝없이 펼쳐져 있었고, 아름드리나무 숲이 군데군데 바라보였다. 또, 숲속에는 흰색의 콘도 건물이 목을 늘인 채 하늘을 바라보는 기린처럼 우뚝우뚝 서 있었다.

잔디 사이의 작은 길을 따라 전동차를 탄 사람들이 오가고 있었다. 텔레비전에서만 봤던 골프장의 모습이 눈앞에 펼쳐졌다. 너싱 홈에 다녀오라고 했는데, 골프장으로 잘못 온 것은 아닌지 걱정이 되었지만 박스의 주소는 확실했다.

리조트 사무실에서 직원으로 보이는 현지인에게 박스를 내밀며 묻자, 사무실 안에서 뜻밖에도 후덕한 인상의 한국인 아저씨가 나왔다. 이곳 사장이라는 그는 오십 대 후반에서 육십 대 초반으로 보였다. 큰 키에 거구의 아저씨였다. 그는 생각보다 빨리 택배를 받게 되었다며 반가워했다.

내가 두모의 동생이라고 하자, 두모는 성실한 젊은이라며 사장은 칭찬을 아끼지 않았다. 그는 아마도 나를 두모의 친여동생으로 생각하는 모양이었다. 마침 점심시간이니 식사라도 하고 가라고 말했다. 지금은 자리가 부족하지만 땀을 식히고 있으면 식당이 한가해질 테니, 그때 들어가라고 친절하게 말했다. 사무실은 로비 옆에 있었는데 그 옆이 뷔페식당이었다. 로비와 식당 사이는 유리칸막이로 되어 있었다. 로비에 앉아 쉬고 있자니 유리창 너머로 넓은 식당 안이 바라보였다. 식당 안에는 놀랍게도 한국인들로 가득했다. 많은 사람들이 음식을 접시에 담고 있거나 먹고 있었는데 모두 한국인들이었다. 나는 이 나라에 와서 이렇게 많은 한국인들이 한 자리에 모여 있는 모습을 본 적이 없었다.

식당으로 들어가서 점심식사를 하게 되었다. 주위를 둘러보니 오십대 후반에서 육칠십대로 보이는 흰 머리칼의 할아버지 할머니들이 대부분이었다. 골프를 하다가 점심시간이 되어 식사를 하러 들어온 모양이었다. 마치 한국에 있는 뷔페식당에 들어와 있는 것 같은 착각이 들 정도였다. 종업원들만 현지인이었다.

나중에야 알게 된 사실이지만 이곳은 말레이시아에 있는 대형 리조트로 골프장, 수영장, 사파리, 아울렛 등을 운영하고 있는 거대 규모의 골프 리조트였다.

음식은 다양했지만 한국음식이 대부분이었다. 거의 반년 만에 한식을 먹으려니 가족들의 얼굴이 한꺼번에 떠올랐다. 떡이며 여러 가지 한식이 풍부했지만, 적당히 익은 김치와 육개장, 나물 등은 식욕을 자극했다. 배를 채우고 다시금 주위를 둘러보니 이제 한국인들은 차나 맥주를 마시며 대화를 나누고 있다. 여유롭고 행복해 보였다. 시골에서 농사를 짓느라 등이 휜 부모 생가에 잠시 손이 멈췄다. 부모 또래의 어른들이 해외까지 나와서 골프를 하고 뷔페음식을 즐기며 생활하고 있는 모습은 나에게는 신세계였다.

두모 오빠를 통해 알게 되었지만 이곳에 와 있는 한국인들은 겨울철이 되면 추워서 골프를 할 수 없기 때문에 겨울 한철동안 이곳 말레이시아의 골프장에서 일 개월이나 이 개월, 또는 삼 개월 정도 머물며 골프를 하다가 귀국한다고 했다. 이곳의 한국인들은 중상류층 이상은 될 거라고 했다. 최상류층은 오십칠 홀 규모의 골프장 안에 호텔까지 갖춘 최고급 골프장에 머문다고 했다.

*

어스름한 숲속에서 우~ 사이렌 소리가 들린다. 드디어 샷건*이 울렸다. 뒤이어 쨍, 소리와 함께 여기저기서 굿샷!을 외치는 소리가 들린다. 사무실에서는 듣지 못했지만, 콘도에서는 티샷 소리가 가깝게 들려온다. 나는 침대에서 일어나 베란다로 나간다. 콘도 앞 B코스에 전동차가 줄지어 서 있다. 홀마다 전동차가 줄지어 서 있을 것이다.

이곳은 십이 월부터 한국인들로 북적거렸다. 최고 성

---

* 샷건: 발사 형태를 빗대어 말하는 것으로, 전 홀에서 동시에 티샷(tee shot)을 하는 것

수기인 일 월이 되면 한국인들이 삼백 명 가까이 들어왔다. 이때면 이십일 층이나 되는 콘도와 빌라 등이 만원이다. 손님은 대부분 한국인이고, 그중에는 인도인, 중국인들이 조금 눈에 띌 정도로 들어와 일박이일이나 이박삼일 정도 머물다간다. 이들은 골프보다는 수영이나 사파리를 즐겼다. 이곳에서 일하는 청소부나 캐디, 종업원들은 태국, 인도네시아, 파키스탄, 등의 동남아 사람들이 대부분이었다.

내가 이 골프장에서 일하게 된 것은 두모 오빠의 택배 일을 가끔 대신하고 있을 때였다. 택배 물건을 가지고 왔을 때, 마침 골절로 부상당한 할아버지가 한 분 있었다. 사장은 할아버지를 모시고 쿠알라룸푸르에 있는 병원까지 모시고 갔다가 치료가 끝나면 다시 모시고 와줄 수 있겠느냐고 물었다. 손님들이 모두 한국인이라 우선 한국어가 되고, 영어까지 가능한 사람이 필요했다. 이 나라는 말레이어 외에 영어와 중국어를 사용했다. 내가 할아버지를 병원으로 모시고 가서 치료를 받고 돌아왔을 때, 사장은 몹시 흡족해 했다. 그 일 이후 이곳에서 일하는 건 어떻겠느냐고 물었다. 전화 받기와 인터넷을 통한 골프 예약, 캐디 예약, 마사지 예약 등 그 외에도 소소한 일들을 맡게 되었다.

처음 말레이시아에 도착했을 때 슈퍼에서 일을 거들며 숙식을 제공받는 것 외에는 임금을 받을 형편이 되지 못했다. 귀국을 망설이다 생각한 것이 돈을 벌지 못할 바엔 영어라도 익힌 다음 귀국하리라는 생각에 밤낮없이 영어공부에 열중했다. 밤을 새워가며 공부한 적도 많았다. 낮에는 슈퍼에서 손님들과 영어로 대화를 나누다보니 나도 모르게 조금씩 귀와 입이 열리게 되었다. 영어를 모르는 한국의 할아버지 할머니들을 위해서는 한국어와 영어가 가능한 사람이 필요했다. 그 일로 나는 갑자기 능력자(?)가 되어버렸다. 다급해서 배웠던 영어가 리조트에서 일하게 될 줄은 꿈에도 몰랐다. 비수기에는 손님이 적었다. 여가 시간에 골프를 배울 수 있는 행운까지 얻었다. 골프 실력이 좋은 건 아니었지만 이곳에서 이 년 가까이 일하다보니 손님이 원하면 골프에도 동반했다.

이곳에 있는 한국인들은 하루에 두 번 골프를 즐기고, 매끼 맛있는 뷔페 음식을 먹고, 저녁이면 마사지를 받고 잠들었다. 여유롭게 노년을 보내는 모습을 보면 부모님 생각이 간절했다.

손님들에게 '더운 이 나라가 좋으세요?'라고 물어보면, 겨울에도 감기나 호흡기병에 걸릴 염려도 없고, 무엇보다 관절염으로 고생하지 않아도 되고, 마음껏 운동하고 즐겁게 지내다 한 계절을 보내고 돌아가면 금세 봄이라며, 행복한 표정을 지었다. 가난이나 어려움, 고생을 해본 적은 있을까? 걱정이나 근심 같은 건 찾아볼 수 없는 얼굴들, 고급 브랜드의 골프복은 중산층 나들이 옷보다 더 비싸다. 이곳 사람들은 이런 사치가 일상이다. 겨울 한철을 나고 가는 노인들을 보면, 부럽다 못해 억울해지려고 한다. 언제쯤이면 부모님 해외여행 한번 보내드릴 수 있을까?

골프장 사장은, 자식들 잘 키워서 결혼시키고 이제는 자신들의 생활을 즐기고 있는 어른들이니, 어른들께 최대한 공손하고 친절해야 한다고 거의 매일 나의 뇌에 입력시키기는 일을 멈추지 않았다. 나는 어르신들의 모습을 바라보면서 주름진 얼굴과 은빛 머리칼조차도 아름답게 보였다.

*

　골프장에서 근무하다 이두랑 할머니를 만났다. 할머니는 골프 도중 발을 헛디뎌 인대가 늘어났다. 나는 그 일로 할머니를 병원으로 모시고 가서 깁스한 할머니를 모시고 돌아와야 했다. 사장은 할머니가 나을 때까지 당분간 보살펴 줄 수 있는지 물었다.

　"급료만 충분하다면요."

　"얼마면 되는데?"

　나도 이런 일은 처음이라 알 수 없었다.

　"서울에서 받는 간병인의 급료라면 생각해 보겠습니다. 하지만 할머니가 귀국하시는 게 더 좋지 않을까요? 휠체어는 타실 수 있으니까요."

　나는 간병인이 하는 일이 무엇인지도 모른 채 그냥 던져본 얘기에 불과했다.

　"귀국할 수 없으니 하는 말이지."

　"귀국을 못해요?"

　"……."

　사장은 갑자기 난처한 표정을 지었다.

"큰아들이 검사고, 둘째아들은 내노라 하는 회사의 이사님이라고 하시던데요."

"그게 아니라…… 할머니가 며느리 시집살이를 시키나 봐, 요즘 배운 며느리가 시집살이를 하려고 하겠어. 그러니 겨울동안은 여기서 편히 지내다 오시라고 적극 권하는 모양이야. 매년 십일 월 중순경에 오셔서 이 월 말이나 삼 월에 귀국하시는데, 설이 되면 제사 모신다며 귀국하시려고 하셔서 내가 그 일로 애를 먹어요. 서울은 추워서 감기나 폐렴 등의 원인이 될 수 있으니 그냥 계시라고 만류하지만, 명절 때면 귀국하곤 하시지. 할머니가 깐깐하고 변덕스럽긴 하지만, 사실 불쌍한 분이에요. 그래서 내가 미스 윤에게 할머닐 부탁했던 거고, 며느리에게 서울 간병인과 같은 수준을 요구했더니, 그래도 오케이 하더군. 할머니와 말이 통하지 않는 현지인을 간병인으로 쓰면 당장 귀국하시려고 할 테니, 달란 대로 줄 수밖에."

사장은 골프장을 임대하여 한국인들을 불러들여 장사를 하고 있었다. 그가 돈을 버는 방법은 다양했다. 그린피와 숙식비는 선불을 받고, 캐디 피에서 절반을, 마사지사에게 절반을, 관광을 할 때도 절반가량의 이익을 냈다.

할머니의 간병 덕분에 할머니와 같은 방에서 지내며 간병과 사무를 병행했다. 할머니의 식사를 가져가기 위해 뷔페식당으로 들어갔더니 대낮처럼 밝은 시간에 할아버지 할머니들의 저녁 식사가 시작되고 있었다. 앞에서 오여사가 커다란 접시에 수박을 수북이 담고 있다. 살이 목까지 달라붙은 몸매는 이곳에 올 때나 지금이나 똑같다. 이곳에서 한두 달이 지나면 오전 오후 두 차례씩 운동을 하기 때문에 몸매가 조금은 슬림해졌다. 그러나 오여사의 몸매는 여전하다.

나는 국이든 냄비뚜껑을 열고 국자를 넣어 내용물을 들여다보았다. 설렁탕이 들어있다. 입안에서 군침이 돈다. 설렁탕을 보온통에 넣고 돌아서다가 수영장에서 수영을 하고 있는 사람들을 보았다. 검정색 히잡에 발목까지 내려오는 검은 원피스 차림의 세 여성들이 물속에 들어가 장난을 치며 놀고 있다. 식사 시간이라 그런지 수영장은 그들 외엔 아무도 없다. 그녀들은 수영을 할 줄 모르는 모양이다. 수영장 입구 쪽에서 한 사람씩 제자리에 선채 물속으로 쑤욱 들어갔다가 물위로 떠오르곤 한다. 그들은 그 일이 재밌는지 친구들이 떠오를 때마다 웃음을 터뜨린다.

'얼마나 시원할까?'

이슬람 여성들은 자신을 드러내는 것은 남성을 성적으로 탈선하도록 유혹하는 것이며, 사회혼란의 원인으로 인식한다고 한다. 그래서 온몸을 검은 옷으로 감추고 머리에도 히잡을 쓴다고 했다. 한국에서 그 옷차림으로 수영장에 들어간다면, 못 들어가게 막았을 테지만 말레이시아는 이슬람 국교라 가능했다.

"할머닌 아직도 걷지 못하세요?"

언제 왔는지 오여사가 환하게 웃으며 묻는다.

"생각보다 더디시네요."

"하하하, 연세가 많으시니 그러시겠죠."

오여사는 안됐다는 투로 말하곤 미소를 지으며 자리를 떠났다. 그녀는 오십 대 후반으로 보였는데 얼굴에 살이 쩌서 탱탱해 보였다. 나는 서둘러 할머니가 좋아할만한 음식을 준비한 뒤 콘도로 갔다.

식사 준비를 갖추어 드리고 난 다음 오여사가 안부를 전하더라고 말하자, 할머니의 표정이 뜨악해졌다.

"오여사가 아직도 여기 있단 말이야?"

"네. 여사님 안부를 물으셨어요."

"난 진즉 귀국한줄 알았는데."

할머니는 설렁탕을 아주 맛있게 먹었다.

"그 여자, 아주 못 됐어. 이젠 그 여자 만나면 알은 채도 안 할 거야."

"왜요?"

"그 여자를 첨 봤을 때 하하하, 하하하, 웃음이 좀 헤프다 생각했지. 다른 사람의 기분 같은 건 생각지 않고 그냥 자기만 좋으면 그만인 거야. 남자들이 있으면 헤헤거리는 행동거지하며 이 머리가……"

할머니는 고개를 흔들며 손을 들어 자신의 머리를 손가락으로 두 번 두들겼다. 정상이하라는 말일까? 오여사의 행동이 심히 못마땅한 모양이다.

"이곳으로 오는 비행기에서 오여사가 그러는데, 남편과 여기 오려고 자기 시아버지를 요양병원에 입원시켰다고 하더라고. 말이 입원이지, 생사람을 요양병원에 집어넣은 거잖아. 억지로 보냈더니 시아버지는 날마다 집에 오겠다고 남편에게 전화를 한다는 거야. 집에 데려가 달라고. 그 바람에 여차하면 못 올 뻔 했다고 얘기하드라고. 시아버지의 집에, 그이 재산으로 골프를 치는 것들이, 여기 와서 골프를 하겠다고 시아버지를 억지로 요양병원으로 몰아넣었으니. 말 다했지 뭐. 오여사 남편은 입국한 다음날, 골프를 하면서 그러더라고, 돌아가신 조상님들을 꿈에 봤다고, 마음이 편치 않은 모양이었어. 골프를 할 때도 수시로 전화가 왔는데, 네, 네, 아버지, 하고 대답하는 걸 봤거든. 그러고 보니 벌써 두 달이 지났네. 난 설 쇠러 간 줄 알았지. 쯧쯧쯧."

인터폰이 울린다. 마사지를 받을 시간이다. 나는 현관문을 열어주고 나서 할머니의 옷 벗는 일을 거들었다. 할머니는 탈의 한 채 마사지를 받고 있다. 눈을 지그시 감고서. 평소 입을 꽉 다물고 있을 때면 완고해 보이던 얼굴에 잔주름이 깊이 패여 있다. 나이든 할머니의 연약한 모습이 역력했다. 문득 부모님의 얼굴이 떠올랐다. 엄마는 논밭에서 돌아오면, 방바닥에 엎드리고 누우시며 허리를 밟아달라고 말했다.

"아, 아~프다. 너무 아프게 하지 말라고 말해."

할머니가 고유의 억센 음성으로 소리를 지른다.

"아, 네. 살살하세요."

나도 모르게 자리에서 일어나며 대답하고 있었다. '여기도 한번 꾹꾹 밟아라', 엄마는 끙끙 앓으며 힘껏 밟아 달라고 말하곤 했다.

이곳에서 마사지라도 한번 받으면 허리가 거뜬해질 수도 있을지 모르는데.

"엄마! 농사일 끝나면 아빠랑 한번 오세요."

농한기인 겨울이 되면, 이곳은 일 년 중 가장 바쁜 때였다. 그 사실을 잘 알면서도 나도 모르게 나온 소리였다.

"그 먼데까지? 아서라, 비행기 멀미하면 어쩔까 겁난다."

"비행기도 타보지 못했으면서 멀미는 무슨 멀미……"

말이 끝나기도 전에 눈앞이 희미해진다.

'엄마! 우리는 언제 잘 살 수 있어?'

'인제는 니 오빠도 공부 다 끝났으니께, 괜찮아질 거여.'

'그때가 언젠대? 이젠 지긋지긋해!'

울면서 소리쳤던 기억이 떠올라 마음이 아파진다.

*

　설날 아침, 식당에서는 떡국이 나왔다. 손님들은 어제와 똑같이 골프복으로 나와 식사를 하고 바쁘게 운동을 나간다. 밖은 무성한 녹음이 지쳐 보인다. 여름 날씨에 냉방된 식당에서 반팔옷차림으로 먹는 떡국이라 그런지 설날 기분이 안 난다. 세배라도 하면 조금 나아질까?

　정오 무렵이 되자, 버스로 손님들이 많이 들어왔다. 명절을 맞아 일주일이나 열흘, 단기 체류 손님들이 많았다. 마치 관광객들처럼 손님들이 몰려들었다. 나는 이미 배정해 놓은 방 키와 콘도 이용 규칙 등을 기록한 안내서를 인솔자 분에게 넘겨주고 식당의 위치와 수영장, 마트 등을 자세히 알려주었다. 입실 후 불편사항이 있는지 점검한 후 사무실로 돌아오니 사무실 앞에 몇 사람이 모여 있었다.

　마사지사가 오지 않는다는 것이었다. 인터폰으로 알려드리겠다고 약속한 후 손님을 돌려보냈다. 얘기가 끝나기도 전에 인터폰이 불이 났다. 예약 시간이 지났는데도 마사지사가 안 온다며 여기저기서 아우성이었다. 다른 마사지사라도 불러달라며 화를 낸다. 사장에게 연락하자 사고가 있었다며 당분간 마사지 예약을 잡지 말 것과, 예약은 모조리 취소해야 하니 빨리 연락을 하라고 지시했다.

"죄송합니다. 마사지사의 갑작스런 형편으로 당분간 마사지를 할 수 없게 되었습니다. 이 일로 사장님께서 마사지사를 구해보려고 쿠알라룸푸르에 나가셨습니다. 죄……"

뚝 끊긴다.

"…… 뭐야? …… 사장한테 전해. 이따위로 해먹을 것 같으면 사업 망하는 줄 알라고."

미안합니다, 죄송합니다, 방마다 연락을 계속하다보니 언어가 가진 무게감이나 진실성은 사라지고 앵무새가 된 것 같다. 또, 입안에는 온갖 쓰레기를 물고 있는 기분이다.

"사장님, 1812호 손님, 2016호 손님…… 아무리 사과해도 막무가내에요. 사장님이 직접 전화해 달래요."

"연락이 늦어 죄송합니다, 장관님, 네네. 그러시죠. 사고가 아니고…… 실은 장관님만 아세요. 이 나라는 이민이 까다롭습니다. 그러다 보니 불법체류자들이 많아요. 마사지사들이 태국에서 온 불법체류자들이라 갑자기 고발을 당한 모양입니다. …… 곧 강제추방을 당할 겁니다. 누가 찌른 거죠. 다른 마사지사들을…… 구하는 대로 장관님께 제일 먼저 보내겠습니다. 마사지를 제일 잘하는 놈으로. 네네."

사장은 이제 고개를 굽실굽실 숙여가며 말한다. 상대방 말의 강도가 높은 까닭이다. 죄송합니다를 업그레이드할 더 이상의 언어가 없다고 생각됐는지 몸이 반응하기 시작한다. 음성에 비굴함까지 묻어있다. 사장이 말하는 장관은 전직 장관이다. 낡은 명함을 내밀며 사장을 마음대로 주무를 수 있다고 생각하는 사람들이었다. 손님들 중에는 전직 국회의원이나 구청장들도 있었다. 사장은 명함을 내밀지 않는 손님들을 모두 사장님으로 호칭했다.

슈퍼의 삼촌에게서도 굽실거리는 모습을 많이 보아온 터였다. 저런 모습이 삼촌이 말하는 장사의 비결(?) 이라는 것일까?

*

이바랑 할머니가 잠이 들었다.

초보 간병인 노릇은 생각보다 힘들었다. 할머니는 깁스를 해서인지 성질이 급하고 짜증을 잘 냈다. 물! 리모컨, 화장실, 변비, 약, 선풍기, 망고…… 명사만 늘어놓으며 내가 얼마나 간병인 노릇을 잘하는지 지켜보았다. 화장실에서도 곁에 서서 지켜보게 했다. 어지럽다는 것이었다. 두 손이 멀쩡한데도 화장실 물을 내려달라고 하는가 하면, 변비가 말썽이라며 관장을 시켜달라고 하는 것은 귀여운 명령이었다. 그러나 그 모든 일이 나의 업무였고, 나는 매사 잘해야만 했다.

깁스를 풀고 나서 할머니의 다리는 조금씩 힘을 얻어가고 있다. 그러나 다리가 낫는다 해도 방회장네 부부까지 떠나버린 뒤라 할머니는 의기소침했다. 다리를 다치기 전까지는 매일 십팔 홀씩 돌았다고 했다. 할머니는 해마다 이곳에 오래 머물다보니 다른 지역 한국인들과도 교류가 많았다. 타인을 의심하고 요것저것 따져가며 흉보길 좋아하고, 불평을 늘어놓는 모습을 볼 때면 며느리를 힘들게 했겠구나, 생각했다. 그런 할머니가 다른 사람들과 어울릴 땐 뜻밖에도 사교성이 많아서 다른 사람들과 잘 어울리는 편이었다.

이제는 내가 할머니의 골프 동반자가 되어주어야 할 형편이었다. 사장도 선뜻 그렇게 하기를 원했다. 사장처럼 철저하게 며느리의 하수인이 되어 있는 것 같아 기분이 나빴지만, 어찌 보면 양쪽 다 나쁜 패는 아닌지 몰랐다. 나 역시도.

핸드폰 벨소리에 할머니가 깰까봐 얼른 베란다로 나가 전화를 받았다. 사장의 다급한 음성이 들렸다. 무슨 일 있어요? 나의 질문에는 아랑곳없이 빨리 사무실로 와, 달려. 방회장 비행기 표는 전달했던 거야? 라고 물었다. 나는 달리면서 방회장 부부의 비행기 표를 핸드폰으로 찍어서 보냈다고 말했다. 내가 사무실에 없으면 사무실 떠나지 말고 지켜.

클럽하우스 앞에는 경찰차가 두 대나 서 있고, 그 옆으로 앰뷸런스가 바라보였다. 경찰들이 서너 사람 마주 서서 얘기를 주고받는 모습도 보인다. 간호사와 의사와 몇 사람의 현지인들이 가방을 들고 클럽하우스 계단을 내려오더니 승용차와 앰뷸런스에 나누어 올랐다. 앰뷸런스는 곧바로 출발했다. 사장은 핏기 없는 얼굴로 경찰과 얘기 중이었다. 나는 직감적으로 다친 사람이 있구나 생각했다. 사장이 경찰과 함께 떠나며 사무실 지켜, 라고 소리쳤다. 사무실로 다가가니 홀 서비스를 하는 종업원들이 일제히 다가왔다. 무슨 일이 있었는지 묻기도 전에,

"죽었니? 죽은 것 같다는데?"

라고 물었다. 그때 사장으로부터 전화가 왔다. 방회장은 죽은 것 같고, 사모님은 아직 살아있어. 손님들이 이일을 알면 동요할 수도 있어. 그러니까, 누가 물어보면 모르겠다고 하고, 소문나지 않게 직원들 입단속 시키라고 해. …… 혹, 기자가 오거나 한국 특파원이 오더라도 입을 열어선 안 돼. 혹 나를 찾는 사람이 있을 땐 전화를 연결해줘. 난 조사만 받으면 올 거야."

사무실 앞에서 부사장을 만났다. 그는 놀란 얼굴로 비지땀을 흘리며 사정을 소상히 알려주었다. 청소부의 연락을 받고 사장과 함께 방으로 가보니, 거실 소파에서는 방회장이 피를 흘리며 누워있었다고 했다. 방 안 침대에

서는 사모님이 누워 있었는데 입은 테이프로 붙여 있었고, 몸은 침대에 묶여 있었다고 했다. 다행히 사모님은 팔을 다쳤지만 심하지 않아서 걱정하지 않아도 된다고 했다. 나는 두려움에 가슴이 뛰기 시작했다.

방회장이 사용했던 방은 물론 방으로 가는 복도까지 테이프로 막혀 있었다. 다행히 복도 끝 방이라 다른 이들의 보행에는 지장이 없었다. 나이 드신 분들은 수면에 방해가 된다며 엘리베이터에서 먼 곳의 방이나 복도의 끝방을 원했다. 나는 그 복도를 막아둔 테이프에 '내부 수리 중'이라는 한글을 매직으로 큼직하게 써서 붙였다. 부사장은 곧바로 현지 직원들에게 입단속을 시켰다. 두세 시간 뒤에는, 경비원이 늘어났음은 물론이고 외부인의 출입이 금지되었다. (직원들은 일사분란하게 방회장의 흔적 지우기에 나섰다.) 파키스탄 사람인 부사장은 나에게 사건을 묻는 이들이 있을 땐, 아픈 사람이 있었던 모양이라고, 그래서 앰뷸런스가 온 것 같다고만, 얘기하라는 엄명을 내렸다. 내가 한국인이기 때문에 손님들과 대화를 많이 하는 편이라 염려가 되는 모양이었다. 다행히 한국인들은 골프중이라 사건을 아는 사람이 없었다. 오후에 경찰이 다시 와서 CCTV를 모조리 점검했단 얘기를 부사장을 통해 들었다.

그날 자정이 가까웠을 때에야 귀가한 사장은 부사장과 오랫동안 의견을 교환하는 모양이었다. 다음날, 사장은 다시 쿠알라룸푸르로 떠나고, 부사장은 주방장에게 특식으로 한국 요리를 서너 가지 더 추가할 것을 요청했다. 그는 더 푸짐하고, 더 맛있게 만들어야 한다고 몇 번씩 당부를 아끼지 않았다. 그런 뒤, 방회장이 묵었던 십육 층에 들어있던 손님들에게는 수도공사를 해야 한다는 명목으로 맨 앞 동 전망 좋은 방으로 옮겨주었다. 그날 나에게 떨어진 특명은 손님들이 어떤 반응을 보이는지, 동요는 없는지, 분위기 파악을 하라는 지시가 떨어졌다. 만약 분위기가 나빠지거나 다른 골프장으로 옮겨간다는 손님이 나타날지도 모르는 일이니, 세심하게 서비스를 하라고 당부했다. 또, 나의 역할이 엄중하다는 것을 몇 번이고 얘기했다.

나는 방회장이 왜 죽었는지, 범인이 누군지 궁금했지만 알 수가 없었다.

다음날, 한국의 위성 뉴스는 어김없이 이 사건을 다

루고 있었다. 그도 그럴 것이 중견 기업 회장의 피살사건이다 보니 그 보도가 신속하고 내용도 자세했다. 다행히 이곳 골프장이란 말은 없고 이니셜만 나왔다. 그럼에도 골프장에서는 위성 뉴스를 내보낼 시간에 영화를 상영했다. 하루 두 시간, 점심식사 시간과 저녁식사 시간에 한국의 뉴스를 시청할 수 있었지만, 오늘은 수신이 잘되지 않아서 수리중이라는 메모를 식당 앞 텔레비전에 붙였다.

인터넷으로 뉴스를 접한 손님들은 말레이시아 어느 골프장에서 피살사건이 있었는지 나에게 물었다. 그 회장님은 오십칠 홀, 국제 규격의 골프장 호텔에서 묵지 않았을까요? 라고 넌지시 말을 돌렸다. 눈치 빠른 한국인들은 이곳이 이니셜과 같은데? 하고 되묻는 이도 있고, 난 여긴 줄 알았는데? 여기라던데? 어제 앰뷸런스가 오고 경찰차도 봤다던데, 아니야? 집요하게 확인하는 사람이 있긴 했다. 그러면서 내 눈치를 살피는 이들도 많았다. 설사 어떤 손님들이 이 사실을 알고 있다 해도, 내가 할 일은 모른다고 잡아떼는 일이라는 것만 알고 있었다.

인터넷 뉴스에 의하면 방회장은 사업에 소질이 없는

둘째아들의 사업자금을 더 이상 지원해 주지 않았다고
한다. 둘째아들은 사업이 부도로 이어지자, 말레이시아
에 있는 방회장을 찾아온 것으로 보고 있으며, 아들과
함께 왔던 사십 대의 사내가 방회장을 피살한 것으로 보
고 있다고 전했다. 또 사모님은 큰 상처는 아니지만 충
격으로 대화조차 할 수 없는 형편이라고 했다. 경찰은
유럽으로 도피한 둘째아들과 사내를 쫓고 있다는 소식
을 전했다.

로비까지 맛있는 냄새가 풍긴다. 나는 식당으로 들어
갔다. 특식으로 즉석 갈비구이, 연어스테이크를 준비하
느라 요리사들이 식당 한쪽에 준비 중이다. 오늘은 처
음 보는 구절판까지 등장했다. 오전 골프를 마치고 식당
으로 들어온 손님들은 맛있는 냄새에 군침을 흘렸다. 손
님들은 화려하게 차려진 맛있는 음식에 감탄하며 축배
를 들었다. 즐거운 대화가 여기저기서 쏟아진다. 마치 잔
칫집 분위기다.

몇 개의 테이블에서만 방회장 얘기가 나왔다. 방회장
의 사생활에 대해 신랄하게 비판하기도 하고, 부모의 잘
못된 교육이 이런 사태를 불러왔다고 말하는 이들도 있

었다. 그러나 그들도 이내 맛있는 음식에 화제를 잊은 듯 했다.

현지 형사들이 현장을 다녀가고, 다음 날은 한국에서 왔다는 형사들까지 현장을 확인했다. 나와 장부장, 깜부사장을 불러 방회장 행적을 낱낱이 물었다. 그리곤 CCTV를 확인하고 돌아갔다. 사무실은 낯선 사람들로 한동안 어수선한 분위기가 이어졌다. 그러나 손님들은 이른 새벽부터 골프를 시작했고, 식사 때면 특식으로 나온 맛있는 요리를 즐겼다. 밤이 되면 여전히 마사지를 받고 잠들었다.

할머니는 식사만 가져다주고 도망하듯 사무실로 종종 걸음을 하는 나를 향해, 간병 비는 받을 생각도 하지 말게. 할머니는 내 등에 독침을 던지듯이 까칠하게 말했다. 할머니, 제가 너무 바빠서 그러니까, 이해해 주세요. 이젠 혼자서도 조금씩 움직일 수 있잖아요……

나는 진심을 얘기했지만 할머니의 표정이 금세 굳어졌다.

이틀 뒤, 할머니의 요구대로 캐디를 구한 다음 골프에 동행하기로 했다. 오후에는 이 인 플레이도 가능했기 때문에 나인 홀만 돌기로 했다.

골프를 하러 나가기 전, 할머니의 물병을 챙기려고 냉장고 문을 열었다. 냉장고 안에는 망고가 가득 들어있었다. 방회장이 가져온 망고였다. 망고 속에서 지폐 뭉치까지 나오지 않았던가, 내가 놀라서 지폐가 든 비닐봉투를 전하자, 할머니는 비닐봉투 속의 지폐를 눈으로 확인한 후, 금고 속에 넣지 않았던가, 나는 물병을 꺼내며, 오늘은 방회장 소식을 전해야겠다고 생각했다. 어쨌거나 그토록 친하게 지냈던 사이라 염려가 되었다.

전동카를 타고 할머니와 함께 운동에 나섰다. 회복 후 처음의 일인데도 할머니는 골프를 잘했다. 거리가 잘 나질 않는다며 매번 서운해 했지만 어린아이처럼 신이나 보였다. 캐디가 할머니의 공을 주워서 샷을 할 수 있도록 도와주었다. 나중에는 십팔 홀까지 돌겠다고 우겼다. 할머니의 얼굴이 불그스름해졌다. 골프에 집중하며 밝게 웃는 모습이 보기 좋다. 나 또한 필드에서 마음껏 공을 칠 수 있는 기회가 없었기 때문에 모처럼 유쾌했다.

나인 홀을 무사히 끝내고 할머니와 함께 식당으로 들어갔다. 다른 때 같으면 손님들과 함께 이른 식사를 할 수는 없었다. 그러나 오늘은 할머니의 동반자로서 들어가게 된 셈이었다. 할머니에게 오늘 메뉴를 일일이 알려드리고 원하는 음식을 가져다 드린 다음 할머니 앞자리에 앉았다.

"미역국이 괜찮네."

할머니는 미역국에 밥을 말았다.

"방회장은 낼 오는 날이지?"

할머니는 방회장의 입국 날짜를 세고 있었던 모양이다. 말을 하지 않으면 방회장을 기다릴게 분명했다. 할머니에게 방회장 소식을 전해야 하는데 말을 꺼내기가 편치 않았다.

"여사님, 놀라지 마세요…… 방회장님이요, 설날…… 돌아가셨다고 들었어요."

"방회장이 죽어?"

"네."

"왜? …… 심근경색이라던가?"

"……"

나는 그때까지도 대답이 준비되어 있지 않았다.

"잘 죽었네. …… 딸년 같은 것하고 살 때부터 제 명대로 살기 어렵겠다 생각했지."

예상치 못했던 할머니의 반응에 머릿속을 지나가던 수

많은 생각들이 뚝, 끊어졌다. 왜 이제야 알려주느냐, 조문도 못하게 되었다……고 할머니가 서운해 할 줄 알았다. 오늘, 냉장고 속의 망고를 봤을 때 방회장을 만난 듯 했다. 할머니는 금고 속의 지폐를 보면 무슨 생각을 할까? 죽은 이에 대한 예의는 사망소식과 함께 끝나는 걸까?

할머니는 후식으로 내온 파인애플을 조금씩 먹기 시작했다. 나는 자리에 앉아 후식이 끝나기를 기다리기가 힘들었다. 나는 창밖을 내다봤다. 소나기라도 한바탕 시원스럽게 내렸음하고 생각했다.

"오늘, 오여사에게 연락해서 골프 약속 잡아주게."

할머니를 콘도까지 모셔다 드리고 나도 모르게 뛰어서 사무실로 돌아왔다. 냉장고에서 얼음을 꺼낸 뒤 머그컵에 가득 부었다. 그 위에 내려진 커피를 붓고 흔들었다. 얼음이 몇 알 튕겨 나갔다. 커피를 단숨에 들이켰다. 얼음만 남았다. 나는 얼음을 오독오독 씹어 먹으며 창밖을 노려봤다. 유리창에 회색 도마뱀이 죽은 듯이 웅크리고 붙어있다.

갑자기, 누군가 노크도 없이 사무실 안으로 뛰어 들었다. 오여사였다. 들어오자마자, 오늘 밤 비행기 표를 알아봐 달라고 숨찬 음성으로 말했다.

"오늘 비행기 표는 없어요. 낼 오후, 일곱 시 비행기 표는 구할 수 있을지 모르겠어요."

"얼른 알아봐요. 대한이든 아시아나든 어디든. 오늘 출발할 수 있는 걸로."

오여사가 안절부절못했다.

"무슨 일 있어요?"

"아버님이 돌아가셨어요. 우리가 큰아들인데."

"요양병원에 계신다던 그 시아버지요?"

"네. 우리가 얼른 가야 하는데, 어떡하나, 다시 알아봐요. 작은아들이 먼저 도착해 있다는데, 어떡하나……"

"작은아들이 도착했다니 얼마나 다행이에요. 할아버지는 왜 갑자기 돌아가셨어요?"

"글쎄, 자살을…… 병원 창문에서 뛰어내렸다네요. 조금만 참고 계시면 우리가 귀국할 텐데, 그새를 못 참고 일을 저지르셨네요."

"…… 비행기 표는 제가 계속 알아볼게요. 방에 들어가 계시면 연락드리겠습니다."

"미스 윤, 부탁해요. 얼른 가야 해요."

*

지난 사흘 동안, 뷔페식당은 잔칫집처럼 맛있는 한식이 풍성했다. 손님들은 살이 쪄서 귀국하겠다며 한마디씩 말하지 않는 사람이 없을 정도였다. 사장은 안도의 한숨을 내쉬었다.

방회장 사건이 닷새가 지났다. 나는 방회장 소식이 궁금해 인터넷을 뒤졌다. 더 이상의 진전된 소식은 없었다. 방회장과 아들의 지저분한 사생활만 솜사탕처럼 불어날 뿐, 사건은 어느새 공중분해 된 듯했다.

골프장도 예전처럼 모든 것이 제자리를 찾아갔다. 이곳의 영업 전략이 완벽하게 성공한 것인지……

주말이면 추위에도 불구하고 광화문 앞에서 촛불을 들고 있는 시민들의 아우성은 여전했다. 그러나 이곳은, 지구 밖의 얘기처럼 평온하다. 낮이면 골프를 하고 밤이면 마사지를 받고 잠드는 사람들.

이곳에 있는 사람들은 과연 어느 나라 사람들일까?

나는 자리에서 일어났다. 귀국을 해야겠다고 생각했다.

모래 사람

커피에서 흙 냄새가 난다. 좀 더 정확히 말하면 모래 냄새다. 나는 커피에 코를 대고 흠흠, 냄새를 맡다가 자리에서 일어났다. 커피에서 모래 냄새가 날 리 없었다. 모래 냄새를 찾아 코를 벌름거리며 집안을 맴돌았다. 집안 어느 곳에서도 모래 냄새는커녕 희미한 흙 냄새도 나지 않았다. 불현듯 간밤의 악몽이 떠오른다. 들판에서 꽃을 꺾다가 독수리의 공격을 받았다. 여행에서 돌아와 벌써 두 번째 꾼 꿈이다. 한번은 독수리에게 채어가는 꿈이었다. 왜 그런 꿈을 꾸었을까? 실크로드 여행에서 돌아온 지 여드레째가 되는데도 숨을 쉴 때마다 들숨에서 모래 냄새가 났다. 함께 여행했던 다른 사람들도 모래 냄새를 맡거나 무서운 꿈을 꾸는 것은 아닐까?

　나는 정 선생에게 안부도 전할 겸 집으로 전화를 걸었다. 신호는 가는데 받는 사람이 없다. 그녀의 집에는 아무도 없는 모양이다. 핸드폰이 없는 그녀가 부러웠는데 오늘은 불편해진다.

＊

　일어나라는 소리에 놀라 침대에서 눈을 뜨니 기차는 달리고 있고 창밖에는 파르스름한 새벽빛이 선로를 따라 달려오고 있다. 사막이다! 여기저기서 흥분된 음성이 들린다. 모래벌판이 아득히 펼쳐진다. 가끔 모래 봉우리가 시야를 가로막기도 하지만 이내 황량한 벌판이 이어진다. 나무도 풀도 없는 민둥산들이 나타났다 사라진다. 란주 역에서 기차를 탄지 하루 만에 비로소 만난 사막의 모습이다. 삼층 침대에서 아래로 내려오니 현 여사는 이층침대에서 담요를 머리까지 쓰고 잠들어 있다. 일층 양쪽 침대에서는 이미 두 사람이 일어나 얘기를 나누고 있다.

"이곳이 타클라마칸(Taklamakan)이라는 사막입니다. 타클라마칸은 '살아서 돌아올 수 없는 땅'이라는 뜻이랍니다."

실크로드에 두 번째 온다는 차 교수가 친절하게 설명해 준다.

"장사를 하기 위해 낙타를 타고 저 사막을 통과했다니…… 그 옛날에도 돈이 최고였던 모양입니다."

명퇴를 하고 곧바로 여행을 떠나왔다는 K씨가 차 교수의 얘기를 음울한 음성으로 받는다.

"생명과 바꿀 만큼 소중했을까요?"

"죽기를 각오한 도전이었겠지요."

나는 그들의 대화를 뒤로 하고 침대칸에서 나와 복도 창가에 섰다. 아득히 지평선이 바라보인다. 캔 커피를 한입 흘려 넣고 나니 뱃속에서 쪼르르 안부를 보낸다.

남편은 해외 출사라는 말에 경비는? 하고 물었다. 작은 오빠에게 부탁했어, 벌어서 갚을 거야. 첫 해외 출사라 그런지 남편은 말리지 않았다.

누군가 등 뒤에서 불쑥 젤리처럼 포장된 떡을 얼굴 앞

으로 내민다. 정 선생이다.

"속 쓰릴 텐데, 이른 아침부터 커피래?"

정 선생이 놀란 얼굴로 묻는다.

"어디서 주무셨어요?"

"한 칸 건너편에."

"갑작스런 여행이라 바쁘셨을 텐데. 떡까지 준비했어요?"

여행을 시작한 지 사흘이 지났지만 정 선생이 남편과 동행한 터라 깊은 얘기를 주고받을 시간이 없었다.

"준비랄 게 있어야지. 기후에 맞는 옷, 서너 벌이면 족하잖아."

그녀는 미소를 짓는다. 그 미소에 한파가 가슴을 훑고 지난다. 나는 사막으로 시선을 돌렸다. 초연한 정 선생 음성이 오히려 쓸쓸함을 자아낸다. 말수가 적은 그녀가 수다스러워질 때면 몹시 우울한 때였다. 나는 그 사실을 알고 있었다.

정 선생을 마지막 본 것은 사 년 전이었다. 깊은 밤 정 선생이 불쑥 전화를 했다.

"가을이라 그런지 참 쓸쓸하지? 나, 이혼 결심했어. 해를 보낼 때마다 덜컥덜컥 겁났는데 이젠 홀가분해. 의사 선생님이 갱년기가 시작된 것 같대."

"벌써요?"

이혼이라는 말보다 마흔네 살에 갱년기를 맞았다는
말에 더 놀랐다. 그토록 간절히 원했던 임신을 포기해야
한다는 게 그녀로선 얼마나 무서운 절망일지, 위로할 말
을 찾느라 머리를 뒤집고 있을 때였다.

"아무 말도 하지 마."

나는 한참을 수화기만 들고 서 있었다.

"제가 집으로 갈게요."

"아니, 그 사람이 있어."

더 이상, 아무 소리도 들리지 않았는데도 그녀의 흐느
낌 소리를 듣고 있는 것 같았다.

다음 날 그녀의 아파트까지 찾아가 보았지만 인기척이
없었다. 이후, 아파트 주인이 바뀐 것을 확인했다. 언제
든 연락이 오려니 했지만 그녀는 끝내 소식이 없었다. 어
쩌다 그녀가 생각나면 미소 지으며 하던 말과는 대조적
으로 음울한 음성이 떠오르곤 했다. 그 사이 남편과는
별거중이거나 이혼을 했거니, 생각했는데 뜻밖에도 그녀
는 남편과 동행했다. 이번 실크로드 여행으로 정 선생과

다시 만난 셈이었다.

"두 분이 함께 여행하시니 보기 좋아요."

부부여행자는 단장부부와 정 선생 부부뿐이었다.

"이혼하려던 때에 그이가 직장에서 잘렸어."

그녀는 내가 궁금하게 생각했을 거라고 여겼던지, 남편 얘기부터 먼저 꺼냈다.

"시내 아빠도 아이들도 잘 있지?"

내가 고개를 끄덕이자,

"시내 아빤 변함없을 사람이야."

"세월 가는데 변하지 않을 사람이 어딨어요?"

나도 모르게 흘러나온 퉁명스런 음성에 순간 민망했다.

"지금도 주말부부?"

"주말만 부부 맞아요."

나는 민망함을 감추려고 흐흐흐, 소리 내어 웃었다.

"이렇게 갑작스럽게 여행을 떠나도 괜찮은 거예요?"

나는 얼른 화제를 돌렸다.

"꼭 한번 가고 싶었거든. 사막에 가면 뭔가 있을 것 같고…… 그렇잖아."

"실크로드가 목적이 아니고…… 사막이었어요?"

"불모의 대지가…… 누구랑 닮았잖아."

그녀는 습관적으로 얘기를 잘라 먹으며 나를 향해 활짝 웃는다.

＊

기차에서 내려 버스로 이동을 시작했다. 이틀째 되는 늦은 오후, 버스는 사막의 한가운데서 멈췄다. 노숙을 하기 위해서였다. 칠 월 말, 사막의 공기는 드라이기의 열풍 같았다. 그러나 가끔 불어오는 건조한 바람은 땀을 한꺼번에 실어갔다.

일행들은 목을 축인 후 각자의 배낭을 메고 모래벌판을 향해 걷기 시작했다. 뻥 뚫린 공간이 망망대해처럼 눈앞에 펼쳐졌다. 모래벌판 위에는 바람의 흔적이 잔잔한 파도의 흔들림처럼 바라보였는데 그 모습이 일정하게 곡선을 그리며 이어져 있었다. 나는 셔터를 누르며, 흔적 1, 2, 3이라는 제목까지 붙여가며 좋아했다.

대지도 하늘도 무한 공간이었다. 선 자리에서 한 바퀴

둘러보니 하늘과 땅의 경계가 선으로 둥글게 이어졌다. 인간이 만든 것이라곤 찾아볼 수 없는 원형의 텅 빈 공간이 믿을 수 없을 만큼 장엄하고 고요했다. 모래벌판에 군데군데 서 있는 밋밋한 모래 봉우리들이 주인인양 우뚝우뚝 서 있다. 아파트의 숲속에 갇혀 살다가 갑자기 우주 속으로 들어가는 기분이다.

모래벌판 속에 서 있자니, 백지를 눈앞에 둔 초등학생처럼 뭔가 막막하다. 선생님은 미술 시간에 눈 오는 풍경을 그리라고 했다. 흰 도화지 위에 흰 눈을 어떻게 그려야 할지 암담했던 때처럼 우주의 속살을 마주대하고 있자니 무력감이 느껴진다. 아득한 벌판의 크기를 잴 수도, 방향을 알 수도, 하늘의 높이를 가늠할 수도 없는 드넓은 대지 속에서 나라는 존재가 한없이 왜소해진다. 카메라의 셔터를 누른다는 것조차 의미 없는 일처럼 생각됐다.

운동화와 양말을 벗어들었다. 모래는 분말처럼 부드럽고 따뜻했다. 일행들이 길도 없는 모래벌판 위를 앞서거니 뒤서거니 걷는다. 적막 속에 누워있는 모래 산들 사이를 마치 수도승들처럼 걷고 있다.

작은 모래봉우리에 올라서자, 일몰을 보기위해 먼저 도착한 일행들이 모래 능선에 앉거나 서서 해를 바라보고 있다. 나는 비로소 카메라의 렌즈에 집중한다. 태양은 대지의 경계선 위에 두둥실 떠있다. 모래벌판, 하늘, 구름이 분홍 노을을 입기 시작했다. 천지간에 저녁노을이 서서히 차오르는 모습은 황홀, 신비, 장엄, 환상이었다.

접시만한 태양이 아니라 애드벌룬처럼 크고, 불덩어리처럼 붉은 해가 지구를 향해 꽈당, 하고 떨어질 자세다. 여기저기서 감탄사가 터지고 있을 즈음, 태양은 허공에서 순식간에 사라져버렸다. 눈을 의심하며 주위를 둘러보았지만 종적을 찾을 수가 없었다. 태양의 여운만 우주를 덮고 있을 뿐. 이제 모래벌판은 분홍색 비단을 끝없이 펼쳐놓은 것 같다.

고즈넉한 분위기가 성숙해 갈 즈음 노을을 가까이서 보기 위해 멀리까지 나갔던 일행들이 야영지로 돌아온다. 나는 발에 묻은 모래를 털어내고 신발을 신으려고 했지만 땀에 젖은 발에는 모래분말이 묻어 손수건으로도 떨어지지 않는다. 마치 모래양말이라도 신은 듯하다.

일행들의 시선이 멈추어 있는 곳을 바라보니 누군가 저

멀리 능선을 따라 모래 산을 오르고 있다. 정 선생이다.

"해도 떨어졌는데 저렇게 올라가기만 하면 어떻게 합니까? 돌아오려면 깜깜할 텐데……"

"저도 저만큼 올라가다가 해가 떨어져서 돌아오는데, 저 아주머닌 저를 지나쳐 올라가더라구요. 어두워질 것같아서 내려가자고 해도 들은 척도 안하던데요."

일행 중 한 사람이 걱정스러운지 입을 열었다. 사람들은 점점 작아지고 있는 정 선생을 바라보며 저마다 한마디씩 말을 건넨다.

"저 아줌마, 정말 겁이 없네. 남편 분은 어디 계세요?"

"저쪽에서 이리 올라오고 계시는데요."

"어느 단체든, 꼭 특출 난 행동을 하는 사람이 있지요?"

일행인 차 교수가 볼썽사납다는 듯이 물었다.

"각자 여행을 즐길 권리가 있고, 저 분은 지금 가장 행복한 시간을 누리고 있는지도 모르지요. 어두워지긴 하겠지만 교통사고가 날 리도 없는 곳이니까, 우리와 같아지라고 강요해선 안 되지요."

나는 차 교수를 향해 말했다. 그의 얼굴에는 잠시 당황한 기색이 역력했다.

＊

문자 신호음이 울린다.

실크로드 팀원 긴급 상황 발생, '오지탐험' 확인 요망, 여행
단 총무 드림

웬일일까? 나는 컴퓨터를 열고 '오지탐험' 블로그로 들
어갔다. 실크로드 여행을 주선했던 단장의 블로그였다.

……긴급 상황입니다. 신문이나 방송을 통해 이미 알고 계신
분도 계시리라 믿습니다. 사건 당일 현장에 함께 있었던 사람으
로서 모른 채 할 수 없는 상황이라고 생각됩니다. 때문에 이 일
에 대해 함께 의논하고자 합니다. 본 사건에 대해 참고가 될 만
한 사연이나 기타 알고 계시는 사항이 있으신 분은 필히 참석하
여 주시기 바랍니다.

일시: **월 **일 19시
장소: ******
오지탐험 단장 우화표 드림

무슨 사건이 일어났다는 것인지, 도무지 그 내용을 짐작할 수가 없었다. 나는 단장인 우화표 씨 댁으로 전화를 걸었다. 그의 아내가 전화를 받았다. 그녀도 이번 여행에 동행했었다.

"긴급 상황이란 게 무슨 일이에요?"

"뉴스도 신문도 못 보셨군요. 실크로드에 함께 갔던 정 선생님과는 아주 친한 사이시지요? 그러잖아도 단장님이 여사님을 만나 뵀음 했어요."

"……무슨 일, 있어요?"

"정말 모르세요? 정 선생이…… 정말 믿기 어려운 일인데요. 이미 티비와 신문에 보도 된 사건이니 말씀드리지요."

"정 선생님에게 무슨 일이라도 있어요?"

머뭇거리는 그녀의 얘기를, 답답한 나머지 중간에서 끊었다.

"정 선생이 여행 중에 이 경진이를 성폭행했다고 부모가 고소를 했어요. 신문과 방송에 보도가 됐대요. 그 일로 단장님이 경찰서에서 조사까지 받고 나왔답니다."

"성폭행이요? 도대체 그게 무슨 말이에요? 또 이경진

은 누구에요?"

"고등학생 이경진이요. 그 일로 그이가 정 선생을 만나려고 했는데 아직껏 만나지 못했다네요. 정 선생이 아무도 만나고 싶지 않다고 했대요. 정말 이런 일이 있을 수 있는 일이에요?"

혼자서 여행한 사람도 아니고, 남편과 동행했던 정 선생에게 그런 터무니없는 소문이 났다는 것이 황당했다.

"그러니까, 다들 놀라는 거죠. 이번에 실크로드에 함께 갔던 고등학생 말이에요. 고등학생은 딱 한 명 있었잖아요."

실크로드 배낭여행 팀은 무려 사십 명이나 되는 인원이었다. 성인들의 여행단에 초, 중등 학생이 열 명 가량 끼어있었다. 사실 나는 학생들의 이름을 잘 기억하지 못했다. 여행이 시작되었을 때, 일행이 너무 많아 식탁에 앉을 때도 학생들은 학생들끼리 어른들은 어른들끼리 식사를 하게 마련이었다. 버스를 탈 때도 두 대의 미니버스를 이용했기 때문에 학생들의 이름은 거의 알지 못했다.

"키가 크고 여드름이 콩알처럼 솟았던 남학생이 한 명

있었잖아요."

단장 부인은 안 되겠는지 다시 일러주었다. 여드름이 유난히 많이 난 남학생이 한 명 있었던 것 같다.

"그 학생도 학생이지만, 정 선생이 그 애를 성폭행했단 건 이해가 되지 않아요."

"그건 있을 수 없는 일이에요. 그 여잔 내가 잘 알아요."

"경진이가 여행 중에 쓴 일기장을 숨겨뒀는데 그 부모가 몰래 봤대요. 고소장에 일기장이 첨부됐다고 보도가 되었다네요."

단장 부인이 뉴스를 한번 보세요, 하고 전화를 끊었다.

실크로드 여행을 떠나기 사흘 전의 일이었다. 전화가 와서 받아보니 정 선생이었다.

"어머나! 선생님 반가워요."

사 년 만에 듣는 목소리라 나도 모르게 소리쳤다.

"실크로드 간다며?"

인사말을 건넬 여유도 없는지, 그녀는 그 한마디로 그간의 세월을 정리해 버렸다.

"여행 간단 건 어떻게 알았어요?"

"신문에서 봤어. 몇 사람의 이름이 났는데 사진작가인 네 이름도 있더라. 그래서 알았어. 실크로드는 내가가장 가고 싶었던 곳이야. 지금이라도 갈 수 있을까?"

"글쎄요. 그럼 제가 알아볼까요?"

"그렇게 해 줘. 남편하고 같이 가면 좋겠지만 자리가없다면 나만이라도 일행 속에 넣어줘."

정 선생은 남편과 함께 특급비자를 내어 우리 일행과 합류했다.

정 선생은 같은 아파트 단지에서 살면서 알게 된 사이였다. 어느 날 친구의 꽃가게에 놀러갔다가 그곳에서 꽃꽂이를 배우고 있는 정 선생을 처음 만났다. 정 선생은결혼한 지 삼 년밖에 되지 않은 새내기 주부로 직장에휴직원을 내고 시험관 시술을 받았다고 했다. 내가 그녀를 만났을 때는 이미 몇 차례 실패를 거듭한 뒤였다. 서른여섯 늦은 나이에 결혼한 때문인지 임신이 되지 않는다며 살포시 미소를 지었다. 나는 그때 두 아이를 둔 주부였다. 정 선생이 한 살위였지만 주부로선 내가 단연 선배였다. 꽃가게에서 만난 이후 그녀는 거의 매일 우리 집으로 출근하다시피 했다. 아이들이 둘이나 되고 보니 홀

몸인 그녀가 우리 집으로 놀러왔다. 우리는 남편, 시댁, 친정, 아이들 얘기, 병원에서 있었던 일 등, 수다를 떨다 꽂꽂이 수업을 같이 가곤 했다. 처음 그녀는 의사의 지시대로 매일 아침 기초 체온을 재며 배란시기를 기다리고 있었다. 정작 배란시기가 되어 남편과 잠자리에 들면 남편은 너무 긴장한 나머지 일이 되지 않아 시기를 놓쳐 버리기 일쑤였다고 했다. 그녀는 단번에 아들을 낳을 생각으로 남편에게 배란기가 될 때까지 참고 견디라고 했다는 얘기도 들려주었다. 그러다 시험관아기 시술을 했지만 실패만 하다 보니 포기하고 싶다고 말했다. 시험관아기 시술로 인한 부작용으로 그녀의 몸은 무섭게 부어 있었다. 그녀가 그토록 임신에 집착하게 된 것은 남편이 외아들이었기 때문이었다.

복직한 후에도 아이를 갖기 위해 노력하는 모습은 안타까울 정도였다. 그녀의 나이가 마흔이 가까웠을 때, 시부모는 양자를 들이자고 한다며 한숨을 쉬었다. 견디다 못한 그녀는 남편에게 이혼을 하고 대를 이으라고 했다며 체념한 듯 말했다. 이후에도 시험관아기 시술은 계속되었고 실패도 연달았다.

그 무렵 나는 새 아파트를 분양 받아 이사하게 되었다. 버스로 한 시간 거리였지만. 떠나고 보니 헤어질 때 우리가 생각했던 것처럼 자주 만날 수가 없었다. 그녀는 직장생활로, 나는 육아로 바빴다.

*

나는 정 선생 소식을 들을 수 있을까 하여 뉴스 채널을 고정시켰다. 부정부패, 납치, 성폭행, 살인 방화……뉴스의 내용은 이름만 다르고, 사건은 강도만 높아졌을 뿐 한결 같았다. 생각다 못해 인터넷을 뒤졌다. 정 선생 사건은 생각보다 심각했고 부정적인 보도가 곳곳에 실려 있었다.

나는 보도 내용과 사실 여부에 대해 좀 더 자세히 알고 싶었다. 예정된 시간보다 빨리 모임 장소에 도착했다. 실크로드 여행에서 만났던 낯익은 얼굴들을 다시 만났다. 열한 명의 일행들이 모였다. 단장은 모든 것이 자신의 부덕함 때문이라고 침통한 얼굴로 말했다.

교사라는 사람이 아들 같은 아이를 그럴 수 있는지, 세상이 무섭다. / 무얼 믿고 아이들을 맡기겠느냐. 남편까지 동반한 여자가 그럴 수 있느냐. / 미친 거 아냐? 마흔여덟 살의 교사가 고등학생을 성폭행 할 수 있어? / 영계를 날로 먹어도 유분수지, 이거 너무 한 거 아닙니까? / 열 길 물속은 알아도 한 길 사람 속은 모른단 말이 어찌 그리 맞는지 원……

단장의 취지와 달리 성토장이 되어버렸다. 나는 정 선생을 믿지만 분위기가 살벌해서 어떤 말도 꺼낼 수가 없었다. 단장은 아직 재판이 끝난 것도 아니니 섣불리 예단하지는 말자며, 그 말끝에 정 선생에 대해 도움이 될 만한 소식이 있으면 알려 달라고 나에게 말했다. 회원들의 시선이 몰리자 내 몸에도 같은 종류의 비난이 쏟아지는 것 같았다.

나는 정 선생이 얼마나 도덕적인 여자이며 진실한 사람인지, 나로선 그런 일이 일어났다는 사실을 인정하기 어려웠다. 그 일은 아무리 생각해도 납득이 되지 않는다고, 나의 생각을 사실대로 전했다.

내 말이 끝나자, 일행들은 무슨 말이냐는 듯 오히려 나를 어리석게 생각하는 분위기였다. 만약 두 사람 사이에 성관계가 있었다면 경진이가 연약한 그녀를 덮쳤을 가능성이 있다고 말하는 이가 있자, 이성간의 일은 모를 일이라며 혀를 차는 사람들이 대부분이었다. 모인 이들은 대체적으로 그녀의 성폭행을 인정하는 눈치였다.

*

그 며칠 후, '실크로드 사진 전시회'를 위한 준비 모임이 있었다. 팸플릿에 넣을 사진을 각자 준비하여 모인 자리였다. 시공간은 같아도 각자의 테크닉이 다르다보니 단연 돋보이는 사진이 있기 마련이었다.

사막에서 노숙을 한 다음 날, 일행들이 사막의 가장 높은 봉우리에서 모래 썰매를 타며 놀고 있을 동안, 우리 출사팀은 무거운 카메라 가방을 메고 사막의 수많은 봉우리를 정복하며 사진을 찍었다. 사막은 무채색이었지만 무채색이 줄 수 있는 편안함이 있었고, 무엇보다 광활

한 대지에 솟아 있는 자잘한 모래봉우리와 그 봉우리를 따라 흐르는 듯한 능선은 도시에서 이제껏 만날 수 없었던 풍경이었다. 끝 모를 무한한 공간에 모래봉우리들이 앞뒤로, 옆으로 수없이 이어져 있었다. 능선을 따라 오르다 다리를 쉬느라 앉아있었다. 바람을 느끼지 못했음에도 모래가 살아 움직이듯 일제히 같은 방향으로 날아가는 모습은 뭐라 표현할 수 없이 신비스러웠다. 무생물인 모래가 생물처럼 느껴졌다. 머잖아 또 다른 수많은 모래 봉우리들이 부근으로 옮겨가겠구나, 생각되었다. 걷던 길을 멈추고 뒤를 돌아보면 내 발자국은 어느새 모래로 덮여 자취도 없이 사라져버렸다.

옆자리에서 F가 사진 한 장을 내밀었다. 독수리가 하늘을 향해 날고 있다.

"좋은 사진이 나올 줄 알았어요."

나는 사진을 들여다보았다.

단장이 실크로드 여행 중 최고의 명소라고 하는 산속 마을에 도착한 것은 일주일째 되던 오후였다. 고도 사천미터가 넘는 고산지역의 산속 마을에서 하룻밤을 보낸 다음 날 아침이었다. 일행들 중 사진작가는 다섯 명이었다. 단장을 따라 조장(鳥葬)을 한다는 곳으로 향했다. 마을에서 버스를 타고 십여 분쯤 가다가 차에서 내렸다. 버스가 들어갈 수 없는 좁은 도로를 따라 들길을 걸어야 했다. 넓은 들판을 지나 아주 작은 강을 건너게 되었다. 강폭은 오륙 미터 정도 되었고, 다리 폭은 이삼 미터가량 되어 보였다. 나무기둥을 세워 만든 다리는 흙으로 덮여 있었다. 허술하기 짝이 없는 작은 다리였다. 그 다리 난간에는 온갖 색깔의 수많은 리본이 매달려 있었다. 색깔이 바래고 삭고 낡은 깃발이나 리본이 있는가 하면 글씨가 선명한 새 깃발도 섞여 있었다. 손바닥 크기의 깃발들이 만국기처럼 바람에 펄럭였다. 단장은 이곳이 죄를 지은 사람들의 시신을 수장(水葬) 하는 곳이라고 일러주었다. 가뭄 때문인지 강물이 얕아 수장을 한다면 시신이 흘러가지도 못할 정도였다. 행여 시신을 보게 될까봐 불현듯 두려움을 느끼며 주위를 둘러보았다. 다행히 시신은 보이지 않았다.

다리 난간의 수많은 리본들은 수장을 끝낸 가족들이 죽은 영혼을 위하여 매달아 놓은 것이라고 했다. 죄인은 수장하고 죄인이 아닌 사람은 조장(鳥葬)을 한다고 했다.

다리와 들판을 지나 산 밑 쪽으로 가던 길에 일행들은 모두 걸음을 멈추고 말았다. 산골짜기가 가까이 바라보였는데 거대한 검은 독수리 떼들이 골짜기를 낮게 선회하고 있었고, 독수리의 무리도 멀리 바라보였다.

"저곳이 조장을 하는 곳입니다."

실크로드 여행을 이끌고 있는 단장은 골짜기에 앉아 있는 독수리 떼를 가리키며 말했다. 동물원에서 보았던 작은 독수리의 모습이 아니라 실로 엄청난 크기였다. 독수리가 땅에 앉았다가 서서히 허공으로 떠오를 때면 날개 밑에는 어두운 그림자가 드리워졌다. 검은 날개는 유난히 윤기가 흐르고 반짝거렸다.

"오늘은 조장이 없는 날인가 봅니다. 시신을 칼로 잘게 자르고 뼈는 망치로 잘게 부수어 새들이 먹기 좋게 만든 다음 골짜기에 놓아두면 독수리 떼들이 날아와 쪼아 먹습니다…… 조장을 볼 수 있었으면 좋았을 텐데, 아쉽군요. 조장을 보기 위해 여러 번 이곳에 와서 머물기도 했고, 보기도 했지만, 이곳에서 망원렌즈를 통해서만 볼 수 있었습니다. 오늘은 조장을 볼 수 없어 유감입니다."

야생 독수리 떼들이 몰려있는 골짜기는 화창한 날씨에도 음산한 기운이 느껴졌다. 몇 사람이 골짜기를 향해 좀 더 가까이 다가갔다.

"어, 어, 식사 중인데요!"

카메라 앵글을 맞추던 F가 놀란 음성으로 혼잣말을 중얼거렸다. 나도 사진기에 눈을 붙인 채 한 발 한 발 앞으로 다가섰다. 앉아 있는 새들의 다리 사이로 뭔가 놓여 있는 것이 보인다. 독수리가 뭔가 쪼아 먹고 있는 것이 분명했다. 이거야! 긴장감으로 손끝이 떨린다.

누군가 내 허리를 붙든다.

"위험해!"

놀라서 돌아보니 정 선생이다.

"너무 가까이 왔어, 단장이 위험하다고 더 이상 못 가게 막고 있잖아."

저만치 오른쪽에서 단장이 일행들의 앞을 가로막고 있다. 그러고 보니 독수리들이 머리 위를 선회하고 있다. 우리가 서 있는 벌판에서 육칠백 미터만 가면 독수리가 있는 골짜기로 이어졌다. 발밑에는 흰색, 보라, 노랑, 분홍 등의 화려한 들꽃이 무성하다. 건조한 날씨 탓인지

들풀의 키는 낮았지만 들꽃의 무리는 지천에 널려 있었다. 들꽃 벌판은 검은 독수리 떼가 인간의 시체를 뜯고 있는 죽음의 골짜기로 이어져 있었다. 들꽃과 독수리 떼의 모습이 하나의 영상으로 잡힌다. 으, 이거야! 나도 모르게 감탄사가 터져 나온다.

사진을 찍고 돌아서자, 정 선생은 그때까지도 내 등 뒤에 서 있었다.

"종교나 풍습, 기후 등의 이유로 나라마다 각기 다른 장제가 있지만 이건 너무 끔찍하단 생각이 들어. 이건 아니지 싶다."

정 선생은 혼잣말처럼 중얼거리다 말고 이제 무엇을 생각하는지 허공에 시선을 주고 있다.

"나는 깨끗하게 사라지는 모습이 좋그만 그래."

정 선생 남편이 담배꽁초를 앞으로 휙 던지며 말한다.

"저걸 보니 죽음이 참 개떡 같다, 그지?"

정 선생의 음성이 차분하다 못해 침몰하는 것 같아서 청각마저 예민해진다.

"인간의 존엄성은 생명이 있을 때만 가능한 걸까? ……시내 엄만 죽음이 뭐라고 생각해?"

이번에도 정 선생이 나에게 물었다.

"저 모습을 보니, 생명이 무생물 화되는 것이 죽음이란 생각이 드네요."

"산다는 게 뭘까?"

"하루하루 독을 마시는 일 같아요."

내 말에 정 선생이 고개를 돌려 나를 빤히 바라본다. 나는 무심코 뱉은 말을 거둬들이고 싶다.

그곳을 빠져나와 반대편을 향해 버스를 타고 십 분쯤 지났을까, 마을 안 시장 앞에서 버스가 멈췄다. 구수한 고기 냄새와 검은 연기가 피어오른다. 일행들은 단장을 따라서 장터로 들어갔다. 연기로 가득한 장터에서 사람들은 화덕 앞에 모여앉아 꼬치구이를 뜯고 있다. 죽은 사람들은 동물의 먹이가 되고, 살아 있는 사람들은 또 다른 동물의 시체를 먹으며 살고 있단 생각이 문득 들면서, 마치 현장학습을 하고 있단 생각마저 들었다. 일행들은 고기 냄새에 코를 벌름거리며 빠른 걸음을 옮기고 있다.

회원들이 장원이라고 공통적으로 의견을 모은 작품은 현 여사의 '사막의 그림자'였다. 장원을 한 현 여사가 한

턱을 쏜다며 식당으로 앞장서 들어간다.

모두들 상기된 표정으로 건배를 한다. 단숨에 들이
킨 양주는 입 안에서부터 불을 뿜는다. 모처럼 뱃속까
지 따뜻해진다.

양주 한 잔에 독수리가 날아가고, 사막이 날아가고,
무거웠던 머리도 날아간다.

전화 벨소리에 나는 휴대폰을 들고 밖으로 나왔다.

"……낼부터 세일기간인데 한 사람이 더 필요하다고
해서 시내엄말 추천했어."

마트에서 일하는 오월이 엄마의 전화였다. 생색내며
말하는 소리에 갑자기 현실로 돌아온 콩쥐의 기분이다.
낼은 선약이 있어요, 부언 설명 없이 끊으려다 죄송해요.
낼은 선약이 있고 다음 주부터는 일할 수 있을 것 같아
요. 나는 빠르게 말했다. 그녀와 대화가 길어지면 난파
선이 되어 가라앉아버릴 것 같았다. 다른 때 같으면 오
월이 엄마의 침묵이 두려웠을 텐데, 술이 나를 겁 없이
몰아갔다. 아이들의 학원비 때문에 시작한 일이었지만
남편은 은근히 일하는 것을 부추기며 백세 시대에 놀면
뭐해, 시대를 읽지 못하는 여잘 보면 답답해. 자본주의

세상에 살면서 돈이 되지도 않는 일에 매달리는 것은 부르주아의 값싼 낭만이야. 내 친구 오준이 마누라는 재테크에 능해서 아파트를 늘려 이사한데…… 비교적 높은 연봉의 직장에 다니는 남편은 자신에 걸맞은 생활을 하느라 수년째 생활비를 올리지 않았다. 아이들의 학원비를 말하면, 학원에 다니지 않아도 서울대에 합격한 아이들도 많아…… 아이들이 원하는데도?…… 한 달이면 두세 번 만나는 주말부부가 생활비 때문에 매번 싸울 수는 없는 노릇이었다. 배운 것이 사진이라 웨딩 샵에서 아르바이트를 했지만 가끔씩 하는 아르바이트라 학원비로선 턱없이 부족했다. 그러다 마트의 땜방 일로 영역을 넓히게 되었다. 남편의 말대로라면 생활비를 내게 주고 일정액은 적금을 붓고 있다고 했지만, 그 돈의 용처는 주색잡기로 쓰이고 있다는 것쯤은 벌써부터 알고 있었다.

＊

실크로드 여행단의 팀 모임을 한 지도 열흘 쯤 지난

어느 날이었다. 뜻밖에도 정 선생의 여동생이라는 이로부터 전화를 받았다. 정 선생이 나를 만나고 싶어 한다는 것이었다. 묵비권을 행사하고 있다는 것은 알고 있었지만, 그렇다고 그녀가 그 일을 인정한 것이라고 믿기는 어려웠다. 다음 날, 나는 구치소에서 그녀를 만났다. 핼쑥해진 얼굴보다 그녀의 몸피는 놀랄 만큼 작아져서 마치 옷을 세워둔 느낌이었다.

"바쁠 텐데, 오라고 해서 미안해요."

정 선생은 자신의 손등을 내려다보며 작은 소리로 말했다. 내가 아니라고 하자, 그녀는 고개를 들었지만 시선은 내 어깨를 지나 맞은편 벽을 향했다. 애써 웃을 듯 말 듯한 미소를 짓다가 다시 손등을 내려다보았다.

"어떻게 된 일이에요? ……보도와는, 정반대의 입장에 놓여 있는 거지요?"

"보도 내용은 별로 아는 게 없어요."

귀를 기울이지 않으면 정 선생의 애기를 알아듣기가 어려웠다. 갑작스런 정 선생의 존댓말에 거리감을 느꼈다.

'난 정 선생을 믿어요. 교사로서, 학생인 그 앨 보호하려는 거지요? 그 앨 보호하는 것도 좋지만, 부도덕한 교사가 되어선 안 되잖아요. 또, 주부인 정 선생님의 입장은 어떻게 되겠어요? 난 선생님이 솔직하게 말했음 좋겠어요. 교사로서 선택한 결론일까 봐 겁이 나요.'

나는 그녀를 설득할 생각이었다.

"사막 야영지에서 눈을 떴을 때는 주위가 어둑어둑했어요. 해 뜨는 광경을 보려고 일어났을 때 다른 사람들은 모두 여기저기 흩어져 자고 있었던 것 같아요. 주위는 어둠인지 안개인지 으스름해서 마치 꿈결 같았어요. 어제와 반대쪽을 향해 걸어가기 시작했는데, 바람이 이마를 스칠 때면 뭐라 말할 수 없이 감미로웠어요."

그녀의 음성은 속삭이듯 작았고 수척해진 얼굴은 창백했다. 나는 그녀의 얘기에 고개를 끄덕였다.

"아무도 걷지 않은 모래 봉우리에 발자국을 찍으며 걸어가는 기분도 상쾌했지만, 부드러운 바람에 취했던 것 같아요. 모래 언덕을 두세 개쯤 지났을 거예요. 옷이 거추장스럽단 걸 그때 첨 알았어요. 해가 뜨기 전이라 사람도 없어서 상의를 벗었는데 살갗에 닿는 공기가 황홀했어요. 상의만으론 미진한 느낌이 들어서 하나씩 벗다가 나중에는 모조리 벗어버렸어요. 비단결 같은 바람이 전신에 척척 감겨오는데, 뭐라 말할 수 없이 기분이 좋았어요. 행여 다른 사람들이 볼까봐 옷을 손에 들고 모래 봉우리 능선 뒤쪽으로 걷다가 그만 발이 미끄러져 넘어졌어요. 아래로 굴러 모래 웅덩이에 쳐 박혔다가 일어났더니 머릿속부터 발끝까지 모래범벅이 돼버렸어요. 모래 옷을 입은 것처럼. 그런 내 모습을 내려다보니까, 원시인 같기고 하고…… 재밌었어요. 실컷 웃다가 모래를 얼마나 많이 먹었는지 몰라요."

"말하다가 저도 모래를 많이 먹었어요. 모래가 분말 같았으니까요."

사막의 바람이나 공기 속에는 미세한 모래가 섞여 있었다.

"그런데도 난 재밌었어요. 실컷 웃고 나니까 정신까지 맑아지는 것 같았어요. 분별력이 생긴 뒤로 밝은 하늘아래서 옷을 벗어본 적도 없었지만, 알몸이라는 사실이 부끄럽거나 창피하게 생각되지 않았어요. 그런 유쾌한 기분은 첨이었어요. 능선을 따라 올라가다가 미끄러지기도 하고 모래 속에 처박히기도 하고, 깔깔거리며 아래로 굴러 떨어지면 여지없이 모래 속에 파묻히거나 모래바닥에 내동댕이쳐졌지요. 굴러 떨어지는 것도 재밌었어요. 원시인이나 자연인이 된 기분이었달까, 온전히 나 자신의 모습으로 돌아온 느낌이었어요…… 그때쯤이었을 겁니다. 모래 썰매를 타며 이쪽으로 내려오고 있는 또 한 사람의 모래사람이 있었어요."

"경진, 이었어요?"

떨리는 내 목소리와는 달리 그녀의 음성은 시종 차분하고 담담했다.

"그가 누구든 나와는 상관없는 일이었어요. 그때는…… 모래사람이었으니까."

"그래서…… 경진이랑?"

"욕망도 무엇도 아니었어요. 지금껏 스스로도 의심스러운 건, 욕정이었는지, 아니면…… 아직도 내 속에 임신에 대한 열망이 남아있었는지, 아마, 그건 아니었을 거예요."

정 선생은 여기서 고개를 강하게 흔들었다.

"아직도 정확히는 모르겠어요. 꿈이었거니, 했어요…… 아니 꿈이길 바랐는지 모르겠어요."

미쳤군요. 내뱉으려던 말을 어느 순간 삼키고 말았다.

그날, 그 새벽에 나는 어디에 있었을까?

텐트도 없고 이불도 없는 순수한 모래벌판 위의 노숙이었다. 나는 모래에 등을 붙이고 누웠다. 등은 낮 동안 달구어진 모래로 뜨듯했다. 하늘을 바라보며 모래를 베개 삼아 누워 있자니 마치 어린 왕자라도 된 기분이었다. 아득히 반짝이는 별무리를 바라보며 세상의 모든 별을 한눈에 담았다고 좋아했다. 별과 달과 고요함을 지배했다고, 지배자답게 긴 호흡을 하며 자연을 마음껏 즐겼다. 별을 상대로 대화를 나누다가 깊은 잠에 빠졌다.

다음 날, 얼굴에 태양을 붙이고 일어났던 기억, 일출을 보지 못한 서운함과 황당함을 어찌 말할 수 있을까.

"같은 말을 수없이 묻고 또, 묻고…… 난 그게 지겨워요."

"이해해요. 하지만 사실대로 얘기하세요. 지금처럼."

"어서 빨리 재판을 받았음 좋겠어요."

그녀는 애써 미소를 지어 보이려고 했지만 경직된 근육이 풀리지 않는지 찡그린 표정이 되었다. 가냘픈 어깨에 내려앉은 공기도 그녀에겐 버거워 보였다. 나는 혼란스러움을 느끼면서도 셔터를 누르고 싶단 강렬한 충동으로 손이 떨렸다. 만약 카메라가 있었다면 내 오른손

검지는 이미 셔터를 눌렀을 것이다. 셔터를 누른 순간 피사체는 정지된다. 이 흐름도 잠시 멈출 것이다.

"그 얘길 공개해도 괜찮겠어요?"

"당신이면 충분해요. 아무에게도……"

그날 이후, 나는 모래 냄새를 맡지 않았다.

아무도, 아무도 없이

아침부터 하늘이 어둡다. 차가운 바람이 봄을 일시에 거둬갔다. 꽃샘추위다. 외출을 하기 위해 밖으로 나갔다가 찬바람에 놀란 금정은 다시 집으로 들어와 두꺼운 겨울옷을 껴입고 목에 목도리를 단단히 둘렀다. 새벽 다섯 시면 어김없이 일어나 집을 나섰지만, 며칠 전부터 시작된 감기에 일어나지 못하고 이불 속에서 꼼지락거리다보니 삼십 여 분이 훌쩍 지났다.

북향인 가게 안은 한겨울이었다. 금정은 쌀을 씻어 밥솥에 안치고, 야채 데칠 물을 올린 뒤 가스에 불을 붙였다. 지단을 부칠 달걀을 으깨기 시작했다. 김밥을 주로 하는 분식가게지만 요즘은 김밥 손님과 라면 손님이 반

반가량이다. 공사장으로 가는 일용직 일꾼들이 들어설 것이다. 마음이 바빠진다. 이 일로 육 년의 세월이 지났다. 일의 순서대로 손이 척척 붙었지만 요즘은 몸이 따라주지 않는다. 점심시간이면 이웃에 사는 운천댁이 일을 도와주고 있지만, 재료 준비는 모두 그녀의 몫이었다. 밥 냄새가 풍기기 시작한다. 지단을 붙이는데 이제야 눈이 슬슬 감긴다.

간밤, 금정은 불면으로 수면유도제를 한 알 추가했지만 소용이 없었다. 누우면 몸에 철근을 뒤집어 쓴 듯 무겁고 고단한데 눈은 말똥말똥해졌다. 밤이면 육체와 정신이 분리되어 버리는 것 같았다. 가끔 가슴에 통증이 시작되면 호흡마저 불규칙해졌다. 그녀는 자리에서 일어나 다리를 세우고 두 팔에 얼굴을 묻고 앉아서 통증이 멈추기를 기다렸다. 불현듯 죽음의 경계선에 닿아있는 기분이다. 하지만 금정은 달리 할 수 있는 일이 없었다. 응급실에 실려 간 적도 많았지만, 요즘은 아무에게도 알리지 않고 소리 내어 기도를 시작했다. 남편 경규는 거의 매일 밤 술에 취해 들어오거나 다음날 들어오기 일쑤였다. 옆방에 있는 아들 해수는 지적장애에 청각장애라 그녀를 도와줄 처지가 되지 못했다. 그렇다고 매번 병원 응급실로 실려 갈 형편도 아니었다. 금정은 '차라리 멈춰버려라' 하는 심정이었다가도 잠들면 영원히 깨어나지 못할 것 같은 불안감에 허우적거렸다. 그럴 때면 동생들에게 유서를 썼다. 머릿속으로 유서를 쓰다가 나중에는 벌떡 일어나 더듬더듬 종이와 필기구를 찾았다. 만약 무슨 일이 생긴다면 외아들 해수는 어떻게 될까? 생각이 여기에 이르면 호흡은 여지없이 흐트러졌다. 밤인지 아침인지, 정신이 점멸등처럼 껌벅였다. 불면의 시간은 판단력도 감정조절도 그 어느 것도 온전하지 못하다는 것을, 다음날 아침이면 어김없이 깨달았다. 머리맡에는 몇 장의 종잇장이 흩어져 있었다. 유서라고 적었던 모양인데 읽어보니 내용도 글씨도 엉망이었다. 어둠속에서 끄적거렸던 글이라 두서가 없었다. 유서를 읽고 나면 한없이 연약한 자신이 두려웠다.

*

셋째가 전화도 없이 불쑥 집으로 찾아왔다. 병원에서 검사를 받느라 진을 빼고 집으로 돌아와 누워있던 참이었다. 금정은 반가움에 셋째의 손을 덥석 붙잡았다.

"연락도 없이 웬일이냐?"

지난겨울, 아버지 제사 이후 거의 넉 달 만에 보는 동생이었다. 십 년이 넘도록 끊겼던 가족들과 만나게 된 것은 이태 전이었다. 분식 가게에서 우연히 동생 친구를 만나 가족들의 소식을 듣게 되었고, 동생들의 연락을 받게 되어 아버지의 제삿날에야 동생들과 재회했다.

요즘은 동생들과 가끔 전화연락을 하며 지내고 있었다.

"의논할 것도 있고 해서."

셋째는 방 안을 둘러보며 느긋한 어조로 말했다. 금정은 셋째의 얼굴을 바라봤다. 미간의 주름이 깊어졌지만 콧등에는 여전히 개기름이 번들거렸다.

"집 찾기가 어려웠을 텐디, 어떻게 찾았냐?"

"동네에서 이렇게 떨어져 있으니 찾을 수가 있어야제, 택시기사도 빙빙 돌기만 하고, 돈이 잔 들었제."

금정은 지금껏 왕래가 없었던 동생이 집까지 찾아와
서 반가웠지만, 어떻게 집을 찾아왔는지 궁금했다.

"택시기사가 우리 집을 용하게 찾아줬구나."

"번지가 있응게 찾아주드만."

"우리 집 번지를 어떻게 알았냐?"

금정이 살고 있는 곳은 번지를 가지고 찾아오기도 힘든
변두리였고, 동생들에게 번지를 가르쳐준 기억이 없었다.

"언니가 언제 갈쳐 줬것제. 그랑께 알고 있것제. 해수
는 어딨어?"

"방에 있어."

그녀가 턱으로 방을 가르쳤다. 셋째가 쪼르르 방으
로 향했다.

셋째가 집을 나가는 것을 금정은 보지 않았다. 셋째가
떠난 후 금정이 곧바로 한 일은 주전자에 물을 붓고 끓
인 뒤 따뜻한 물을 한 모금씩 마시기 시작했다. 숨을 한
번 몰아쉬고, 물을 한 모금 마시고 또 숨을 몰아쉰 뒤
물을 마셨다. 한 잔의 물을 다 마시는데도 시간이 꽤 걸
렸다. 그녀는 잔을 들어 물을 마시려다 빈 잔을 확인하

고 다시 잔에 물을 부었다.

"큰언닐 여기까지 만나러 온 것은……"

셋째는 얘기를 시작하기도 전에 눈물을 줄줄 흘리기 시작했다. 한참을 울고 난 뒤…… 해수의 유산을 이 년만 빌려 달라고 말했다.

금정은 유산을 빌려달라는 동생의 말에 깜짝 놀랐다. 유산이라면, 그녀가 죽은 뒤에 읽었어야 할 유서를 셋째가 읽었다는 얘기가 되었다.

"해수의 유산은 말 그대로 내가 죽은 뒤에 쓸 수 있는 돈이잖아. 지금 현금이 있는 것도 아니고, 가게 보증금을 빼야 되는데, 보증금을 빼면 장사는 어떻게 하고, 우린 뭘 먹고 살란 말이냐? 가게가 우리가족 유일한 생계수단인데, 니 아들 문제는 딱하지만, 도울 수 없어 미안하다."

"큰언니, 그런 뜻이 아니잖아, 빌려달라는 거지…… 솔직해 말해서 막내도 자주 아프잖아, 만약 막내가 죽으면, 그 돈은 모두 누구에게 가겠어?"

"막내에게 돈을 주는 것이 아니고 맡기는 것뿐이야, 막냇동생이 죽으면 막내 아이들이 해수를 맡을 거야…… 더 이상 이 얘기는 안들은 걸로 하마."

셋째는 자신의 무능과 가난한 살림살이를 탓하며 한참 동안 눈물을 훔치더니, 자리를 박차고 일어나 뒤도 돌아보지 않고 집을 떠났다. 금정은 동생을 매정하게 대한 것 같아 마음이 편치 않았다.

그날 밤 둘째한테 전화가 왔다.

"언니 잘 있었어?"

"셋째가 오늘, 우리 집에 왔다갔다."

"들었어. 언니, 셋째만 너무 나물하지마, 나도 솔직히 말하면 셋째 의견에 동감이야."

"너도 뜯어봤구나."

"셋째가 봤다면서 뜯어보라고 해서."

"……"

"솔직히 말하면, 너무한 거 아냐?"

금정은 갑자기 몸이 떨렸다. 핸드폰조차 손에서 떨어질 것 같아 손가락에 힘을 주었다.

"나도 서운했어. 막내는 잘 살잖아. 그런 막내한테만 돈을 몰아주는 건 아니라고 봐. 셋째가 돈이 필요해서 언니에게 간 모양인데……"

금정은 말을 하려다 당황했다. 입안의 침이 모조리 말라서 입술이 떨어지지 않았다. 암 수술 후 생긴 후유증이었다.

"그러니까, 셋째네 아들 있잖우, 이미 들었겠지만 개가 빚이 많아서 사채를 썼나봐, 그래서 큰언니에게 살려달라고 부탁해볼 생각이라고 말하더라고, 급하니 큰언니에게 간 모양인데 너무 서운하게 생각하지 마소."

"직장 생활하는 녀석이 뜬금없이 사채라니?"

"건 나도 몰라, 개가 오십오 평 아파트에서 사는데 빚을 내서 샀는지, 자세한건 모르겠어."

"그럼 아파트를 팔아서 갚아야지."

"아무튼, 형편이 너무 어렵다고 하더라고, 나라도 그런 일 당하면 큰언닐 찾아갔을지 몰라. 글고 솔직히 말하면…… 나도 서운해. 나한테 그 돈을 주면 우리 두 아이들이 해수를 잘 보살펴 줄 텐데…… 언니! 우리 아들 딸도 잘 자랐잖아, 착하고 성실하고."

금정은 불규칙하게 뛰기 시작하는 심장을 어쩌지 못해 핸드폰부터 닫았다.

*

    지난해 겨울, 친정아버지의 제사를 모시고 난 뒤 자매
들만 둘째 동생네 집으로 우르르 몰려갔다. 그날, 금정
은 오랫동안 간직해 왔던 유서를 세 여동생들에게 한 통
씩 나눠주었다. 암 수술을 받고 난 뒤부터 해수가 걱정
이 되어 마음이 편치 않았다. 동생들에게 아들 해수를
보살펴 달라는 뜻으로 적은 글이었다. 막냇동생이 해수
의 후견인이 되어줄 것과, 막내에게 유산을 모두 맡긴다
는 내용을 적었다. 유산이라야 가게 전세금과 해수 앞으
로 든 약간의 보험금이 재산의 전부였다.

    금정이 죽은 뒤에 동생들에게 전해도 될 유서였지만,
그녀로선 다급한 문제였다. 남편 진규는 알코올중독자나
다름이 없었고, 더군다나 본처 자식인 아들이 한 명 있었
다. 집안에 유서를 감춰둔다면 사라질 염려가 있었다. 금
정은 암 수술 후 후유증으로 건강이 좋지 않았다. 언제
어떤 일이 벌어질 지 알 수 없는 형편이었다. 그 일로 고
심하던 중 동생들을 만나자, 그 일부터 해결하려들었던
것이 이런 사태를 몰고 올 줄은 꿈에도 생각지 못했다.

해수 아빠의 유산은 남편 경규가 부도를 내고 괴로워
할 때, 사업을 살려보려고 부도를 막아주다가 유산만 모
조리 날리고 말았다. 그 일로 금정은 무일푼 상태였다.
처음 당한 일이라 상황 판단을 못한 자신을 자책했지만,
이미 어쩔 수 없는 노릇이었다. 경규는 부도로 모든 재
산을 잃은 뒤, 가족들을 데리고 이 도시 저 도시로 떠
돌아다니며 숨어 지냈다. 생계가 어려워지자 낯선 M시
로 와서 택시 운전을 시작했다. 금정은 외아들 해수를
시설에 보내고 시아버지의 죽음을 겪으며, 죽지 못해 살
고 있을 때였다.

죽으라는 법은 없는지, 뜻밖에도 해수의 종가에서 종
산이 신도심이 되면서 막대한 돈이 나왔다. 종친들에게
재산을 분배하는 과정에서 적지만 해수 몫으로 돈을 지
급받았다. 금정은 그 돈을 기회로 해수를 시설에서 데려
왔다. 가게 보증금도 안되는 돈이었지만 금정은 분식 가
게를 임대하여 장사를 시작했다. 그 일이 해수와 함께
살 수 있는 유일한 방편이었다. 남편 경규가 운전을 그
만두고 분식 가게에서 배달을 하겠다고 나섰지만, 금정
은 해수 몫의 유산은 어떤 일이 있어도 지켜서 해수에게

넘겨주어야 한다고 생각했다. 장사를 시작했을 때, 배달 없는 장사라 처음에는 임대료를 내기도 힘들었다. 다행히 전처 소생인 세중은 제대 후, 집으로 귀가하지 않고 밖으로 떠돌았다. 회사에 취직해 일을 하고 있다던 세중은 친구들과 금은방을 털다가 절도범으로 잡혀서 지금은 교도소에 복역 중이었다. 그 일로 경규는 일보다 술로 소일했다.

*

금정은 전세금 절반을 빼서 월세로 돌리고 셋째동생에게 조금이나마 빌려 줄까 생각해 보기도 했다. 그러나 그 일은 아무리 생각해도 해선 안 될 것 같았다.

오 년 전, 갑상선 암을 제거하기 위해 수술실로 들어가며 금정은 절박했다. 사후에 해수의 생명줄이 될 수 있는 것은 무엇일까? 금정의 생각엔 해수를 따뜻하게 보살펴줄 가족이 필요했다. 가족을 만들어줄 생각을 오랫동안 해왔고 지금도 그녀는 그 생각을 버리지 못하고 있었다. 해수를 선보인 일도 몇 차례 있었다. 중복장애자인 해수와 살아줄 여자가 있을까? 적당한 장애자를 찾아보았지만 지금껏 찾지 못했다. 해수 나이가 벌써 서른아홉이었다.

해수는 수년 동안 세탁소에서 빨래하는 일을 했지만 화약약품에 노출된 피부는 습진과 온갖 피부병에 걸려 고생했다. 직장생활을 그만둔 후, 친구가 없는 해수는 컴퓨터의 세상 속으로 빠져들었다.

"아무래도 오늘은 들어가 쉬어야겠어요."

금정은 운천댁에게 뒷일을 부탁하고 자리에서 일어났다. 그때, 가게 문이 열렸다. 넷째 남동생이 불쑥 나타났다. 금정은 잠시 눈을 의심했다.

넷째가 환하게 웃으며 누나! 하고 불렀다. 넷째는 가게를 한번 둘러보고 나서, 주방 쪽을 향해 수고하십니다, 하고 운천댁의 뒤통수를 향해 인사말을 건넸다. 넷째는 원래 말이 없고 누나나 동생마저 살갑게 챙기거나 배려할 줄 몰랐다. 부모님이 외동아들이라고 귀족으로 기른 탓이었다.

넷째가 두 시간 거리에 있는 이곳 M시까지 찾아오리

라곤 생각지 못했다. 금정은 함께 밖으로 나왔다. 집으로 가자는 금정의 말에 넷째는 어디 조용한 곳에서 차나 한잔해요, 라고 말했다. 웬일일까? 넷째는 이혼하고 띠동갑 어린 여자와 재혼했다. 부모 생전에는 이런저런 장사를 하다가 실패하고 한동안 업소에서 일하기도 했지만, 지금은 초등학교 앞에서 조그마한 문구점을 하며 근근이 생활하고 있었다. 나이가 들었어도 여전히 늙은 철부지라고 동생들은 말했다.

금정은 세 여동생들에게만 유서를 주고, 넷째에게는 유서를 주지도 않았다. 유서에 대해서는 함구하라고 여동생들에게 입단속까지 시켰던 터라, 넷째의 방문은 낯설었다.

"여기까지 웬일이냐?"

카페에서 차를 주문하고 나서도 넷째는 시선을 이리저리 돌리며 빈둥거리기만 했다.

"누나, 장사는 잘 돼?"

"그럭저럭 입에 풀칠할 정도지 뭐."

"혼자서 가겔 한다더니, 아줌마도 있고 사장님 포슨데, 누나! 해수 나한테 보내."

"그게 무슨 말이냐?"

"누나가 해수 데리고 재혼해서 고생이 많았을 걸 생각하면, 마음이 아파, 누난 잘 살고 있다고 말했지만."

금정은 넷째의 말을 잘랐다.

"무슨 얘길 하는 거냐?"

"둘째 누나가 걱정하며 말하길래 알게 됐어. 사실 말하면, 내가 우리 집안의 기둥 아니오? 해수 문제는 당연히 내가 책임을 져야 한다고 생각해."

"고맙지만…… 나나 해수 걱정은 하지 마라."

"그동안 내가 누나들을 챙기지 못해 서운해 그런 모양인데, 내 생각은……"

"네 생각은 무언데?"

"……우리 오 남매가 모두 모여서 의논을 해 보는 건 어떨까 하고."

"고맙지만, 그 일은 내가 알아서 할 테니 잊어라…… 집에 가려면 늦겠다. 그만 일어나자."

금정은 극도의 피로감을 느끼며 먼저 자리에서 일어났다. 이 문제를 가지고 동생들과 씨름하고 싶지 않았다. 그러고 보니, 이제 세 동생들은 유서 내용에 대해 모

아무도, 아무도 없이 163

두 알고 있다. 막냇동생만 유서 내용을 아는지 모르는
지 소식이 없다.

다음날 아침 일찍 둘째여동생이 가게로 찾아왔다.

"언니, 날 너무 나물하지 마소, 해수를 위해 좋은 방법
이 없을까 생각하다가, 넷째에게 말하게 됐어. 넷째도 동
생인데, 넷째만 이 사실을 모르고 있는 건 너무 했다고
생각지 않아? …… 얘기한 건 미안해, 언니, 우리 식구
모두 모여서 해수에 대해 의논을 해보는 건 어떨까 하고,
의견을 모았어. 막내는 자신이 모두 가질 거니까, 지금까
지도 아무 말 없지? 유서를 읽었어도 읽었단 말 같은 건
하지 않을 걸. 언니, 막내는 아무 말 없지?"

둘째가 재차 다그쳐 물었다.

"…… 내가 언제 그런 의논을 하라고 하든, 고맙지만
그런 말 하려거든, 가거라."

금정은 쫓아내듯이 둘째를 보냈다.

생각해보니 막내만 아무 말이 없다. 막내도 내가 준 유서를 읽었을까? 수억의 재산도 아니고, 고작 일억 밖에 되지 않는 보증금을 가지고 해수를 맡아달라고 부탁한 것인데⋯⋯

결혼 전 동생들은 하나같이 착하고, 서로 도울 줄 알고 부모에 대한 효심도 깊었다. 공무원인 아빠 덕분에 생활이 어렵지도 않았고 어진 어머니 덕분에 집안은 항상 온화하고 따뜻했다. 결혼 후, 뿔뿔이 흩어져 살다보니 이렇게 변했을까? 어렵게 살다보니 달라진 것일까? 착하게만 생각했던 동생들의 행동이 낯설고 불편했다. 금정은 요즘 들어 부쩍 피곤했다. 불면 때문일 거라고 생각하면서도 정확히 어디가 아픈지도 알 수 없었다. 암 수술, 방사선치료, 허리디스크 수술, 몸이 성한 곳이 없을 정도로 망가진 상태였다. 그럼에도 금정은 분식가게를 붙들고 있었다. 월세에서 전세로 갈아타는데 육 년의 세월이 흘렀다. 가게 주인 할머니가 병을 얻고 나서 거동이 불편했다. 금정은 혼자 지내는 주인할머니의 식

사를 매일 이층으로 가져다 드렸다. 집주인 할머니는 그
일을 항상 고마워했다. 할머니가 금정의 어려운 형편을
알고 지난 설에 자식들과 의논했다면서 월세에서 전세
로 돌려주었다.

"왜 이렇게 앉아 있대요?"

주방 앞에 주저앉아 있는 금정을 내려다보며 운천댁이
걱정스런 얼굴로 물었다.

점심을 가지고 이층으로 올라갔을 때, 주인 할머니도
금정의 얼굴을 바라보며,

"안색이 안 좋아, 어디 아픈거 아녀?"라고 물었다.

금정은 최근 허리 수술을 했지만, 서서 하는 일이라
통증은 크게 호전되지 않았다. 의사의 말대로라면, 충
분한 휴식을 취하지 않고 일을 시작한 탓이라고 했다.

"얼굴이 창백한디요? 얼릉 병원에 가 봐요."

운천댁이 예의 투박한 음성으로 재촉했다.

막내는 큰언니와 통화를 끝내고 핸드폰을 닫자마자 호미를 들고 화단으로 들어갔다. 조그마한 화단이라 풀이 많지 않았다. 풀이 없을 때면 다져진 땅을 호미로 긁어주곤 했다. 막내는 모란 주위를 호미로 뜩뜩 긁기 시작했다. 건강이 좋지 않는 큰언니를 생각하니 마음이 무거웠다. 친정어머니가 돌아가신 후, 불효했던 기억이 떠오르면 막내는 호미를 들었다.

'……막내야, 궁금하면 열어봐.'

큰언니가 웃으며 말했다. 짧은 웃음소리였는데, 가을 바람처럼 스산하게 들렸다.

큰언니는 읍내에서 소문난 미인이었다. 초혼에 실패한 뒤 조그마한 제조업을 운영하는 사장과 재혼했다. 얼마 지나지 않아서 사업이 망하자, 큰언니는 당분간 찾지 말아달라는 전화를 끝으로 연락이 두절되었다.

십여 년 만에 큰언니를 만났을 때, 돌아가신 친정어머니가 나타난 것만 같았다. 반백의 머리카락에 야윈 볼과 턱이며 주름살까지 영락없는 친정어머니의 모습이었다.

큰언니 금정은 외모도 외모였지만, 할아버지의 말에 의하면, 금(金)과 정(情)이 넉넉하라고 지은 이름이라고 했다. 자매들(소정, 민정, 혜정) 간에는 질투까지 불러일으켰던 이름이었다. 큰언니는 이름처럼 어딘가에서 잘 살고 있으려니 생각했다. 뜻밖에도 큰언니는 십 년 세월보다 훨씬 늙어보였다. 그간의 세월을 한눈에 짐작할 수 있었다.

*

금정은 건강검진 결과가 좋지 않아 재검을 받았다. 결과를 보기 위해 병원으로 갔다. 컴퓨터 모니터를 바라보고 있던 의사는 몇 번이고 사진을 돌려보았다.

의사 뒤 창문 밖엔 만개한 벚꽃이 눈이 시릴 만큼 화사하다. 벚꽃의 충만한 에너지가 유리창을 뚫고 물밀듯이 쏟아져 들어온다.

금정은 의사의 주름진 미간과 입술을 번갈아 바라보았다.

"밖에 보호자 계시면 들어오시라고 하세요."

"남편은 일하는 사람이라 올 수가 없어서 저 혼자 왔습니다…… 솔직하게 말씀해 주세요. 괜찮습니다."

금정의 침착한 대답에 의사는 잠시 그녀를 바라보았다.

"뇌로 전이된 것 같습니다."

"그럼 뇌암?"

의사는 고개를 끄덕였다.

모든 것이 정지, 음소거 되었다. 의사의 희멀건 얼굴과 벚꽃이 한 장의 사진처럼 멈춰 있다. 벚꽃송이가 점점 커지다 뿌옇게 흐려졌다. 재검을 받을 때부터 불안했다. 이런 일에는 어느 정도 면역이 됐을 것이라 생각 했는데, 전신에 소름이 돋았다.

갑상선 암으로 수술을 받았던 일이 어제 일처럼 선명하게 떠올랐다.

수술을 받기 위해 병원으로 입원하러 가기 전날 밤이었다. 의사는 암 3기라 양쪽 갑상선을 모두 제거해야 한다고 했다.

"목에 종양이 있다고 수술 하재요. 수술 받고 사나흘 정도 입원하면 된다니까, 당신은 안 와도 돼요. 밥은 밥

통에도 있고 냉동실에도 있어요. 냉동실 밥은 데우면 되고, 국은 냄비에 있고 반찬은 냉장고에 준비돼 있어요."

"목에 종양이 있다고? 혹시 암인가?"

"종양이라고 했어요."

"그래도 가봐야 하는 거 아녀? 당신 동생들에게도 알리고."

"당신은 일해야죠, 종양이 무슨 병이라고 와요. 죽을 병도 아닌데, 아무에게도 알리지 마세요. 동생들과는 연락을 끊고 산 지도 오 년이 지났잖아요."

저녁식사가 끝나갈 무렵, 금정은 남의 얘기를 하듯이 얼렁뚱땅 얘기를 끝냈다.

의사는 착한 암이니 아무걱정 말라고 했지만, 수술을 앞둔 일주일 동안은 아들 해수 걱정으로 잠을 이룰 수가 없었다. 아무것도 모르는 장애아들을 속여서 시설에 보냈다가 다시 데려온 것은 가게를 시작하기 직전의 일이었다.

남편 경규가 부도를 내고 숨어 다니는 동안 행여 친정동생들에게 피해가 갈까봐 연락을 끊고 지냈다. 이제, 암 수술을 받게 되었으니 와달라고 연락을 할 수는 없는 노릇이었다.

금정은 아들 해수의 방으로 들어갔다. 해수의 유일한 친구는 컴퓨터였다. 컴퓨터가 가르쳐준 세상에서 오로지 그와 소통하고 사는 아들.

'무슨 말을 할 수 있을까? 그때 해수는 서른 네 살이었지만 열 살짜리 정도의 지능이었다. 암이라고 말하면 알 수 있을까? 적어도 컴퓨터에서 암이란 걸 찾아볼 수는 있겠지.

'내가 암이라는구나' 이렇게 말할 수 있는 가족이 단한 명도 없다는 사실이 견딜 수 없이 외로웠다. 수술을 받다가 죽을 수도, 한동안 중환자실에 누워 지낼 수도 있다. 그런 그녀에겐 뒷감당을 해줄 가족이 없었다. 그녀가 수술 전에 수술비를 미리 낸다하더라도 깨어나지 못한다면, 이후의 일은 어떻게 될까?

괜찮을 거야. 괜찮겠지, 해수 생부의 사망에도 해수를 데리고 혼자 살아오지 않았던가, 재혼은 했지만 외롭기는 마찬가지였다. 이미 이런 생활을 오랫동안 해왔으면서도 처음당한 일처럼 서럽고 쓸쓸했다.

"엄마가 간단한 수술을 하게 됐단다. 일주일 정도 걸

릴지 몰라, 그러니까, 너는 집에서 밥을 잘 먹고 있어야
해. 엄마가 올 때까지. 만약……"

만약, 금정은 더 이상 말을 잇지 못했다.

"자 머을게(잘 먹을게)."

해수는 건성으로 대답하고, 어느새 총잡이가 되어 총
소리와 함께 게임 속으로 사라졌다.

금정은 혼자서 병원에 입원했다. 병원 안에 있는 기도
실에 갔다가 우연히 신부님을 뵈었다. 그녀의 사정을 들
은 신부님은 자원봉사자와 함께 병실에 들르겠다며 안
심하고 수술을 받으라고 말했다. 또 수술 후에도 자원봉
사자를 보내주겠단 약속까지 해주었다. 그녀는 그날 밤
모처럼 편안한 잠을 잤다.

수술실로 들어가던 날은 뜻밖에도 마음이 차분했다.
수술 당일에야 병원으로 찾아온 남편은 금정이 회복된
모습을 보자 다시 일터로 나갔다.

수술에서 깨어났지만, 이번에는 방사선 치료가 그녀
를 기다리고 있었다.

*

    금정은 매점에서 여섯 병들이 생수를 질질 끌며 간호사실 앞으로 다가갔다. 간호사가 무심한 얼굴로 그녀를 위아래로 훑어보았다. 수납 영수증을 내밀자 간호사는 딱딱한 음성으로 물었다.

    "준비는 다 됐어요?"

    네, 금정은 힘주어 대답했다.

    간호사가 따라오세요, 라고 말하며 복도를 따라 앞장서 걸어갔다. 병실 문 앞에 멈춰선 간호사는 이박 삼일 동안 방 밖으로 나와선 안 된다는 것과 식사와 약은 가져다 주겠다고 말했다.

    금정은 간호사가 문을 열어주는 병실로 들어섰다. 텅 빈 병실에는 싱글침대와 작은 티브이가 하나씩 놓여 있었고, 입구에는 화장실이 딸려 있었다. 이박 삼일 동안 그녀가 지낼 거처였다.

    "불편하시겠지만 여행 왔다고 생각하세요."

    금정이 잠잠히 실내를 둘러보고 서 있자, 간호사는 그런 그녀가 딱해보였는지 온기 없는 음성으로 말했다.

위급 시 벨을 누르세요, 간호사는 문 앞에서 서둘러 떠나갔다. 방문이 닫히자, 사면은 벽이 되었다. 갑자기 벽속에 갇힌 느낌이었다. 한쪽 벽에는 손바닥보다 조금 더 커 보이는 창문이 하나 있었는데 간호사는 그 문을 통해 밥과 약을 넣어주겠다고 말했다. 방사선 치료를 위해 들어왔지만, 사면이 닫힌 공간이라 갑갑했다.

가능한 많은 생수를 마셔야 한다는 말에 금정은 생수를 마시고 침대에 누웠다. 찬물이라 금세 한기를 느꼈다. 그녀는 지방에서 서울까지 오느라 새벽부터 고속버스와 전철로 녹초가 된 상태였다. 그럼에도 잠은 멀리 달아나고 몸은 어딘가로 끝없이 추락하고 있는 기분이었다.

간호사가 작은 창문을 열고 쟁반에 봉지 약과 저녁식사를 넣어주었다. 그녀는 음식을 받아들며 드라마에서 보았던 교도소의 감방이 떠올랐다. 식사를 하는데 반찬으로 나온 김치와 나물은 모두 무염식이었다. 약을 먹어야 하기 때문에 밥을 억지로 입 안으로 밀어 넣었다. 마치 냉장고 속의 식빵을 씹고 있는 것 같았다.

금정은 잠을 청했지만 한기 때문에 잠이 오지 않았다. 턱이 덜덜 떨렸다. 빈속에 생수를 너무 많이 마신 탓이었다. 어차피 잠들지 못할 바엔 묵주기도나 하자고 일어 났지만 기운이 없어 기도조차 어려웠다. 그녀는 두 다리 를 끌어안고 몸을 둥글게 말았다. 흐릿해지는 정신은 온 갖 생각으로 혼란스럽기까지 했다.

전신을 공격하는 냉기는 떨쳐낼 수가 없었다. 문득 떠 오른 생각에 자리에서 일어났다. 그녀는 화장실로 들어 가 생수를 버리고 빈 물병에 따뜻한 물을 담았다. 두 개, 세 개, 네 개, 따뜻한 물병을 끌어안고 누웠다. 놀랍게도 손과 가슴이 따뜻해졌다. 그 따뜻함은 숨쉬기마저 편해 졌다. 따뜻함이 서서히 식어갈 무렵, 그녀는 다시 일어 났다. 식어버린 물병의 물을 모조리 쏟아내고 다시 뜨거 운 물을 채웠다. 플라스틱 병이 쭈그러들었다. 그 물병 을 이불 속에 넣어둔 다음 빈 병에 뜨거운 물을 담았다. 그런 다음 두 개의 물병은 양쪽 겨드랑이에 한 개는 가 슴 위에 올린 뒤 이불을 끌어올렸다.

따뜻한 물병을 수차례 번갈아 가며 안았다. 온기가 가 슴으로, 겨드랑이로 서서히 스며들었다. 예전에는 이런 따뜻함 같은 건 느껴보지 못했다. 그녀는 손목에 걸어두 었던 묵주를 풀어 손에 들고 기도를 시작했다. 기도가 아니면 금방이라도 몸과 마음이 무너져버릴 것 같았다.

톡톡! 유리창을 두드리는 소리가 났다. 뒤를 돌아보니 유리창 밖으로 주치의 얼굴이 보였다. 그는 불편함은 없는지, 몸에 다른 이상은 없는지 묻고는 서둘러 자리를 떠났다.

금정이 간호사에게 생수를 좀 사다줄 수 있는지, 물었을 때, 간호사는 마지못해 물을 사다 주며, 집이 시골이라고 하셨지요? 라고 물었다. 단 한 사람의 가족도 방문하지 않아서 보호자 대신 심부름까지 해줘야 하니 짜증이 났는지 모른다.

간호사들은 행여 자신들이 방사선에 노출될까 두려워 밥을 넣어주는 것도 작은 창문을 열고 번개처럼 음식을 넣어주고는 바람처럼 사라졌다. 의사는 우리 안에 있는 동물의 상태를 살피듯 유리창 밖에서 말없이 바라보다 어느 순간 없어졌다.

금정이 밤낮의 분간도 시간이 흐르는 것도 모른 채 생수를 계속 마시다보면 눈앞에서 노란 별똥별이 떠다녔다. 시야까지 뿌옇게 흐려지면 모든 사물이 꿈속처럼 느껴졌다. 그럴 때면 살아야 한다고 이를 악물었다. 해수가 눈앞에 나타났다 사라지기도 했다. 그녀는 떨어져 있는 묵주를 끌어당겼다. 하느님 자비를 베푸소서!

몇 시일까? 낮일까 밤일까, 가슴을 짓누르는 답답함과 어지러움, 금정은 답답함을 뚫어보려고 계속 물을 마셨다. 나중에는 병아리처럼 마셨다. 금정은 생수병을 안고서, 살, 아, 있, 구, 나.

벽을 향해 중얼거렸다.

간호사가 창문을 열고 음식을 안으로 밀어 넣었다.

"할머니! 할머니가 처음이에요."

"뭣이?"

"다른 사람들은 견디지 못하고 꼭 한두 번씩은 밖으로 뛰쳐나오시거든요. 할머니의 인내심은 처음이에요."

간호사가 금정을 향해 뜻밖의 소리를 했다.

"이깟것이 무슨 대단한 일이라고."

뇌암 수술, 항암 치료…… 얼마나 견뎌야 살 수 있을까? 과연, 살 수는 있을까?

금정은 병원에서 돌아오자, 곧바로 수면유도제를 먹고 누웠다. 오늘은 아무것도 생각하고 싶지 않았다. 수면유도제를 복용한 지도 벌써 십여 년이 가까웠다. 금정은 종잡을 수 없는 감정에 묶여 있었고 몸은 무언가에 짓눌려 옴짝달싹할 수 없었다.

'해수를 어떡하지?'

그녀가 세상에 태어나 떨궈놓은 단 한 명의 아들 해수, 결혼 십일 년 만에 온갖 어려움을 무릅쓰고 낳았던 아들을 두고…… 어떻게……

수술을 앞두고, 금정은 둘째여동생에게 전화를 했다.

"……별 일 없는 거지?"

"큰언니에게 말을 못했는데, 사실은 힘들어 죽겠어. 이 인간이 바람을 피워서 요즘 사는 것이 지옥이야. 아유, 못살아……"

셋째여동생에게 전화를 걸었다. 신호음만 들려올 뿐 전화를 받지 않는다. 넷째남동생에게 전화를 했다.

"……장사는 잘 되냐?"

"월세를 두 달 치나 밀려서 집주인이 전화로 들볶더니 요즘은 아예 가게로 매일 찾아와서 사람 죽겠다니까, 장사를 치워야 될까봐."

"그럼 뭘 먹고 사려고?"

"그러게?"

남동생의 무책임한 말에 금정은 한숨이 나오는 것을 간신히 참았다.

전화를 받은 막내여동생은 묻는다.

"언니, 뭐해?"

"오늘은 놀고 싶네."

금정의 말에,

"언니한테 듣던 말 중 최고야."

막내는 박수까지 보냈다.

"이렇게 놀다가 너한테 손이라도 벌리면 어떡하려고?"

"좋아, 내가 언닐 먹여 살리면 되지? 언닌 아무리 말려도 일할 거면서."

"시집오기 전, 친정집에 있을 때, 그 큰언니가 아니야. 몸이 삭았는데, 마음은 안 삭겠냐? 믿으면 안 돼."

"세상이 아무리 변해도 난 큰언닐 믿어."

"뭘 보고? 너 한참 걱정된다. 쉽게 사람을 믿는걸 보니."

막내여동생과 대화는 언제나 따뜻했다. 그 따뜻함을 붙잡고 금정은 잠들었다.

막내여동생은 어릴 때부터 동대문에서 액세서리 가게 점원으로 일했다. 결혼 후 지방으로 내려와 가게를 직접 운영했다. 지금은 사업이 안정되어 근심 없이 살고 있었다. 금정이 허리디스크 수술을 받아야 한다고 말했을 때, 막내여동생은 병원으로 달려왔다.

"언니, 해수 걱정 마, 내가 다 알아서 도울게. 그러니까 안심하고 수술 받아. 만약, 언니에게 무슨 일 있음 내가 책임지고 언닐 입원시킬 거야. 또, 나에게 무슨 일이 있음, 우리 아이들이 해수와 언닐 도울 거야. 그러니 안심하고 수술 받아."

얼마나 편한 마음으로 수술을 받았던가.

＊

금정은 가게를 운천댁에게 맡기고 아들 해수와 함께 제주도로 여행을 떠났다. 배 안에 앉아 창밖을 내다보니 초록색 물결들이 스쳐지나간다. 해수도 바다를 바라보며 금정의 어깨를 잡아당기며, 어마! 어마(엄마)! 소리친다. 생각해 보니, 마흔이 가까운 아들과 단 한 번의 여행도 떠나본 기억이 없었다. 해수를 홀로서기를 시키기 위해 청소와 밥 짓기를 시켜보기도 했지만, 분신과도 같은 아들에게 그 일을 시키는 것이 속상했다. 자신이 떠난 뒤에는 누구든 해수에게 일을 시킬 것이다. 일은 그때해도 늦지 않을 것이란 생각이 들었다. 그래서 집안일을 시키기보다는 해수가 할 일도 금정이 대신하곤 했다.

이제 해수와 헤어질 시간이 가깝단 생각이 들자, 금정은 정신을 추스르기도 힘들었다.

"어마 바(밥) 안 묵어?"

해수의 지적에 금정은 그제야 정신이 돌아왔다.

병원에서 돌아온 뒤 금정은 김밥을 말다가도 손이 멈춰졌고, 시금치를 데치다 솥까지 태워버렸다. 심지어 씹던 음식까지도 잊고 있었다.

"해수 엄마, 식사 안 하실 거예요?"

금정은 운천댁의 얘기에 놀라서 그제야 억지로 식사를 했다. 병원에 다녀오기 전만 해도 그녀는 입체적으로 일했다. 밥을 안치고, 달걀을 깨어 흰자를 분리하면서도 야채를 데치고, 전화를 받았다. 아프면 병원으로 가지 않고 약국으로 달려가 약을 사다 먹고 곧바로 가게로 직행했다. 가게 문을 닫고 쉴 수는 없는 노릇이었다. 해수를 위해 일할 수 있다는 희망이 금정을 쉬지 않고 달리게 했다.

배에서 내리자마자 앞서 걷던 해수가 느릿느릿 걷고 있는 그녀를 재촉하며 어서 오라고 손짓한다. 휴양림을 지나며 해수는 가는 곳마다 앞에서 좋아라 뛰어다니며 화화 흐흐! 소리를 질렀다. 해수의 웃는 모습을 보면서 금정은 허방을 짚었다. 녀석은 사진을 찍어달라고 어마! 어마! 소리친다. 꽃밭에 몸을 숨기고 얼굴만 드러낸 채 미소를 지었다. 금정은 핸드폰으로 사진을 찍으며 안경 렌즈를 닦고 또 닦았다. 어마 얼른! 해수가 소리친다. 안경 렌즈가 흐려져 사진을 찍을 수가 없는데 해수는 어서 찍으라고 소리친다. 이번에도 포즈를 취하며 나자(남자)답게! 라며 히히 웃었다. 가슴을 앞으로 드러내며 두 팔에 힘을 주고 서 있는 모습은, 녀석의 말처럼 남자답다. 해수의 이런 모습은 처음이었다. 밝게 웃는 모습도, 행복해 보이는 모습도 초등학교 졸업 후 처음 보았다.

해수도 다른 사람들과 마찬가지로 아름다운 경치 앞

에서 두 팔을 들어 보이거나, 손을 흔들어 보이거나, 웃으며 렌즈 앞에 섰다. 영락없는 전남편의 미소였다. 불현듯 눈물이 솟구쳤다. 그 사람이 있었으면…… 해수를 결혼시키지 않았을까?

"이젠, 어마 차례야."

해수는 소리치며 달려온다.

"어마! 치즈! 치즈!"

해수는 어눌한 음성으로 계속 소리친다. 금정은 해수가 했던 것처럼 사진 캐릭터 속에 얼굴을 밀어 넣으며, 꿈일까? 왜 지금껏 이런 시간을 가져보지 못했을까?

서로 번갈아 가며 독사진을 찍다가 금정은 지나가는 여행객을 붙잡고 사진을 찍어달라고 부탁했다. 금정이 해수와 나란히 서서 손을 잡자, 갑자기 해수가 금정을 끌어안았다. 바보인 줄 알았더니, 이런 행동도 할 줄 아는 아이였구나. 새삼 놀랍고 대견했다. 금정은 또다시 안경을 닦았다. 찍습니다, 사진을 찍으려던 아저씨가 좀 더 큰 소리로 말했다. 어서 포즈를 취하라는 재촉이었다. 금정은 애써 마음을 단속하며 미소를 지었다.

일흔이 지나서 마흔이 가까운 아들을 데리고 여행을

왔으니······ 금정은 이 상황이 낯설다 못해 꿈이지 싶다. 해수가 웃고 즐거워한다. 금정도 따라서 웃으려고 했지만 웃음이 나오질 않는다. 한참 뒤에야 입술 밖으로 포흐흐 한숨 섞인 웃음이 터졌다.

저녁 식사 때가 되자 횟집으로 들어갔다. 아들과 마주 앉고 보니 행복하게 해준 기억이 없었다. 컴퓨터게임을 많이 한다고, 운동을 하지 않는다고, 가게로 나와 식사하라고······ 꾸짖고 소리치고 구박만 했구나, 생각해보니 늘상 야단을 친 기억밖엔 없었다.

"어마(엄마) 자안(짠)!"

해수가 잔을 들어올렸다.

"우리 해수 건강과 행복을 위하여!"

해수가 먼저 잔을 부딪친다. '미안하다 아들아!' 금정은 목이 메었다.

소주 한 병을 둘이 나누어 마셨다. 모처럼 긴장감이 풀리면서 할 얘기가 머릿속을 꽉 채웠다. 그러나 금정은 아무 얘기도 하지 않고 아들과 즐거운 시간을 갖기로 마음먹었다. 숙소로 돌아가는 길에 다리가 저절로 흔들렸다. 기분이 좋은 건지 슬픈 건지 가늠이 되지 않았다.

이 일이 왜 이렇게 어려웠을까? 숙소에서 싱글침대에 나란히 누웠다. 얼마만일까? 아들과 함께 같은 방에서 잠자리에 든 것은 해수가 초등학교 졸업 이후 처음이었다. 왜 이렇게 처음인 것이 많을까?

내가 왜, 금쪽 같이 귀한 내 아들을 소홀이 했을까? 아들을 데리고 재혼한 것이 무슨 죄라도 되는 것처럼 행동했을까? 남편과 시댁식구의 눈치를 보느라 아들을 소홀히 했단 생각을 하니, 뜨거운 눈물이 쏟아졌다. 왜 그토록 못난 생각만 하고 살았을까? 가게를 남에게 맡기고, 남편을 남겨두고 둘이서만 여행을 한다는 것을 생각이나 해봤을까? 이제는, 움켜쥐느라 힘들었던 모든 것을 내려놓아야 할 시간이 가까워지고 있다.

만약, 교통사고나, 기타 사유로 사고사를 당했다면, 해수는 엄마를 기억이나 할까? 비록 병에 걸려 이제야 아들과 여행을 나왔지만, 신은 해수와 그녀를 위해 추억을 선물해 주신 것 같았다.

"해수야, 외할머니께서 돌아가셨던 거 기억하지? 너를 낳아준 아빠도 돌아가셨고, 만약, 엄마가 죽으면 누구 하고 살 거야?"

"아바(빠)하고."

해수의 거침없는 대답에 금정은 한참을 말없이 앉아 있었다. 오늘도 경규는 술에 취해 집인지 길인지도 모른 채 어딘가에서 자고 있을 것이다. 경규는 세중이 교도소에서 돌아오면 술을 끊겠다고 했지만, 그녀가 보기에 경규의 알코올 중독 상태는 점점 심해지고 있었다. 경규가 해수의 아빠노릇을 하게 된다면, 해수는 곧바로 고아 신세가 되어 어느 곳을 떠돌게 될지 알 수 없었다.

해수의 친가 쪽으로 작은아빠와 작은엄마가 있었지만 변변치 않은 형편은 고사하고, 금정이 재혼으로 시댁과 단절된 뒤로는 남남이나 다름없었다.

우리 해수를 어떡하지?

금정은 예전에 해수에게 했던 말,

'엄마가 죽으면 막내이모에게 가, 라고 말했잖아.'

갑상선암 수술을 받기위해 병원으로 가기 전날 그 말을 했는데, 오늘은 이 말이 나오지 않았다. 좀 더 냉정한 시간이 필요하다고 생각했다. 그러나 여전히 정답이 보일 것 같지 않았다.

＊

막내 집으로 셋째가 찾아왔다. 막내가 셋째언니를 반
겨 맞은 뒤 다과를 준비했다. 셋째가 식탁에 앉으며 주
방을 둘러보았다. 막내가 다과를 가지고 자리에 앉자
마자,

"너, 큰언니가 준 거 가지고 있지?"

셋째는 다과에 손도 대지 않은 채 다짜고짜 물었다.

"뭐?"

"큰언니가 너와 우리에게 봉투 하나씩을 주었잖아?"

"아, 그거."

"열어봤지?"

"아니, 열어보진 못했어."

"나랑 언니 모두 열어봤는데, 우리 가족 모두 알고 있
는데, 너는 아직 열어보지도 않았다고?"

"응…… 열어봐야 돼?"

막내는 차를 마시다 말고 흥분으로 얼굴이 붉어지는
셋째의 얼굴을 마주봤다.

"꼭 그렇다기보다, 우리는 모두 열어봤으니까, 너도 열

어 본 줄 알았지.”

“언니 차 마셔, 식겠어.”

막내가 차를 건네주며 말했다.

“안 열어봤다 그 얘기지?”

셋째가 재차 물었다.

“응, 무슨 얘기가 써있는데?”

“안 읽어봤다니 할 말이 없구나.”

셋째가 이번에는 비꼬는 투로 말했다.

“큰언니가 얼마 전에 봉투를 열어봤냐고 묻더라고, 안 열어봤다고 했더니, 열어보고 싶음 열어보라고 했었어.”

“그래서?”

셋째가 놀라며 물었다.

“유서를 준단 게 뭐겠어? 사람이 죽는단 거잖아. 우리 형제들 중 누군가를 떠나보낸다는 생각을 하니까, 우울해지드라고.”

“큰언니가 읽어보라고 했어도 안 읽었다고?”

“응, 이런 저런 얘길하다가 해수를 맡아달라고 하는데, 큰언니 심정을 생각하니까, 무지 맘이 아팠어. 결혼 십일 년 만에 어렵게 낳은 아기가 아니요, 큰언니가 해수를 낳으려고 얼마나 고생을 했는데……"

그랬지, 셋째가 고개를 끄덕였다.

"큰언니가 사람 일이란, 내일 일도 모르는 일이니, 만약, 나에게 무슨 일이 있거든, 해수를 부탁한다며 봉투를 줬어."

"봄에 우리 세 사람에게 봉투를 줬는데, 봉투를 또 줬다고?"

"응."

"언제?"

"그러니까, 두 번째 봉투를 준건, 일주일 정도 됐나?"

"가져와 봐."

막내가 일어나 안방으로 들어갔다. 방을 나왔을 때 막내의 손에는 흰 봉투가 두 장 들려있었다.

"이거야. 이건 지난겨울에 준 거고, 이 작은 봉투는 최근에 줬던 거."

막내가 봉투를 식탁 위에 내려놓았다. 셋째가 두 장의 봉투를 점검하듯 뒤집어 보았다. 개봉한 흔적이 없는 봉투였다.

셋째가 최근에 주었다는 봉투를 들어 막내에게 내밀며,

"열어보자."

"둘째언니도, 언니도 열어봤다면서, 내용을 다 알고 있을 게 아냐."

"열어보고 붙여두면 되잖아."

"유서는 사람이 죽은 다음에 보는 거잖아."

"궁금하잖아, 넌 궁금하지도 않냐?"

"꼭, 열어봐야 돼?"

막내가 묻자, 셋째가 재촉하듯 봉투를 내밀었다. 막내가 가위로 봉투를 잘랐다.

사랑하는 막내야!

내가 죽은 뒤, 아들 해수를 H시설에 보내주기 바란다.

얼마 되지 않는 통장의 돈과 가게 보증금은, 해수가 가야 할 H시설에 기부해라.

그리고 내 몸은 대학병원에 기증하기로 이미 서류정리를 마쳤다.

이제야 모든 일이 끝난 것 같구나.

막내야, 네가 살아있는 동안, 시설에 있는 해수를 한 번씩 찾아봐 주었음 좋겠다.

미리 말하지 못해서 미안하다.

막내야, 꼭 내 뜻대로 실천해 주길 바란다. 이 부탁을 할 수
있어서 좋구나.

윤금정

또 한 장의 편지지가 들어 있었다.

사랑하는 동생들에게

부족한 언니지만, 언니는 너희들과 함께 했던 시간이 행복
했다.

나는 외롭고 쓸쓸할 때면 성경을 읽었다. 성경에서 찾아낸 한
문장 때문에,

지금은, 나의 남은 삶은, 외롭지 않을 것이다.

'용기를 내어라. 나다. 두려워하지 마라.'(마태오 14, 27)

이 한 문장을 붙잡고 일어섰느니라.

너희들도 어려운 일이 닥치거나, 고아처럼 외롭다고 생각될 때,

이 말씀에 의지해라. 사랑한다.

윤금정

눈물을 훔치던 막내가 큰언니에게 전화를 걸었다. 전화는 꺼져 있었다. 이번에는 가게로 전화를 돌렸다. 나이든 아주머니의 음성이 들려왔다.

"해수 엄마를 찾소? 해수 엄마는 지금 서울에 있는 병원에 갔다요."

"언제요?"

"사날됐지라우."

"해수는요?"

"해수 엄마가 데리고 갔지라우."

"어느 병원인지 아세요?"

"자세히는 모르제만 암튼, 몸이 안 좋아서 수술을 하는 갑다. 근디, 왜 묻소?"

"동생이에요, 다른 연락은 없었어요?"

"해수는 말을 못하니께 연락을 할 수도 없고, 해수 아

빠는 술주정뱅이가 돼논께 병원에 간지도 모를 것이요.
바쁜게 나 끊소이."

　수화기를 내려놓는 딸각 소리가, 뭔가 툭, 끊어지듯 귓
전을 때렸다.

벽이 말을 할 수 있다면

1부

숨

파란이 공항 출구를 빠져나오자, 뜻밖에도 노파란, 그녀의 이름이 적힌 책받침만한 종이 피켓을 가슴에 대고 서 있는 한 아저씨를 발견했다. 쭉쭉 갈려 쓴 한글이지만 그녀의 이름이 분명했다. 파란은 가까이 다가가서 제가 노파란 입니다, 라고 인사했다. 피켓을 든 원조 아저씨는 함박미소를 지으며 조국한 씨의 전화를 받았다며, 반갑게 맞아주었다.

"일하면서 여행 중이라고? 조국한 씨가 일자리 있음 소개하라고 하던데, 여기서도 일할 생각인가?"

"돈벌이가 있음 당연히 해야죠. 프랑스에선 조국한 아

저씨의 민박집에서 일했어요. 주로 손님방 청소와 세탁, 설거지 뭐 그런 단순한 일이었어요."

"일을 잘했나 보네, 그 친구가 처음부터 끝까지 칭찬을 늘어놓은 걸 보면. 교민들이 하는 일은 마트, 세탁소, 식당, 수선점, 네일아트, 양품점이거든, 그런 곳에서 일손을 찾는데, 오늘은 교민 신문 한번 들여다봅시다."

"고맙습니다. 교민 신문 있음 저를 주십시오. 제가 찾아보겠습니다."

원조 씨의 민박집은 서민 아파트로 거실 하나에 방이 세 개였다. 손님방이 둘, 주인 부부의 방과 주방과 식당이 이어져 있었다. 아파트 안으로 들어갔을 때 파란은 친척집에 온 듯 편안한 느낌이 들었다.

원조 씨는 사십 년 전, 샌프란시스코에 이민 와서 아이들이 독립할 때까지 마트를 운영하느라 허리가 휠 정도였다고 했다. 아이들이 독립한 후, 민박집을 운영하면서 요즘은 몸과 마음이 많이 편해졌다고 했다. 사모님도 건강해 보였다.

원조 씨의 안내로 손님방으로 들어갔을 때 방 안에는 두 개의 이 층 침대가 양쪽 벽에 붙어 있었다. 일 층 침대 위에는 옷가지들이 가지런히 놓여 있었다. 파란은 남아있는 이 층 침대를 사용할 수밖에 없었다. 파란은 짐을 대충 정리하고 침대에 누워있다 그대로 잠들었다. 무슨 소리에 깨어보니 누군가 방으로 들어왔다. 낯익은 얼굴, 고국에서 온 듯한 아주머니 두 분이 배낭을 메고 들어왔다. 파란은 다시 잠에 빠졌다. 알람소리에 깨어난 파란은 저녁식사를 하기 위해 식당으로 들어갔다. 식탁 앞에는 아까의 아주머니 두 분이 이야기를 나누며 앉아 있었다. 민박집 안주인이 음식을 식탁에 올리며 오늘 도착하신 분이라고 그녀를 소개했다.

파란은 머리에 쓰고 있던 밤색 비니를 벗으며 허리를 굽혀 인사했다. 아주머니들의 표정이 화들짝 놀랐다. 머리카락을 남김없이 빡빡 밀어버린 때문이었다.

"애란이 엄마, 전정화라고 합니다."

정화 씨는 추위를 타는지, 두터운 모직 남방 위에 털실로 짠 솔까지 걸치고 있다. 큰 키에 가느다란 체구는 풀잎처럼 가냘픈 모습이다. 그녀는 노파란을 향해 환한 미소를 지었다.

"이세주라고, 두 아이 엄마에요."

정화 씨의 옆자리에 앉아 있던 아주머니가 말했다. 말씨가 차분하고 온화하다. 샤워를 하고 나온 모양인지 긴 머리카락이 젖어있다. 두 아주머니는 사십대 후반에서 오십대로 보였고 또래 같았다. 선후배나 친척, 자매들이 여행을 왔나 생각했다. 그러나 외모와 말투가 많이 달랐다. 자녀 교육에 한참 신경 쓸 나이로 보이는 아주머니들이 어떻게 배낭여행을 왔는지, 파란은 신기하고 궁금했다.

"여행을 시작하신지는 얼마나 되셨어요?"

파란이 궁금증을 참지 못하고 먼저 물었다. 정화 씨는 열하루 째였고, 이세주 씨는 보름가량 된다고 했다. 아주머니들은 이곳 민박집에서 오 일 전에 만났다고 했다. 파란은 유럽여행을 마치고 오늘 샌프란시스코에 도착했다. 여행을 시작한 지 칠 개월째였다. 파란의 얘기에 아주머니들은 놀란 눈치였다.

다음 날, 파란이 눈을 떴을 때는 다른 사람이 된 것처럼 기분이 상쾌했다. 배낭여행을 시작하면서 낯선 잠자리도 불편했지만, 낯선 사람들 사이에서 잠들며 자신도 모르게 긴장하고 있었던 모양이었다.

정화 씨는 간편한 옷차림으로 현관 앞에서 운동화 끈을 묶고 있었고, 세주 씨는 청바지에 줄무늬 셔츠를 걸쳤다. 시골 골목길에서 마주칠듯한 소박한 차림의 정화 씨는 아무리 뜯어봐도 혼자서 배낭여행을 할 아주머니로는 보이지 않았다. 시골 장터에서 샀음직한 모직 바지에 큼지막한 셔츠는 그녀의 옷이라기보다는 남편 옷이거나 가족 중 누군가의 옷임에 분명했다. 어깨 너비가 넘쳐서 팔까지 내려온 셔츠의 기장을 그녀는 몇 번씩 걷어 입고 있었다. 마디가 굵고 거친 손가락에는 닳아서 무늬도 보이지 않는 누런 금가락지가 끼어져 있었다. 영락없는 촌부의 모습이다. 세 아이의 엄마로 살림만 하는 평범한 가정주부라고 했다. 하지만 혼자서 외국 여행을 할 정도의 아줌마라면 겉모습은 평범해도 예술가라든지 뭔가 감춰진 보물이 있을지 모른다고 파란은 생각했다.

"벌써 나가시게요?"

"몹시 고단해 보여서 깨우지 않았어요."

세주 씨가 모자를 눌러쓰며 말했다. 어제도 느꼈지만 세주 씨의 미소는 웬일인지 고단해 보였다.

"저는 여행 계획도 세우고 오후에나 나갈 생각입니다."

"우리가 샌프란스시코에 도착한 다음 날부터 태풍이 불어서 나무가 넘어지고 폭우가 쏟아지고 굉장했어요. 관광을 시작한건 오늘이 이틀째에요. 오늘은 날씨가 좋아서 천만 다행이에요."

아주머니들이 방을 나가자, 파란은 다시 침대로 기어들었다.

무슨 소리에 깨었을 때, 원조 씨가 청소 도구를 챙겨들고 방문을 빠끔 열고 방 안을 들여다보았다. 파란이 그제야 자리에서 일어났다. 원조 씨는 청소를 시작하며 특별한 계획이 있느냐고 물었다. 파란이 없다고 말하자, 맛집, 쇼핑가, 관광지 등이 인쇄된 프린트와 관광지도까지 챙겨서 가져다주었다.

파란은 늦은 오후에야 배낭을 메고 밖으로 나왔다. 지도를 보고 투인 픽스로 올라갔다. 샌프란시스코가 한눈에 펼쳐졌다. 샌프란시스코의 날씨는 겨울임에도 비교적 포근했다. 주택가로 들어서자 대부분의 주택들이 나무만으로 지어져 있었다. 주택의 높이도 한결같이 이층이나 삼층 정도밖에 되지 않는 낮은 건물들이었다. 샌프란시스코는 지진이 많아 지진의 피해를 줄이기 위해 건물을 높이 짓지 않는 것은 물론, 안전사고에 대비해서 나무로만 집을 짓는다고 했다.

거리 곳곳에서 태풍의 피해를 느낄 수 있었다. 사이프러스 나무들이 군데군데 넘어져 있었고, 사람들이 쓰러진 나무를 자르고 치우는 모습도 볼 수 있었다. 광고판이 거리에 떨어져 있거나 깨어져 나간 모습도 눈에 띄었다. 접착력이 강하고 깨지지 않을 재료는 없을까? 파란은 문득 광고판을 생각하고 있는 자신을 깨닫고, 후후 소리를 내어 웃었다.

파란은 프랑스에서 귀국할까 생각했지만, 귀국하면 취직공부를 시작하기도 암담하고, 알바를 하며 청춘을 낭비하기도 억울했다. 그렇다고 결혼을 할 대상도, 사랑하는 이도 없는 서울로 돌아가기엔 답이 나오지 않았다. 장기 여행을 하려고 계획 했던 것은 아니었지만, 칠개월째 여행을 계속하고 있었다.

파란은 디자인과를 졸업하고 곧바로 취직했다. 소규모 광고회사였는데 사장과 전무, 과장 등 여섯 명이 직원의 전부였다. 실질적으로 일하는 사람은 고작 네 명이었다. 파란은 디자인 업무를 맡았지만 직속상관인 T과장이 홍보에서부터 디자인 등 모든 일을 총괄하고 있었다. 파란은 그의 보조 일을 맡기가 다반사였다.

파란이 한두 개나 두세 개의 디자인 초안을 가지고 결재를 맡으러 가면 T과장은 조언을 아끼지 않았다. 카피를 쓸 때도 마찬가지였다.

사 년여 직장생활을 함께 하다 보니 T과장과는 비교적 손발이 잘 맞았다. 파란은 T과장이 일을 지시하기 전에 미리 알아서 처리하기도 했다. 회사 돌아가는 사정까지도 모조리 꿰고 있을 정도였다. 회사에 어려움이 있을 때면 전 직원이 머리를 맞대고 함께 고민하기도 했다.

T과장은 비가 오는 날이면 차 한 잔을, 첫눈이 오면 와인을 사겠다며 부하직원들을 차에 태웠다. 그 모든 자리에 직원들과 함께 했지만 파란은 자신을 위해 차나 와인을 산다고 생각했을 정도였다.

직원 회식이 있던 날, T과장의 승용차에 탄 적이 있었다. 그는 다른 직원을 내려주고 얼마 뒤 파란을 동네 앞에 내려주었다. 이후에도 몇 번 태워준 적이 있었는데, 그는 한 마디 말도 없이 매번 거리에 그녀를 세워두고 훌쩍 떠나가곤 했다. 뒤를 돌아보는 일도 없었다. 파란은 그런 T과장의 태도가 멋있게 보였다.

그날은 광고 카피가 문제였다. 경쟁회사의 광고가 채택되는 비운이 연거푸 계속되자, 사장은 한숨을 쉬며 대리급인 파란을 불렀다. 카피가 맘에 걸렸는데 결국 카피 때문이었다며, 광고 회사는 한가하게 일하는 곳이 아니다. 광고를 너무 쉽게 생각하고 만드는 것이 아니냐며, 창조적 사고를 하라고 무섭게 화를 냈다. 그녀의 직속상관인 T과장이나 B과장에게 내야 할 화살을 파란에게 모조리 쏟았다. 파란은 졸지에 당한 일이라 억울하고 서운했다.

퇴근을 서두르고 있을 때 T과장이 이를 알고 그녀를 불렀다. 자신이 받을 몫을 파란이 받았다며 사과하는 뜻에서 저녁을 사겠다고 말했다. 파란은 다음에 먹겠다고 사양했지만, T과장은 오늘 일은 오늘 풀어야 한다며 놓아주지 않았다. 저녁을 먹고 와인 바에 들렀다. 이미 식당에서부터 취한 파란은 두 번째 들렸던 와인 바에서 정신을 잃었다.

다음 날 아침, 눈을 떴을 때, 그녀는 알몸으로 혼자 누워 있었다. 놀랍고 당황해서 옷을 찾아 입으려고 자리에서 일어났다. 사이드 테이블 위에는 편지가 한 장 놓여 있었다. 사랑한다는 T과장의 손 편지였다. 오랫동안 함께 근무하다보니 T과장과는 친밀감이 쌓였고, 출장을 같이 갈 때면 마치 애인처럼 남편처럼 굴었다. 파란은 그런 그가 싫지 않았다. 그동안 사랑한다는 사실을 서로 감추고 있었을 뿐, 언제든 터질 수 있는 일이 벌어진 것인지도 몰랐다.

이후, 사랑이라는 유리 옷을 입고 일 년여를 T과장과 얽혀 지냈다.

샌프란시스코 시내에는 어느새 저녁 불빛이 들어와 있었다. 세상의 모든 빛을 끌어다 붙여놓은 것처럼 도시는 화려하고 아름다웠다. 불현듯 서울의 야경처럼 다정하게 느껴졌다. 불빛을 좇아 걸어가면 첫사랑 세훈과 만날 것 같았다.

여행을 하는 동안 세훈을 놓친 것을 두고두고 후회했다. 그가 서울을 떠나지 않았다면, T과장과 오랫동안 얽혀 지내진 않았을 것이란 생각까지 들었다. 생각 같으면 당장 그가 있는 하와이로 달려가고 싶었지만, 파란은 자신이 담담한 마음이 되었을 때 세훈을 만나야 한다고 생각했다.

유럽에서 미국 땅을 밟은 것만으로도 세훈에게 점점
가까이 다가가는 느낌이 들었다. 잊겠다고 생각하다가도
세훈의 모습을 닮은 사람이라도 나타나면 눈앞의 공기
마저 모조리 그리움으로 변해버렸다. 가까이 있을 때 이
런 상황에 놓여 있었다면 아마 견디지 못했을 것이다.

아침, 파란이 주방으로 나왔을 때 아주머니들은 식탁
에 앉아 차를 마시고 있었다. 아침 식사를 하자며 깨우
던 정화 씨에게 늦잠을 자겠다고 했던 기억이 났다. 파
란이 토스트와 커피로 아침 식사를 끝냈을 때, 세주 씨
가 비닐봉지 하나를 내밀었다. 그 속에는 초콜릿 두 개
와 사과 한 개가 들어있었다. 아주머니들도 비닐봉지 하
나씩을 들어보였다. 파란은 아주머니들의 친절에 엄마
같은 따뜻함을 느꼈다.

"혼자 나가실 거죠?"

정화 씨가 머플러로 목을 감싸며 파란에게 조심스럽
게 물었다. 파란만 남겨두고 당신들만 떠날 수 없다고
생각했던 모양이다. 정화 씨는 머플러 끝을 셔츠 안으

로 몰아넣은 뒤 남은 앞단추마저 단정히 채우며 일어났

고, 세주 씨는 청바지에 두터운 점퍼를 걸친 다음 털모

자를 썼다.

"두 분께서는 관광 많이 하셨지요? 저는 오늘 시내를

둘러볼까 해요."

"이 집 사장님이 준 관광지는 거의 다 둘러본 셈이에

요. 오늘은 시외까지 나가볼 생각이에요."

정화 씨가 쾌활한 음성으로 말했다. 아주머니들은 오

늘도 모험하는 소녀처럼 배낭을 메고 먼저 떠나갔다.

파란은 배낭 속에서 재스민 봉지를 꺼낸 뒤 물을 끓

여 부었다. 유럽의 어느 시골마을에서 산 재스민 차였

다. 파란은 벽에 등을 기대고 눈을 감았다. 재스민 꽃향

기가 후각을 자극했다. 재스민 꽃 속에 몸이 묻혀있는

듯한 기분이 들었다. 얼마 만에 누려 보는 편안함인가?

　세주는 이곳 사람들처럼 카페 밖 테이블에 앉아 햇빛을 즐겼다. 햇살이 강렬해서 저절로 눈이 감겼다. 뒤에서 커피 향기가 날아온다.

　어느 날, 잠에서 깨어나니 병실이었다. 작은 병실은 허름하고 후줄근해 보였다. 그녀가 환자복을 입고 침대에 누워있었다.

　의사가 병실로 들어와 몇 가지 물었다. 그녀는 대답을 하려고 했지만 말소리가 밖으로 나오지 않았다. 마치 꿈에서처럼.

　그녀가 말을 하고 있는데도 소리가 밖으로 나오지 않았다. 이상한 일이었다.

　"소리가 안 나와요."

　세주는 소리가 나오지 않아 입모양을 크게 해서 반복했다. 답답해진 세주가 종이와 펜을 찾으려 하자, 의사는 괜찮다며 손으로 제지했다. 그는 뭔가 깊은 생각에 잠겨 있는 표정으로 머리를 끄덕끄덕 하더니 밖으로 나갔다.

출근을 해야 하는데, 소리가 나오지 않으니 아이들을 어떻게 가르치지? 세주는 답답하고 참담했다.

문득 문득 떠오르는 기억, 그러나 더이상의 기억은 떠오르지 않았다. 언젯적 일인지, 시댁에서 살면서 일어난 일인지, 분가한 뒤의 일인지, 세주는 알 수 없는 기억 앞에서 멈춰야만 했다.

백인 여자가 그녀 앞에도 커피를 놓고 간다. 향기가 진하다. 햇살 때문일까? 세주는 하늘을 쳐다본 뒤 커피를 한 모금 마시고 나서 주위를 둘러보았다. 온몸에 햇살을 받으며 커피를 마시기 시작한 것은 여행을 시작하고 난 뒤 부터였다. 이제는 식사도 야외 테이블을 이용했다. 팁이 필요했지만 햇살을 머리에 이고 차를 마시거나 식사를 하다 보니 더 느긋하고 여유롭게 느껴졌다.

저절로 마음이 한가해진다. 서둘러 떠나야 할 이유가 없어졌다. 정화 씨와는 민박집을 나와 곧바로 헤어졌다. 처음에는 정화 씨가 짠 스케줄을 따라 함께 관광했다. 좀 더 자세히 말하면 정화 씨가 원하는 곳을 따라다녔다. 정화 씨는 한꺼번에 많은 것을 보고 싶어 했다. 하루

동안 많은 일정을 짜놓고 계획대로 소화해 내려 애썼다. 정화 씨는 매일 밤, 다음 날의 스케줄을 짜서 세주에게 보여주기도 했다. 세주는 쉬엄쉬엄 관광을 하며 쉬고 싶은 곳에서는 쉬어가겠단 생각이었다. 그런 그녀와 정화 씨는 관심사부터 달랐다. 정화 씨의 여행은 많은 곳에 그녀의 발길이 스쳐 지나가길 원했다.

세주는 이틀째 정화 씨와 헤어져 관광을 시작했다.

관광을 시작했던 지난 보름 동안을 되돌아보았다. 딱히 무엇을 보았는지 잘 기억나지 않았다. 일몰을 보면서, 유람선을 타면서, 타워빌딩에서 야경을 보며 감탄사를 내뱉곤 했다. 하지만 아름답단 생각이 든 것은 그 자리에서 뿐이고 돌아서면 한숨이 고였다. 지구를 반 바퀴나 돌아서 내가 왜 이곳까지 와야 했을까?

낯선 사람들 속에서 그녀는 의자 위의 상품처럼 홀로 앉아 있었다. 때로 낯설다가도 이 낯선 사람들도 먹고 잠들고 배설하고, 슬퍼하고 기뻐하고 분노하는 감정마저 같단 생각을 했을 때, 가까운 이웃 같단 생각이 들었다.

광장에서는 나이 든 할머니가 바이올린을 연주하고 있다. 그녀는 바이올린의 구슬픈 가락에 빠졌다.

세주는 지금껏 여유를 누려본 기억이 없어서 커피 한 잔을 마시며 한나절을 앉아 있는 이 시간이 즐겁다기보다는 불현듯 낯설었다. 문득문득 서 있는 자리를 점검했다. 이곳은 어디? 나는 어디 있나?

걷다가 해가 지면 화려한 야경을 바라보며 걸어서 민박집에 도착했다. 지칠 때까지 걷고 또 걸었지만 눈물은 수시로 차올랐다.

세주는 고국을 떠나던 날 인천공항에서 다짐을 했다. 과거와 연결된 기억의 고리를 과감하게 끊어버리겠다고, 창자 속 찌꺼기까지 모조리 토해버리겠다고. 과거를 지우면 온몸이 텅, 비겠지, 그때면 그 빈자리에 또 다른 뭔가가 채워져 있지 않을까? 하다못해 새로운 공기라도 들어가 있겠지. 여행을 결정하면서 생각했던 일이었다.

여행의 출발은 단체 관광이었다. 사막투어 패키지여행이라 가이드의 스케줄대로 움직이면 그만이었다. 아무 생각 없이 일행들의 뒤꽁무니를 따라다니기만 하면 되었다.

엿새 동안의 패키지 일정이 모두 끝나고 공항에서 일행들과 헤어졌다. 혼자서 샌프란시스코행 비행기를 타기 위해 보딩 패스를 손에 쥐고 게이트 번호를 찾아 나섰을 때, 정신이 번쩍 들었다. 내가 지금 뭣하고 있는 거지? 하지만 이미 돌이킬 수 없는 상황 앞에 서 있었다. 그녀 주위에는 다양한 사람들이 에스컬레이터를 타고 어디론 가 유유히 떠나가고 있었다. 사람들은 마치 물이 흘러가 듯이 통로를 따라 이리저리 흘러들었다. 층마다 출구는 무수히 많았다. 세주는 행여 비행기를 놓칠세라 두리번 거렸다. 게이트의 넘버를 찾아낸 다음 대기실의 빈자리 를 찾아 앉았다. 벽에 걸린 시계와 자신의 시계가 정확한 지 확인하고, 출발 시간을 확인했다. 잠시라도 정신을 놓 으면 영락없이 국제적 미아가 될 형편이었다. 세주는 자 리에 앉아 개찰구를 노려보았다. 자신도 모르게 얼마나 눈에 힘을 주었던지 금세 눈이 피로했다. 문맹상태에서, 의지할 사람도 없는 낯선 곳에 이르자, 오히려 엉뚱한 뱃장이 생겼다. 될 대로 되라지, 더 이상 무슨 불행이 더 있겠는가? 세주는 비로소 자신을 추스를 힘이 생겼다.

정화 씨가 저녁 식탁에 칠레산 와인을 들고 왔다. 그녀가 세주와 파란에게 술을 권했다. 파란이 손뼉을 치며 좋아한다.

"즐겁고 행복한 여행을 위하여 건배합시다."

파란의 얘기에,

"역시 젊은 사람이라 다르네요."

정화 씨가 세주 씨를 바라보며 밝은 미소를 지었다. 여태껏 조용했던 식탁 분위기가 갑자기 생기가 돌았다. 세주 씨가 와인 한 모금을 음미하고 있는 동안, 정화 씨는 와인을 단숨에 훌짝 마셨다. 정화 씨는 술에 익숙한 사람이라기보다 술이 몹시 고픈 사람으로 보였다.

"불고기 한식에 와인이라, 썩 괜찮은 조합인데요, 헌데 한 가지가 빠졌네요. 크크크."

파란이 큭큭대며 혼자서 유쾌하게 웃었다.

"뭔데요?"

정화 씨가 눈빛을 빛내며 물었다.

세주 씨가 정화 씨와 파란 씨의 잔에 와인을 채웠다.

이번에도 정화 씨가 단숨에 와인을 삼켰다. 그녀의 가늘고 거친 손가락에 누르스름한 쌍가락지가 눈에 띈다. 빛을 잃은 금가락지가 오늘따라 초라하다. 세주 씨가 와인을 마시며 앞을 바라보니 정화 씨가 자작을 하고 있다.

"정말 모르시겠어요? 미인들 곁에 남성이 없으니 섭하지 않나요?"

"아하! 그러네요. 우린 여자가 아니고, 아줌마, 엄마로만 살다보니 여자란 걸 잊고 있었네유."

정화 씨의 얼굴이 어느새 화사해졌다. 그녀의 음성이 점점 커진다.

"남자가 없어도 우린 충분히 즐거운데, 오늘 파란 씨가 외로운가 보다. 사장님과 합석할까?"

"사장님 술 끊은 지 삼십 년도 넘었답니다."

"야, 파란 씨 정보 빠르다. 그렇담, 내일은 우리 민박집에 남자 손님이 오록 기도나 하죠."

묵묵히 술을 마시던 세주 씨의 한마디에 한바탕 웃음이 터졌다.

"염려 마십시오. 전 이미 애인을 소환했습니다."

파란이 눈을 찡긋하며 말하자, 정화 씨가 두리번거리

며 방문을 바라봤다.

"언제 오는 거유?"

정화 씨가 갑자기 사투리를 쏟아냈다.

"저 혼자 애인을 불러 죄송해요. 두 분께선 남편 분을 부르시죠?"

정화 씨가 그제야 알겠다는 표정으로 세주 씨와 시선을 교환하며 화, 웃음을 터뜨렸다. 파란은 분위기를 이끌 줄 아는 친구였다. 정화 씨가 파란의 잔에 와인을 마저 따랐다.

"미스 노는 아줌마들과 노는 게 재미없겠다. 자신을 백수라고 소개했지만 아무리 봐도 백수는 아닌 것 같은디, 내 말 맞쥬?"

정화 씨가 세주 씨를 바라보며 동의를 구했다. 그녀의 얼굴이 점점 붉어진다. 여태껏 보지 못했던 밝은 표정이다.

"사표 내고 여행 왔으니까 지금은 백수가 맞아요."

파란이 씩씩한 어조로 대답했다. 와인이 어느새 바닥났다. 세주 씨가 주방을 나갔다 들어왔다. 그녀의 손에는 양주병이 들려있었다.

"큰일 날 아줌니들이네."

파란이 말하면서도 반기는 표정이다.

"어떤 맛인지 모르겠지만 조금씩만 더 하죠."

세주 씨의 얘기에 정화 씨와 파란이 잔을 모았다.

"여행은 자주 하세요?"

파란이 누구랄 것 없이 물었다.

"처음이에요."

"저도 그래요."

정화 씨가 술을 한 모금 마시다 말고 얼굴을 찌푸렸다.

"아! 독해."

파란이 술병을 이리저리 훑어보더니 후후 웃었다.

"오늘 밤, 우리 모두는 천국과 지옥을 오락가락하겠어요. 여기 천국과 지옥이라고 씌어있거든요. 방으로 가서 차분히 마셔야 할 술인데요."

"이차를 가자네요, 우린 파란 씨만 따라 갑시다."

정화 씨가 웃으며 먼저 자리에서 일어났다. 치즈를 들고 주방에서 방으로 옮겨 앉았다. 파란이 따라주는 양주를 정화씨는 훌쩍훌쩍 마셨다. 정화 씨의 웃음소리와 목소리가 점점 커진다. 파란의 음성도 마찬가지였다. 세주

씨만 변화가 없다. 무엇이 좋은지 혼자서 킥킥대며 웃던 정화 씨가 짧은 순간, 깊은 한숨을 내쉰다. 세주는 여느 날과 다른 정화 씨의 모습이 은근히 염려된다.

파란은 취기가 오르자, 오늘 같은 날, 생각나는 사람이 있다며 그리움을 주체하기 어려운 듯 팝송을 허밍한다. 세주는 어지러움을 느끼며 술을 그만해야겠다고 생각했다. 이번에도 정화 씨가 자신의 술잔에 술을 따르고 있다. 세주 씨가 얼른 정화 씨의 손을 붙잡았다. 정화 씨가 술병을 놓으며 살풋 웃는다. 눈에는 취기가 가득 하다.

"기분이 좋은디요, 제가 취하고 있는 거 맞쥬?"

"우리 모두 취했어요."

파란이 술잔의 가장자리를 손가락으로 동그라미를 그리며 말한다. 고개가 조금 기울어져 있다.

"취하기 위해 마시잖아요."

세주는 창밖의 어둠을 바라보며 말했다. 정화 씨는 평소 술이라곤 입에도 대지 못하는 사람처럼 보였다. 세상의 어둠이나 그늘은 구경도 못해 본 순진하고 선량한 모습이었다. 그녀가 뜻밖에도 많은 양의 술을 마셨다. 세주는 그런 정화 씨의 모습이 점점 아슬아슬하게 느껴졌다.

"남편은 샌프란시스코에 가면 금문 다리에서 시내 야경을 관광하고, 부근의 카페에서 목을 축이자고 했어요. 금문 다리를 걸으며 그이 생각을 많이 했어요. 남편의 얘기를 듣고 있을 땐 이곳이 까마득하게 느껴졌는데, 생각했던 것보다 너무 빨리 와 버렸단 생각이 드네요. 그 때는 미국이라는 땅에 내가 갈 수나 있을까? 하고 생각했는디……"

세주는 정화 씨가 취중임에도 감정을 절제하려고 애쓰는 모습이 느껴졌다. 정화 씨는 벌써부터 남편 생각에 젖어있다. 그녀가 입을 열면 남편 얘기가 들어가지 않을 때가 거의 없었다. 세주는 그 사실이 도무지 마음에 들지 않았다. 그녀 또래의 나이쯤이면 남편의 애정에 흠뻑 빠져 있을 나이는 한참 지난 때였다. 그럼에도 소녀 적 애정관을 가지고 있는 모습이 아름답기는커녕 짜증스러웠다. 정화 씨가 그녀에게 빈 잔을 내밀었다. 세주는 닫았던 술병을 열고 시늉만 술을 따랐다.

세주는 다른 누구보다 자신이 취하고 싶어서 구입했던 술이었다. 취하면 짐을 내려놓고 쉴 수 있을 것 같았다.

"여고 졸업을 앞둔 마지막 겨울방학 때, 그이를 알게

됐어요. 이름도 얼굴도 모르는 낯선 남자한테 편지를 받았는데, 반년 전에 저를 봤단 겁니다. 저희 집 주소를 몰라 애태우다 어렵사리 주소를 알아내어 편지를 보낸다고 적었더라고요. 첨에는 장난이려니 생각했는데, 나중에는 궁금해지데요. 그만큼 편지가 진지했어유. 저는 시골에서 나고 자랐어요. 순전히 촌년이유. 고등학교 졸업식 전날 축하 전보와 앨범을 선물로 받았어유. 편지에 한번 만나 달라고 쓰여 있대유. 시골이라 읍내에서는 갈 만한 곳이 없었어유, 그 쪽은 우리 마을 뒤에 있는 저수지 아래서 기다리겠다고 했어유. 만날 날까지는 사흘이 남아 있었는데 정말 어떻게 해야 할지 걱정이었쥬. 옷도 없고 그 쪽 얼굴도 모르고 걱정했던 날은 돌아오고, 토요일 오후 세 시였는데 결국 시간 맞추어 나가 보니 한 남자가 저수지 아래 서 있었슈. 추위에 떨면서 주춤주춤 걸어가며 바라보니 어디서 본 듯한 사람이었슈. 알고 보니, 아버지가 맹장 수술로 입원해 계실 때 같은 방에 입원했던 청년이었슈. 제가 며칠 뒤 병원에 갔을 때 그 사람은 퇴원하고 없었어유."

"첫사랑이었군요."

파란이 지루한지 정화 씨의 말을 잘랐다. 정화 씨는 고갤 끄덕였다.

"그이는 읍내 우체국에 근무하고 있었슈. 지금 생각해 보면 그이도 몹시 수줍어하는 쪽이었지유."

"사랑하다 헤어졌군요."

눈치 없이 길게 늘어놓는 정화 씨의 얘기를 파란이 다시 한 번 잘랐다.

"아니요, 우린 결혼했슈."

뜻밖에도 정화 씨의 음성이 단호하다.

"아, 성공했군요. 첫사랑은 대개 실패하잖아요."

파란이 서둘러 변명했다.

정화 씨는 결혼 후 지금까지 서울 근교에 살고 있다고 했다. 술 때문인지 고향 사투리가 추임새처럼 튀어나왔다. 그녀의 말씨 때문에 한바탕 웃음을 터뜨리곤 했다.

"군에 입대해서 보낸 손 편지가 라면 박스로 세 박스나 된답니다. 그때는 얼마나 많은 손 편지를 주고받았던지……"

세주 씨는 졸고 있고 정화 씨는 시선이 풀려있다.

파란은 여행을 하는 동안, 자신이 쾌락에 빠져 길을
잃었음을 알았다.

한번은 고향 친구 부부와 식사를 할 때였다.

"그이 친구 중에 괜찮은 친구가 있어. 한번 만나보지
않을래?"

"고맙지만……"

고향친구의 갑작스런 질문에 파란은 말끝을 흐렸다.
그녀를 진심으로 아껴주던 친구라 만나지 못할 충분한
이유를 설명했어야 했다.

식사가 끝나고 헤어질 때, 집까지 바래다주겠다는 친
구를 떼어놓느라 파란은 진땀을 흘렸다. 돌쟁이 아들을
안고 레스토랑을 나온 친구는 아기 기저귀 가방을 들고,
친구 남편은 아기를 안고 나란히 주차장 쪽으로 걸어가
는 모습이 행복해 보였다.

파란은 집으로 돌아오는 길에 오피스텔 앞에서 잠시
망설이다 부근 카페로 들어갔다. 갑자기 집으로 들어가
기가 싫었다.

T과장은 꼬박꼬박 파란의 오피스텔로 퇴근했다. 그는
한두 시간이 지나면 오피스텔을 떠났다. 한번은 함께 식

당에 갔다가 우연히 직장 동료를 만나 화장실로 도망했던 적이 있었다. 또 한 번은 시외로 바람을 쐬러 갔다가 고속도로 휴게소에서 사장 부부와 마주쳤다. 태연히 인사를 나누었다고 생각했지만, 사장은 T과장과의 관계를 의심했을 것이란 생각이 들었다. 사장은 결재서류에 사인을 하고나서 다 알고 있다는 표정으로 그녀를 바라보며 미소를 지었다.

그동안 헤어질 생각을 안 해본 것은 아니었다. 진지하게 고민했지만 행동이 따라주지 않았다. 퇴근 후 T과장과 사랑을 나누는 일이 양심보다 더 뜨거웠고, 즐거웠다. 헤어져야 한다고 생각하면 직장을 잃게 될까 두렵기도 했다. 다른 광고회사에 들어간다 해도 광고업계에선 T과장을 모르는 사람이 거의 없을 정도였다. 또, 그가 순순히 놓아줄지도 의문이었다.

*

파란은 식사 자리에서 날씨가 따뜻한 L·A로 떠날 예

정이라고 말했다. 파란의 얘기에 두 아주머니가 이구동성으로 함께 가고 싶다고 말했다. 파란의 여행을 방해하지 않겠다며 공항까지만 함께 가도 편히 여행할 수 있겠다고 말했다. 파란은 어쩔 수 없이 가이드가 될 수밖에 없다고 생각했다.

"한 가지 물어봐도 돼요?"

정화 씨가 불쑥 말했다.

"뭔데요?"

파란은 시원스럽게 대답했다.

"아무리 봐도 여승은 아닌 것 같은디, 머리카락은 왜 밀었대유? 머리카락이 있으믄 더 예쁠깃인디."

"머리카락을 이렇게 자른 지는 두어 달 가량 돼요."

파란은 머리를 어루만지며 개의치 않고 대답했다.

"밀었더니 생각보다 아, 아주 편해졌어요. 머릴 감는데도 그렇고, 화장도 필요 없고 옷도 아무거나 걸쳐도 되고, 여자가 아니라 인간이 된 것 같아요. 요즘은 이런 제 모습이 좋아요. 맘껏 즐기고 있어요."

"요즘 사람들은 용감하네요."

정화 씨가 세주를 돌아보며 놀랍다는 듯이 말했다.

"귀국할 땐 기르세요, 아무래도 긴 생머리가 더 이쁠 것 같아유."

정화 씨가 노파심을 드러냈다.

"이대로 귀국한대도 전 괜찮아요. 가족들이 서운해하시겠지만."

파란은 말하고 나서 쿡쿡 소리 내어 웃었다.

"남잔지 물어본 사람도 있었는데, 괜찮았어요. 제가 언제 남자가 되어보겠어요? 한국을 떠나기 전까진 자유란 게 뭔지 몰랐는데, 머리카락을 버리고 나니까 진정한 자유를 얻은 것 같거든요? 크크크."

"왜 자른 거유?"

정화 씨는 파란을 처음 만났을 때, 여승일까, 중성일까? 몹시 궁금해 했다. 그러더니 오늘 기어이 묻고 말았다. 세주는 민망했다.

"여행을 오래 하다 보니 민박집에서 한국 사람들을 많이 만났어요. 대부분 학생들이거나, 직장을 잃었거나 취직 시험공부를 하다 지쳐서 뛰쳐나온 젊은이들이 대부분이었어요. 한번은 민박집에서 서로 자기소개를 하다가 저보다 어린 여학생과 마지막까지 남아서 얘기를 나누게 됐어요. 그 여학생은 한 달 가까이 배낭여행 중이었는데 여학생이 저더러 무슨 목적으로 여행을 하고 있느냐고 묻더라고요. 대답을 해야 하는데, 갑자기 생각이 나질 않아서 여행을 좋아한다고, 했어요."

파란이 차를 한 모금 마시고 나서 잠시 말을 끊고 컵을 내려다보았다.

"그 여학생의 실망스런 표정을 지금도 잊을 수가 없어요. 그 학생은 행복하게 살기 위해, 어떤 삶을 살아야 할지 몰라서 답을 찾아 나왔다고 했어요. 어린 게 철학자도 아니고, 제가 보기에 좀 우스웠죠. 이제 겨우 스물한 살인 여대생이. 자신의 전공은 아무래도 행복한 삶을 사는 데 별 도움이 될 것 같지 않아서 이곳저곳 찾아다니고 있다고 하더라고요. 치즈 만드는 공장도 찾아가고, 독일 맥주, 이탈리아 피자, 프랑스 와인, 영국의 홍차 등등, 이것저것 배울 수 있는 것이 무엇인지 공부하며 여행하고 있다고 말하는 겁니다. 또, 그 여학생은 벌써 두 번째 해외에 나왔다며, 대학을 졸업 하든 안 하든 좋은 아이템을 찾으면 장사를 시작할 생각이라고 하더군요. 저는 여행 중에 알바를 하며 여행을 하는 것이 무슨 대단

한 일 인양 떠들었는데, 그제야 정신이 퍼뜩 들었어요. 며칠 후, 머리카락을 모조리 잘랐어요. 아주 밀어버렸죠. 매일 아침, 머리칼을 감고 가꾸는 일이 엄청 시간을 필요로 하잖아요. 머리칼을 자른단 것이 아무것도 아니지만, 지금은 이런 모습으로 생활하는 게 훨씬 편해요. 이젠 제게도 꿈이 생겼거든요."

세주는 파란의 헐렁한 옷차림과 화장기 없는 얼굴과 짧게 자른 손톱 등이 갑자기 매력적으로 보였다. 그녀의 걸음걸이가 당당했던 이유를 이제야 알 것 같았다.

그날, 파란은 아주머니들의 비행기 표와 민박집까지 함께 예약했다.

L·A로 가는 비행기가 이륙하기 전, 파란은 운동화를 벗고 기내에서 내준 슬리퍼로 갈아 신었다. 도착 시간을 확인한 뒤 편안한 자세로 자리에 앉았다. 한 사람 건너편에 앉아 있는 정화 씨는 담요를 무릎에서부터 목까지 덮고 눈을 감고 있었다. 그녀의 운동화는 여전히 단단히 매어져 있었다.

"발이 부을지 몰라요. 운동화를 벗고 눈을 붙이세요."

파란의 친절에 정화 씨는 그제야 안대를 벗고 파란과 세주 씨를 바라보았다. 정화 씨는 아무 일도 아니라는 듯이 눈을 찡긋한 뒤 다시 안대를 썼다.

비행기가 이륙하자, 정화 씨는 연신 코를 쥐었다 놓았다. 고공비행이 몹시 힘이 드는지 눈가리개를 하고 일찌감치 잠을 청하는 눈치였다.

창가에 앉은 파란은 독서 등을 켠 뒤 차분히 책을 읽기 시작했다. 독서 등의 불빛이 강렬하게 세주 씨의 눈동자 속으로 파고들었다. 세주는 잠을 청하기가 어렵겠단 생각이 들었다. 파란은 습관처럼 가끔 머리를 손으로 쓰다듬으며 독서를 계속했다. 빡빡 밀어버린 머리임에도 서글서글한 맑은 눈매가 아름답다. 비록 옷차림은 소박했지만 파란에게선 전문 직업인의 냄새가 풍겼다. 배낭을 메고 씩씩한 걸음걸이로 걷던 파란의 뒷모습을 바라보며 세주는 그녀의 걸음걸이가 튀어 오르는 공처럼 탄력 있게 느껴졌다.

정화 씨 옆자리에는 백인 남녀 두 사람이 노트북을 펴 놓고 컴퓨터 게임을 즐기고 있다. 앞뒤로 돌아보니 대부분의 사람들이 앞 의자에 붙어있는 스크린에 시선을 두고 있다. 수많은 사람들이 같은 공간에 있지만 각기 다른 영화를 보고 있다.

　눈으로는 빛이 들어오고 귓속에서는 윙윙거리는 기계 소음이 계속되었다. 세주는 기내에서 저녁식사로 나온 생선 한 조각을 먹었을 뿐인데 비린내로 위가 뒤집어 지 는 것 같았다. 만성 소화불량으로 위가 더부룩하고 답 답하여 고생하고 있던 때라 가만히 앉아 있기가 여간 불 편한 게 아니었다. 세주는 앞 의자 포켓에 넣어 두었던 물을 꺼내 한 움큼이나 되는 소화제를 먹었다.

　"피곤하실 텐데 잠을 청해 보세요."

　책을 보고 있던 파란이 문득 세주에게 말했다. 세주 는 저녁 식사로 나왔던 초콜릿과 미니 포도주 병을 꺼 냈다.

　"한 잔 하고 잠을 청해야겠어요."

　세주의 말에 파란이 미소를 지으며 보고 있던 책을 무 릎에 내려놓았다. 파란도 미니 포도주 병을 꺼내 비틀었 다. 파란도 식사시간에 나눠 준 포도주를 마시지 않고 넣어 두었던 모양이었다. 그들은 포도주 병을 들고 건배 를 한 다음 단숨에 술을 들이켰다.

　"『사십 세』라는 책이군요."

세주는 파란의 무릎에 놓인 책을 내려다보며 말했다. 파란은 빈 포도주 병을 손에 든 채 다른 손으로는 머리를 쓰다듬었다.

"아직, 그런 책을 읽기에는 빠른 나이 아니에요? 이십 대에게는 조금 따분할 것 같은데 의외군요."

"여행 준비를 하면서 오로지 여행에만 집중하기로 마음을 먹었거든요. 그렇게 생각하고 짐을 꾸렸는데 왠지 허전한 거 있죠. 일만 하던 사람이 막상 일을 놓고 책 한 권 없이 여행을 떠난다고 생각하니까 불안해지더군요. 일중독이었던 모양이에요. 부랴부랴 서점으로 뛰어갔죠. 뛰면서 생각했어요. 책은 한 권만 넣어 가겠다고. 서점으로 달려가서 갑자기 책을 고르려니까 그 많은 책 속에서 뭘 골라야 할지 생각이 나지 않는 거예요. 한참 동안 저 자신에게 물어봤죠. 뭘 필요로 하는지, 거의 매일 책을 들고 살았고 책도 많이 사서 봤거든요. 그동안 제가 보았던 책은 일을 위해서만, 일에 필요한 책만 사서 봤더라고요. 정작 나 자신을 위해서는 단 한 권의 책도 사지 않았던 거죠. 서점에서 그 사실을 깨달았을 때의 아찔함은 아무도 모를 거예요. 그동안 뭘 하고 살았나, 한마디로 쇼크였어요."

파란은 빈 술병을 입에 대더니 아쉬운 표정으로 빈병을 앞 포켓에 밀어 넣었다.

　"서점에서 처음 『삼십 세』라는 책과 마주쳤어요. 이태 전부터 계절이 바뀔 때면 갑자기 어디선가 '서른'이 튀어나올 것처럼 불안했어요. 직장에 익숙해지려니까, 서른이 눈앞에 다가와 있었어요. 책을 고르다 보니 『삼십 세』라는 책과 『사십 세』라는 책이 있더군요. 그 둘을 보면서 갈등을 느꼈어요. 내게 서른의 의미와 마흔의 의미는 무엇인가, 그 두 권의 책을 바라보면서 서른 살은 제게 커다란 짐이면서 희망이기도 했어요. 서점에서 전 『사십 세』를 들고 나왔지요. 『삼십 세』는 백지로 남겨 두고 싶더군요. 그 책이 어떤 내용인지 알지 못하지만, 서른 살을 엿보고 싶지도, 저자의 주관과 닮고 싶지도 않았어요. 또, 그 책을 읽고 나면 서른 살에 대한 어떤 선입견이 생길 것만 같은 두려움도 있었고, 서른은 백지로 남겨 둔 채 시작하고 싶었지요. 지금과 크게 다를 것 같진 않지만 기대, 설렘…… 서른엔 아주 낯선 어떤 일들이 기다리고 있을 것만 같고, 변화가 찾아와 주길 기대하고 있어요."

　세주는 스물아홉이라는 파란에게서 희망을 보았다.

세주는 불현듯 그녀에게 흥미를 느끼기 시작했다.

"그래서 『사십 세』가 선택된 거군요."

"서른 보다는 마흔이 더 궁금했어요. 만약 서른에 실패한다면 마흔에는 성공해야 하니까요."

"그럼 난, 오십이나 육십세를 읽어야겠군요. 오십 세라는 책은 없던가요."

파란이 흐흐흐, 웃었다. 세주도 따라 웃었다.

"여행 중에 멋진 남자라도 만났으면, 하고 잔뜩 기대를 했는데, 제 눈이 너무 높았는지 만나질 못했어요. 멋진 남자를 만나면 버리고 온 남자는 생각이 안 날 텐데."

파란은 묻지도 않는 얘길 해놓고 민망한지 또 혼자 흐흐 웃는다.

스물아홉, 희망과 설렘이 있는 나이였구나. 세주는 자신의 나이를 떠올렸다. 마흔여덟, 그래도 많이 왔구나. 늙지도 젊지도 않는 나이인데, 세주는 자신의 스물아홉 살이 떠올랐다. 그 나이 때, 모든 삶을 살아버렸다고 생각했다. 다 살았다고, 더 이상 미래에 대해, 인생에 대해, 사랑에 대해, 어떤 꿈도 가지고 있지 않았다. 세주는 스물아홉의 나이에 이미 자신의 꿈을 접어 버렸다는 사실을 여행을 통해 깨달았다. 그 무렵에는 단지, 딸이 어서 빨리 자라기를 얼마나 기다렸던가, 오로지 그 꿈밖에는, 가질 수 있는 것이 없었다.

세주는 지금껏 깊은 물속에 빠져 발버둥 치면서 살아온 것 같았다. 하지만 이전에 그 사실을 알았다하더라도 그녀가 할 수 있는 일이라곤, 그 늪 속에서 더 이상 가라앉지 않으려는 몸짓밖에는, 할 수 있는 일이 없었다. 삶과 죽음 사이를 드나들었던 그 어둡고 끔찍했던 기억, 세주는 스물아홉의 나이를 영원히 지워 버리고 싶었다.

✻

남편 진태는 결혼 초부터 귀가가 늦었다. 세주는 둘째를 임신하고 있었다. 딸을 키우며 직장 생활을 하느라 지쳐 있던 때에 둘째까지 덜컥 임신을 하고 보니 키울 일이 암담했다. 결혼 초부터 시댁으로 들어가 살았던 세주는 시어머니와 시할머니에게 딸을 맡기고 직장생활을 해야 했다. 시외로 출퇴근하던 때라 새벽 다섯 시면 어김없이 일어나 출근 준비를 서둘렀다. 남편 진태는 자정이나 새벽녘이 되어서야 귀가했기 때문에 그녀가 출근할 때면 깊은 잠에 빠져 있을 시간이었다. 진태는 일이 늦게 끝날 때도 있지만 직원들과 어울리다보니 늦는다고 했다. 술이 거나해진 모습으로 늦은 밤 귀가했기 때문에 아침식사는 물론 저녁식사조차 함께하는 날이 거의 없었다. 하루 한 끼도 함께 식사하는 날이 없어서 저녁식사만이라도 함께해 보려고 했지만, 남편의 귀가는 여전히 늦었다. 시어머니는 이런 세주의 태도가 못마땅한 모양이었다. 남편을 이해하지 못한다고 짜증을 내기도 했다. 세주는 시어머니의 눈치에 그마저도 슬그머니 물러나고 말았다.

남편은 항상 회사 일로 늦는다고 했다. 그 일로 다툼이 있자, 시어머니의 얼굴은 굳어졌다. 시댁의 분위기를 생각하면 지금도 눈을 감고, 귀를 막고 싶어진다. 결혼 이십 년 동안 끝내 기억하고 싶지 않은 상처였다. 그녀의 입으로는 '시'라는 글자조차 끄집어 낼 수 없었고, 지금껏 단 한 마디도 할 수 없었던…… 사지가 떨린다는 말을 처음 체험했던 곳, 시댁에서 살았던 사 년 십 개월의 두

렵고 끔찍했던 시간들은 영원히 기억 속에 묻고 싶었다.

결혼 삼 년째가 되던 봄, 그녀는 둘째를 임신하여 입덧으로 고생을 하면서도 출퇴근의 어려움조차 내비치지 않았다. 그 무렵, 남편 진태는 다른 여성과 불륜에 빠져 귀가가 늦었던 모양이었다. 그 사실을 말해준 이는 남편의 친구였다. (나중에 알고 보니, 결혼 전 남편의 앨범 속에 있었던 여자, 결혼 전부터 사귀던 여자였다. 그 사실을 알게 해준 또 한 사람은 앨범을 보여주었던 시어머니였다.)

쇼크였다. 세주는 배신과 분노로 몸이 떨렸다.

각자의 위치에서 최선을 다하고 있다고 믿고 있었던 그녀로서는 숨을 편히 내쉬기도 힘들었다.

진태가 퇴근하자 세주는 불륜 관계가 사실인지 물었다. 이미 모든 사실을 알고 묻는 물음이라 그는 말이 없었다. 세주는 말없는 진태를 바라보았다. 고급 브랜드의 양복은 티끌 하나 묻어 있지 않았고 바지에는 앞 주름이 칼날처럼 잡혀 있었다. 머리카락 한 올도 흐트러져 있지 않는 단정한 외모가 불현듯 혐오감을 주었다. 한 때는 진태의 부리부리한 눈이 순진하고 선해 보였다. 허니문 베이비였던 딸을 낳아 기르느라 남편의 얼굴조차 제대로 보지 못했던가 보다. 이제 보니 그의 모습은 예전의 연애시절 그대로였다. 식당에 가면 의자를 꺼내주고 길을 걸을 땐 여자를 안쪽으로 걷게 하고, 버스를 탈 때도 뒤에서 보호해 주고, 음식을 먹을 때면 맛있는 것을 먼저 건네주거나 챙겨주던 이 남자가…… 불과 이삼 개월 전만 해도 남편은 따뜻하고 자상했다. 도무지 믿어지지 않았다.

그 며칠 뒤, 진태는 이혼하자고 말했다. 세상에 태어나서 처음으로 당한 배신과 분노로 어찌할 바를 모르고 있는 그녀에게 진태는 잘못했다는 말 대신, 이혼하자는 말을 먼저 꺼냈다. 한마디로 그녀는 멘붕 상태였다. 믿기 어려울 만큼 갑작스럽게 변한 자신의 삶에 대해 어떤 결정을 내려야 할지…… 분노를 처리할 새도 없이 들어야 했던 말이었다.

그녀의 삶의 중심에 일 년 반 밖에 되지 않는 딸이 방실방실 웃고 있었다. 어린 딸의 생명줄이라고 생각하면 견디기 어려웠다. 결혼을 반대했던 친정어머니와 동생에게 사실을 말하기에는 염려와 미안한 마음이 컸다. 시골로 장거리 출퇴근을 하느라 밤이면 도시로 돌아오고,

새벽이면 출근을 해야 하는 형편이라 어떻게도 할 수 없어 혼자만 끙끙대고 있었다. 세주는 견디다 못해 주말이 되자 가출했지만 다음날 돌아왔다. 딸과 헤어질 수가 없었다.

그녀가 이혼을 못한다고 버티자, 진태는 신경질을 부리듯 문을 꽝 닫고 그대로 집을 나가 돌아오지 않았다.

그 후부터 외박이 시작되었다. 이틀이나 사흘 후, 깊은 밤이면 집에 나타났다. 그는 이혼을 요구했다.

"제 정신으로 하는 소리야? 우리 딸은 어떡하고?"

"딸은 내가 키워. 너한테 줄 수 없어. 너만 나가면 돼."

정수리에서부터 발끝까지 번갯불이 지나간 듯 전신이 뜨거웠다.

결혼을 반대했던 친정어머니께는 무슨 말을 해야 하나? 태아는 어떡해야 하나? 진태의 대답은 이미 불필요했다.

진태가 외박에서 돌아왔다.

"딸을 주지 않으면 이혼 못해."

말다툼을 하다 싸움으로, 폭행으로 이어졌다. 진태의 폭행에 견디다 못한 세주는 소리를 질렀다. 그는 동네사람들이 듣는다며 입을 막았다. 입을 막은 채 미친 듯이 세주를 짓이겼다.

살아있었다. 아침이면 아수라장이 되어 있는 방 안, 진태는 침대 위에 잠들어 있었다. 화장품이 깨어져 여기저기 뒹굴고 벽에는 흰색 크림이 흘러내리다 멈춰 있었고, 경대의 거울은 부챗살을 만들 듯이 금이 가 있었다. 세주가 입고 있는 잠옷은 피투성이가 된 채 찢겨져 있었다. 머리카락을 얼마나 잡아 당겼는지 새집이 되어 있었고, 얼굴에는 군데군데 불그스름한 피멍이 들어 있었다. 입술은 터지고 부어서 다른 사람의 얼굴 모습이었다. 코끝에는 피가 말라붙어 있었고 손가락에도 피가 묻어 있었다.

출근 불가능, 무단결근, 그즈음 그녀의 근무 태도는 바닥이었다.

그의 일방적인 언어폭력과 폭행이 끝난 다음 날이면 정해진 순서대로 어김없이 외박을 했다. 사람이 저렇게도 변할 수 있을까? 시어머니는 옆방에서 싸우는 소리만 듣고 있을 뿐이었다.

첫돌이 지난 딸을 바라보고 있노라면, 죽을 수도 살

수도 없었다. 임신까지 한 몸으로 감당하기에는 너무나 끔찍했다. 직장을 그만 둘 수 있다면 딸을 데리고 소리도 없이 사라져 버리고 싶었다. 남편은 끝내 자신이 딸을 키우겠다고 나섰다. 그에게는 사십대의 젊은 시어머니가 버티고 있었다. 아들의 폭행을 침묵으로 일관했던 사람이라 딸을 맡길 수 없겠단 생각이 점점 확고해졌다…… 변호사에게 딸을 데리고 이혼할 수 있는지 물었다. 현행법에는 남편이 반대하면 딸과 헤어져야 한다고 했다.

진태가 사귀고 있었던 문제의 여자는 남편의 회사 부근에서 레스토랑을 운영하고 있었다. 세주는 그녀를 만나보고 마음을 정해야겠다고 생각했다. 퇴근 후, 레스토랑으로 찾아갔다. 세주는 카운터 앞을 지나올 때 주저앉을 것 같은 떨림을 버텨내느라 두 다리에 힘을 모았다. 가능한 한 아무렇지 않는 표정으로 지나치느라 등과 손에 땀이 솟았다. 혹 진태와 맞부딪칠지도 모른다고 생각하니 호흡이 금방이라도 끊어질 것 같았다. 세주는 자리에 앉자마자 가슴부터 쓸어 내렸다. 아가야, 엄말 도와줘, 놀라면 안 돼. 아가야.

처음 가본 레스토랑이었다. 세주는 벤자민나무 화분이 서 있는 구석진 자리로 파고들었다. 입구에서 밖으로 나가기 편한 자리였다. 그때 이십 대로 보이는 정장차림의 사내가 메뉴 철을 들고 나타났다. 세주는 진태가 어디선가 보고 있을까봐 두려웠다. 주스를 주문하고 나서도 한참동안 고개를 숙인 채 낮에 먹었던 빈 도시락 가방을 만지작거렸다.

얼마의 시간이 지난 후, 마치 폭탄을 머리에 인 사람처럼 조심스럽게 고개를 돌렸다. 벤자민 나무 사이로 카운터가 바라보였다. 카운터 앞에는 한 여자가 앉아 있었다. 직감적으로 저 여자구나 싶었다.

세주가 본 것은 오렌지색이었다. 얼마동안은 오렌지색만 보였다. 여자의 머리 위에는 화려한 크리스털 불빛이 비추고 있었다. 여자는 삼십 대 중반쯤 되어 보였고, 가슴이 깊게 파인 오렌지색 실크 원피스를 입고 있었다. 불빛이 오렌지색을 되받아 금빛을 뿌렸다. 빛을 받고 있는 여자의 머리카락은 유난히 윤기가 흘렀다. 카운터 부근은 꽃이라도 핀 듯 밝고 화사했다. 세주는 얼른 눈길을 돌렸다. 오래 쳐다보다 들킬 수도 있다고 생각했다.

물을 한 모금 마신 뒤 다시 돌아보았을 때, 카운터의 여자는 은은한 미소를 지으며 손님을 맞고 있었다. 아는 손님이라도 들어올 적이면 자리에서 일어나 잠시 얘기를 나누다가 빈자리로 손님을 안내하기도 했다. 홀 서비스를 담당하는 아까의 사내가 주스를 내왔다.

"카운터에 있는 여자 분이 사장인가요?"

"네."

사내는 카운터를 힐끗 쳐다보고 나서 대답했다.

세주는 주스를 한 모금 마시고 나서 용기를 내어 카운터를 다시 바라봤다. 카운터의 여자가 고개를 돌리거나 손님과 얘기를 나눌 때마다 귀걸이에서 반짝 빛이 났다. 속눈썹을 붙인 얼굴은 화장이 짙어 보였고 정성들여 다듬은 얼굴은 의상만큼 화려했다. 보일 듯 말 듯한 가슴은 실크 원피스 속에서 더욱 도드라져 보였다. 타인의 시선을 끌기에 충분했다. 실크의 부드러운 느낌이 감촉하고 싶도록 유혹적이었다. 따뜻한 색깔로만 알았던 오렌지 색깔이 그토록 유혹적이고 감미로운 색깔이라는 것을 세주는 그때 처음 알았다.

세주는 거울도 없는 곳에서 불현듯 자신의 모습이 보

이기 시작했다. 임신으로 굵어진 허리를 감추느라 바지에 길고 풍성한 셔츠를 걸치고 있는 모습은 초라하기 그지없었다. 퇴근길의 지치고 고단한 얼굴에는 이미 화장기라곤 찾아볼 수도 없을 것이다.

여자는 머리에서부터 발끝까지 완벽하게 치장한 모습이었다. 세주는 불현듯 어디든 숨고 싶었다. 그러나 자리에서 일어날 기운도 없어 참담한 심정으로 앉아 있었다.

그녀는 직장생활과 입덧으로 하루하루가 벅찬 생활이었다. 그 와중에 시어머니는 남편의 외도를 오히려 반기는 기색이었다. 이른 새벽, 장거리 통근에 낮이면 일로, 밤이면 남편에게 시달려 찌들대로 찌들어 있었다. 새벽에 일어나 화장을 하려고 거울 앞에 앉을 때면 눈동자는 불면으로 붉은 기운이 감돌았다. 거칠어질 대로 거칠어진 피부는 아침마다 화장이 받질 않았다. 화장이 받질 않는다고 화장을 하지 않고 직장에 갈 수는 없는 노릇이었다. 세주는 이, 삼분밖에 걸리지 않는 화장이었지만 그래도 매일 거르지 않고 화장을 마친 다음 출근했다.

세주는 레스토랑 안으로 들어올 때까지 자신이 어떤 모습인지 전혀 생각지 못했다. 진태의 시달림 속에서 직

장인으로 임신부로 간신히 버티고 있던 형편이라 외모에
는 신경을 쓸 여유도 없었지만 임신 중인 몸도 돌보지
못하고 있었다.

　결혼을 앞두고 청첩장을 돌린 뒤, 어느 날밤이었다.
그는 빚이 있다고 말했다. 얼마나 되는지 물었지만 끝내
대답하지 않았다. 빚을 갚을 동안만 그녀의 봉급으로 생
활을 하고, 자신의 봉급은 빚을 갚겠다고 말했다. 세주
는 결혼 첫 달부터 시어머니에게 봉급을 전액 가져다 드
리고 교통비는 타서 썼다. 결혼을 하자마자, 졸지에 가
장이 되었다.
　매일 아침, 교통비를 타서 쓰는 세주로서는 진 실크
는커녕 실크 비슷한 블라우스도 입어보지 못한 형편이
었다.
　날마다 예쁜 옷으로 갈아입고 얼굴과 손발톱을 다듬
으며 뭇 남성들의 시선 속에 살고 있는 여사장과, 시어머
니, 시할머니, 딸, 다섯 식구의 생활비를 버느라 세주가
입고 있는 임신복은 시장에서 천을 사다가 시장에서 맞
추어 입은 옷이었다. 교직은 어떤 어려운 일도 성별 구

분이 없이 똑같이 일해야 하는 직업이었다. 힘든 직장생활에도 집에 돌아오면, 좋은 며느리로 사느라 밤 열 시 이전에는 그녀의 방으로 들어가 쉬지도 못했다. 시어머니와 함께 TV를 보다가 열시가 되어서야 방으로 들어갔다. 그런 와중에 진태의 폭행까지 있던 때라 그녀의 모습은 초라하기 그지없었다. 카운터의 여사장은 누가 보아도 세련된 모습이었다. 남자들은 화려한 모습의 여자를 원하는구나.

지금껏 당당하게 일했던 그녀가 갑자기 그 당당함을 잃었다. 끔찍할 만큼 비참한 기분에 빠져들었다. 결혼 이후 값비싼 옷으로 자신을 꾸미기보다는 분수껏 살아가는 일에 발을 맞추었다. 그것이 배신의 이유였다니……

여자라면 저 여자처럼 완벽하게 다듬어야 했을까? 자신을 곱게 치장할 시간보다 딸을 한 번 더 안아 주고, 눈을 맞추고, 뽀뽀를 한 번 더 해 주는 것이 세주에게는 너무나 절실했다.

언젠가 화장품을 팔러 온 방문 판매 아줌마가 했던 말이 불현듯 떠올랐다.

"제가 방문 판매를 팔 년째하고 있는데요. 집을 방문

해 보면, 이 집에서는 화장품을 팔 수 있겠다 없겠다 금
방 알아요."

화장품 아줌마는 자신 있게 말했다.

"어떻게 그걸 알죠? 냄새가 나던가요?"

세주는 대수롭지 않게 생각하며 물었다.

"우린 알아요."

그녀는 야무지게 말했다. 그러면서도 한편으로는 말
을 해도 될지 조심스러운 듯 잠시 동안 미소를 지었다.

"어느 집이든 방문해 보면, 현관문에서부터 신발이 아
무렇게 뒤집어져 있거나 거실이 엉망으로 어질러져 있
고, 설거지조차 되어 있지 않는 집이 있는가 하면, 깨끗
하고 정갈한 집이 있지요. 대개 정신없이 어질어져 있는
집에서는 화장품이 남아 있어도 신제품을 골고루 들여
놔요. 집안이 깨끗한 집에서는 대부분 꼭 필요한 화장품
외에는 들이지 않아요."

"정말이에요? 그건, 왜 그렇죠?"

"여자는 예쁘게 가꾸며 살아야죠. 남자는 화장을 하
지 않고 가꾸지 않는 여자보다, 집이 좀 어질어지거나 지
저분해도 아내가 항상 화장을 하고 예쁜 모습으로 있으

면 더 사랑스럽게 느끼나 봐요. 항상 걸레를 들고 있는 여자보다는, 사치를 하는 여자를 남자들은 좋아하죠. 제가 알게 된 사실은 얼굴과 몸치장에 신경을 쓰고 사는 여자가 남편으로부터 사랑 받고 산다는 거죠. 생각해 보세요. 아내가 아무리 알뜰하게 살림을 해도 남편이 바람을 피우면 돈만 쓰겠어요?"

세주가 화장품을 사지 않겠다고 하자, 물건을 팔기 위한 영업용 멘트로 치부해 버렸다. 그때는.

결혼 전에는 남편이 바람을 피운다거나 결정적인 실수를 하게 되면 언제든 헤어질 수 있다고 생각했다. 그런데 지금은 남편의 이혼 요구를 망설이고 있다. 아니 들어줄 수가 없다. 돌이 지난 어린 딸을 떼어 놓을 수 있을까? 태아는 또 어떻게 하란 말인가? 두 아이의 생명줄을 놓을 수 있는가? 엄마가 되어보지 않았을 때는 모든 것이 가능한 일이었다. 그러나 두 생명줄은 놓을 수가 없었다.

문득, 정신이 들었다. 누군가 자신을 알아보는 사람이라도 있다면, 진태가 퇴근하여 이곳으로 들어온다면? 그와 시선이 마주치기라도 한다면…… 다리가 극심하게 떨렸다. 세주는 카운터 쪽을 외면하고 앉아 있었다. 카운터의 여자와는 이제껏 단 한 번도 마주친 적이 없었지만 혹, 카운터의 여자가 자신을 알고 있지나 않을까? 초라한 모습은 보이기 싫었다. 세주는 당당해지려고 애썼다. 혀가 입천장까지 말라붙는 느낌이었다. 손이 떨려 주스 잔이 잡히지 않았다. 세주는 잔을 잡으려다 손을 놓았다. 주스를 한 모금 마셔 보려고 했지만 손이 떨려 포기하고 앉아 있다. 미처 상상해 보지 못했던 일이었다. 세주는 다듬이질하는 가슴을 간신히 진정시킨 뒤 카운터 쪽으로 고개를 돌렸다. 카운터의 여자가 보이지 않는다. 실내를 두리번거리니 대각선 쪽 구석진 자리에 여자의 뒷모습이 보였다. 여자는 누군가와 마주앉아 얘기를 나누고 있었다. 갑자기 정수리가 송연해지면서 턱이 뻣뻣해졌다. 소파에 앉아있는데도 몸뚱이가 태풍을 맞은 나뭇가지처럼 흔들렸다.

그때, 웃음소리를 내지 않으려고 소리를 죽여 가며 웃는 소리가 들렸다. 그 소리는 오히려 간드러지게 들렸다. 경음악 속에 끼어서 들려오는 여자의 웃음소리는 끙끙거리듯 들려왔다. 그때 세주의 눈에 들어온 것은 그 여자 앞에 앉아 있는 사람의 것으로 짐작되는 검은 구두의 밑바닥이었다. 무릎 위에 다리 한쪽을 올리고 있는지 구두 한 짝의 밑바닥이 허공에 떠 있었다. 구두의 주인으로 여겨지는 사내는 진태가 분명했다. 세주가 당황하고 있을 때 여자의 간드러진 웃음소리가 다시 한 번 낮게 퍼졌다. 뒤따라 진태의 낮은 웃음소리가 섞였다. 세주는 전신이 굳어버렸다.

빨리 이곳에서 빠져 나가야겠다고 생각하고 있었지만 다리가 움직여 주지 않았다.

이틀 뒤 귀가한 진태는,

"무슨 이유로 거기까지 온 거야?"

"……"

진태는 이미 세주의 입장 같은 건 안중에도 없었다. 바닥까지 자신의 모습을 내보인 진태의 태도는 냉혈 동물처럼 차고 섬뜩했다. 만취한 상태로 귀가한 진태가 세주에게 손찌검을 시작했을 때 그가 한 행동은 술 때문이라고 생각했다.

외박에서 귀가하면 진태는 방으로 들어오자마자, 시디플레이어를 누른 후 볼륨을 높였다. 깊은 밤 다투는 소리가 밖으로 새어 나갈까봐 들키지 않으려는 그의 조치였다. 그녀는 진태를 자극하지 않으려고 침묵했다. 어쩌면 폭행을 당할까봐 두려웠는지 모른다. 대중가요는 남자가수에서 여자가수로 계속 이어졌다.

잠들어야 한다. 어서 빨리 잠들어야 한다. 나와 태아를 위해서. 세주는 최면을 걸 듯이 자신에게 말하며 귀를 막고 이불을 악물며 잠들려고 노력했다. 트로트 가수의 노랫소리만 들리지 않으면 그래도 견딜만했을 텐데……

아무리 귀를 막아도 노랫소리는 이어졌다. 노랫소리가 들려오는 동안은 마치 고문을 당하는 기분이었다. 누군가 그녀의 입을 억지로 벌려두고 어금니를 모조리 뽑고 있는 듯한 고통이었다. 모든 신경이 머리끝까지 저절로 따라 올라가는듯한 공포에 가까운 고통.

"당신이 하든 안 하든 이혼하겠어. 우린 이미 끝났어."

진태가 어둠속에서 말했다.

"너도 사귀던 남자가 있었지? 요조숙녀처럼 응큼 떨지만 조사해 보면 너도 마찬가질 거야……"

진태의 계속되는 억지소리에 세주는 자리에서 일어났다.

"비겁하게 내게 씌우지 마!"

"이것 봐라, 대들어? 넌, 죽여도 아무도 모를 꺼야. 널 죽여 버리겠어!"

그 소리에 세주는 온몸이 오싹했다. 진태는 우르르 달려와 한쪽 구석에 앉아 있는 세주의 머리채를 낚아채며 발길질을 시작했다. 마치 미친 듯이. 임신한 배를 발로 걷어찼다.

깨었을 때는 병원이었다.

세주는 밤이 두려웠다. 그가 귀가할지 안 할지 알 수 없는 가운데 세주는 불면으로 몸을 뒤척였다.

땡, 땡…… 거실에서 괘종시계가 울릴 때마다 세주는 움찔움찔 몸을 떨었다. 무거운 돌이 첨벙, 첨벙, 우물 속으로 갈아 앉고 있는 듯한 그 소리는, 가슴 밑바닥에서 멈추는 것 같았다. 그 느낌이 너무나 아프고 생생해서 세주는 깜짝깜짝 놀랐다. 그녀는 자신도 모르게 몸을 일으켜 세웠다. 좁은 방 안을 서성거렸다. 얼마의 시간이 지나자 다시 자리에 누웠다. 수건으로 두 눈을 칭칭 감았다. 천장을 향해 누웠다가 오른쪽으로, 왼쪽으로,

수십 번씩 돌아누우며 시간을 죽였다. 부표처럼 떠오르는 온갖 나쁜 생각들. 이럴 때일수록 단단해져야 한다. 난 엄마니까, 아가야, 어서 커라. 함께 살자, 함께 가자.

한번은 불쑥, 소리도 없이 진태가 들어왔다. 그가 들어오는 기척을 느낌과 동시에 세주는 자신도 모르게 눈을 감고 자는 척 숨을 죽였다. 억누르고 있던 분노가 발끝에서 서서히 머리끝까지 차올랐다. 그 기운이 몸 밖십 센티미터까지는 감돌고 있는 것 같았다.

진태는 방으로 들어오자마자 시디플레이어를 눌렀다. 그 순간, 화살촉이 가슴으로 박혀 드는 아픔을 느꼈다. 자신도 모르게 한 손으로 가슴을 쓸어내렸다. 눈을 감았음에도 진태가 옷을 벗으며 움직이고 있는 모습이 눈을 뜨고 보고 있는 것 같았다. 얼마 전까지도 피로가 몰려와 온몸이 땅속으로 기어드는 것 같았다. 그 고단함은 사라지고 긴장으로 전신이 빳빳해졌다. 그가 침대로 올라가는지 스프링이 쿨렁쿨렁 소리를 냈다.

가요 반주가 흘러나왔다. 남자 가수의 목소리가 들렸다. 외박에서 돌아오면 어김없이 틀어놓는 가요, 귀를 막아도 가수의 노랫소리는 들려오고 눈에 수건을 덮어도 시디플레이어에서 흘러나오는 불빛은 눈동자 속으로 파고들었다. 이불을 써보지만 불빛은 막아지지 않았다. 출근을 위해 잠들어야 했지만. 그가 귀가하는 날이면 가요는 밤마다 계속되었다.

그럴 때면 귀를 틀어막을 수 있는 탈지면이라도 미리 준비했어야 했다고 자신을 원망했다. 무방비 상태인 자신이 원망스러웠다.

눈을 떴다. 방 안을 둘러보았다. 시디플레이어에서 흘러나온 불빛은 어두운 방 안을 제법 환하게 비췄다. 세주는 불빛이 보이지 않는 쪽으로 소리 나지 않게 돌아누웠지만 붉은 불빛은 여전히 세주의 동공으로 파고들었다.

세주는 계속되는 불면으로 낮이면 눈꺼풀이 저절로 풀렸다. 그럼에도 밤이면 잠이 오지 않았다. 밤마다 불빛과 씨름을 하다 보니 정신이 흐릿해졌다. 남자 가수의 쉰 듯한 목소리는 끊이지 않고 흘러나와 청각을 후려쳤다. 머릿속이 지끈지끈 아파 오기 시작하더니 나중에는 머리가 폭발할 것 같았다. 세주는 자신이 마치 거대한 폭발물처럼 생각되었다.

진태는 가요를 들으며 침대에 누워 있으리라. 자고 있

는지 아니면 잠이 든 척하는지 알 수 없었다. 침대 아래서 딸과 함께 누워있던 세주는 숨이 컥컥 막혔다. 머릿속에는 뭔가 뜨거운 액체가 가득 차올라 얼굴까지 화끈거렸다. 눈을 감고 있었지만 눈꺼풀이 몹시 쓰렸다. 가요라도 들리지 않았으면…… 이러다간 미쳐서 밖으로 뛰쳐나가거나 죽게 되리라.

불안이 엄습했다. 남자 가수의 노래에서 여자 가수의 노래로 또다시 바뀌고 있었다.

지글지글.

누군가 머리를 압박했다 놓았다 하는 느낌의 반복이 느리게 계속되다 점점 빨라지는 것 같았다.

'시끄러! 음악 좀 꺼!'

소리를 질렀는지, 아니면 소리를 지르겠다고 생각했는지 세주는 알지 못했다. 만약 소리를 지른다면, 왜 노래도 듣지 못하게 하느냐, 그게 너와 나의 문제야! 진태는 그것을 빌미 삼아 어떤 식으로든 괴롭힐 것이 뻔했다. 진태가 원하는 바를 해서는 안 되었다.

눈을 감고 있어도 붉은 조명은 여전히 세주의 안구 속으로 물밀듯이 스며들었다. 그 색깔은 얼굴에서 목으로,

가슴에서 배로 차츰차츰 스며들고 있는 것 같았다. 전신에 붉은 물이 들면 세주는 방을 뛰쳐나갈 것 같았다. 그녀는 마치 붉은 방 안에 온몸을 결박당한 채 누워 있는 것 같았다.

아침은 언제 오는 것일까? 세주는 이를 악물었다. 불현듯 떠오른 생각에 가슴을 진정시키려고 필사적으로 몸부림쳤다. 한 목숨이 아니라 세 목숨이 사는 것이다. 강해야 산다. 세주는 자신에게 최면을 걸었다.

흐릿한 생각들이 오락가락했다. 그녀의 몸 안에 불이 켜져 있는 것 같았다. 마치 자가발전을 하는 동물처럼 자신의 몸 어딘가에 불이 활활 타오르고 있는 것 같았다. 어떻게 해도 꺼지지 않는 불씨가 몸 안으로 들어와 살고 있는 것 같았다. 항상 불이 켜져 있기 때문에 잠을 들 수가 없는 것이라고. 그 불씨 때문에 몸이 점점 뜨거워지는 거라고, 그래서 전신이 아픈 것이라고.

배신의 고통과 억울함을 삼키느라 부풀었던 육신이 터질 것 같았다.

아침이 어서 왔으면, 밝은 햇빛을 빨리 볼 수 있었으면, 해가 뜨기 전에 어쩌면 난 미쳐 버릴지도 몰라. 미쳐서 머리를 풀어헤치고 이 집을 뛰쳐나가게 될지도 몰라.

"그만!"

자신도 모르게 목청껏 소리를 내지른 것 같았다. 진태는 아무 반응이 없다. 세주는 자리에서 일어났다. 그는 이미 잠든 뒤였다. 술에 취해 귀가한 그는 어느새 깊이 잠이 들어 버렸지만 세주는 잠들지 못했다.

차라리 죽는 방법은 없을까? 태아는? 딸과 함께 자취도 없이 사라져 버릴 수는 없을까?

돌연, 뿌연 빛이 느껴졌다. 미동도 없던 어둠이 가까스로 사라지고, 시퍼런 빛이 창문으로 스며들었다. 간밤의 두렵고도 끔찍스럽기만 했던, 질기고 질긴 시간과는 무관하게 슬그머니 스며드는 새벽빛 앞에서 세주는 허물어져 내리는 육신을 간신히 일으켜 세웠다. 간밤의 처절한 고통에도 아랑곳없이 아침은 찾아왔다. 몸 안의 피가 모조리 증발하여 마른 풀 같은 느낌이 들었다. 육신의 마디마디가 우지직우지직 소리를 내며 쑤셔댔다. 손끝 발끝까지 아파왔다.

딸과 남편이 잠들어 있는 동안 세주는 어둠이 미미하게 깔려 있는 방 안을 빠져 나왔다.

골목길도 어둡고 뿌옇다. 새벽안개까지 발길에 채었다. 주택가 꼬불꼬불한 긴 골목길에는 가로등불이 드문드문 세워져 있었고 외진 골목길은 항상 축축하고 지린내가 물씬 풍기기도 하고 똥냄새가 나기도 했다. 세주는 골목 길을 달리기 시작했다. 가로등이 없는 골목길을 돌 때마 다 무섭기도 했지만 새벽녘의 골목길은 몹시 추웠다. 탁, 탁, 탁, 구두 발자국 소리가 잠들어 있는 골목길을 깨웠 다. 삼 년 남짓 이미 익숙해진 길이었지만 뛰어 내려가 는 동안, 개똥이나 인분을 밟을 때도 많았다. 출근 시간 이 촉박할 때는 골목길이 더욱 길게 느껴졌다. 아무도 없 는 어둠 속의 빈 골목길을 씩씩대며 뛰어 내려가 시내버 스에 몸을 실었다. 시내버스를 타고 터미널을 향해 달릴 때면 시외버스를 놓치면 안 된다는 강박관념이 머릿속을 채웠다. 한 시간에 한번 있는 시외버스라 놓치면 한 시간 지각이었다. 정신도 육체도 너덜너덜 후줄근해졌지만 원 하는 시간에 시외버스에 오른 날은 그나마 행운이었다.

시외버스터미널에서 버스에 몸을 실을 때쯤이면 칙칙한 어둠이 서서히 꼬리를 감추기 시작했다. 버스에 앉아 있 을 때도 탁, 탁, 탁, 빈 골목길을 끝없이 뛰어 가고 있는,

어둠을 끌며 달려가고 있는 그 소리가 귓가에 맴돌았다.

달리는 시외버스 속에서 밖을 내다보면 시골의 아침 들판은 터무니없이 맑고 깨끗했다.

퇴근길에 세주는 집으로 가는 골목길을 오르며 둥근 달을 보곤 했다. '별 보며 출근, 달 보며 퇴근.' 그 무렵, 함께 통근했던 동료 직원은 시외버스를 타고 돌아오는 길에 그런 말을 입버릇처럼 되뇌곤 했다. 그 때마다 세주는 슬픈 노래를 듣고 있는 것 같았다.

"이혼하자."

"딸과 함께 나가게 해 줘. 그러면 이혼할게."

"딸은 내가 키워. 아이는 법적으로 아버지가 키우게 되어 있어. 너만 나가면 돼."

번쩍이는 낫을 들어 가슴에서 아래로 긁어내리는 것 같은 선뜩한 느낌, 머리끝이 쭈뼛해지더니 두통이 시작되었다.

이혼을 안 해준다며 세주를 한바탕 짓이기고 집을 나갔던 진태는 며칠째 귀가하지 않았다. 입덧도 끝나고 몸은 점점 무거워지고 있었다. 새벽 한 시가 넘고 두 시가 가까워지기 시작했다. 세주는 자리를 털고 일어났다. 자신도 모르게 좁은 방 안을 서성이고 있었다. 진태가 들어오면 이혼하자고 말하자, 마음을 단단히 굳히고 퇴근했던 세주는 품으로 안겨드는 어린 딸을 내려다보며, 한숨만 쉬었다. 이, 어린 것을 버리고 살 수 있을까? 이 어린 것을 그 여자에게 맡길 수 있을까? 독한 시어머니를 떠올리니 가슴이 무너져 내렸다.

방 안은 밖에서 새어 들어온 불빛으로 희뿌옇했다. 세주는 커튼에 시선이 멈췄다. 언제부터인가 커튼은 낮 밤 없이 그대로 방치되어 있었다. 아무도 커튼을 올리고 내리는 일이 없었다. 커튼을 보자 세주는 손이 떨려 오는 것을 느꼈다.

순간, 불을 지르고 싶단 생각이 들었다. 불현듯 손이 떨렸다. 방 안에는 다행히 성냥이 없었다. 부엌으로 나가면 보일러 옆 어딘가에 성냥이 있을 터였다.

불을 붙이면 불은 잘 타오를까? 혹 커튼만 타다가 불이 꺼져 버리지 않을까?

세주는 이불 속으로 기어들었다. 눈을 감고 이불을 머리끝까지 덮어썼다.

커튼은 천장에서부터 창 밑 오륙 센티미터 정도밖에 내려와 있지 않았다. 커튼에 불을 붙이면 불은 벽을 타고 천장 벽지에 붙을 것이다. 벽돌은 타오르지 않겠지. 만약 커튼만 타고 불이 꺼져 버린다면 어떻게 하지? 아니야, 불은 천장을 태우겠지.

불이 붙었다. 커튼을 타고 올라가던 불길은 삽시간에 방을 태우고 꺼졌다.

"왜 불을 냈습니까?"

경찰관은 다그치며 물었다.

"왜 불을 냈죠? 바른 대로 말해요!"

"……"

"왜 불을 냈습니까?"

"……"

경찰관은 컴퓨터 자판만을 내려다보며 속사포처럼 질문을 쏘아 댔다. 세주는 경찰관을 물끄러미 바라보았다. 세주는 아무 말도 하지 못했다. 어디서부터, 어떻게, 말을 하란 말인가? 한두 마디로 말할 수는 없었다.

"왜 불을 냈습니까? 정말, 불을 지른 건 확실해요?"

세주는 고개를 끄덕였다. 세주는 입이 점점 붙어 버리는 것을 스스로도 느낄 수 있었다. 누군가 화를 내며 채근하면 할수록 입이 얼어붙었다. 결혼 이후 생겨난 버릇이었다.

"몇 살이라고 했지요?"

"스물아홉입니다."

"벙어리는 아니네, 방금처럼 그렇게 대답하면 됩니다."

참다못한 경찰관이 사무적인 음성으로 자판을 들여다보며 말했다.

"왜 불을 냈습니까?"

"……"

"여긴 한가로운 곳이 아니니까 간단 간단하게 대답하세요."

경찰관은 짤막한 대답을 요구했다. 뭐라고 말해야 하나.

"숨이 막힐 것 같았어요."

"숨이 막혀서 불을 질러요?"

"방 안에 가스가 찼습니까?"

"그게 아니고……"

"방금, 숨이 막혀서 그랬다잖았습니까?"

경찰관이 버럭 화를 내며 말했다. 세주는 대답을 하려고 입을 달싹거렸다. 그가 재촉하면 할수록 혀는 점점 굳어 소리가 나오지 않았다. 세주는 말을 해보려고 목을 가다듬었다. 그러나 아무 소리도 나오지 않았다. 소리가 나오지 않아 몸을 비틀어 대다 깨었다.

꿈이었다.

교실로 들어서면 아이들은 맑은 눈빛으로 세주를 쳐다보았다. 초등학교의 수업은 교사가 일이 분의 시간도 여유를 부릴 수 있는 곳이 아니었다. 불면과 불안 속에서도 일은 계속되었다. 퇴근한 뒤 도시로 돌아오면 밤이었다. 마음을 터놓고 의논할 수 있는 사람이 없었다.

임신 오 개월이 되었을 때도 그녀의 배는 임신을 모를 정도였다. 아기는 성장을 멈추어 버린 듯 했다.

한번은 퇴근 버스 속에서 쓰러지고 말았다. 병원에 입원하여 과로와 열병으로 치료를 받아야 했다. 일주 일만에 퇴원한 세주는 딸과 함께 곧바로 친정으로 향했다.

친정어머니께는 사실을 끝내 말할 수 없었다.

파란이 턱 앞에 물을 내밀었다.

"비행기 멀미가 심하신가 봐요, 얼굴이 창백해요."

파란이 언니처럼 걱정하며 말했다. 세주는 물을 마신

뒤 주위를 둘러보았다. 모두가 잠들어 있었다. 옆자리의 파란은 처음의 자세로 돌아가 책을 보기 시작했다. 스물아홉 파란의 모습은 봄날의 수선화처럼 아름다웠다. 그러나 파란의 희망에 찬 젊음조차도 세주는 부럽지 않았다. 아름다운 그녀가 세상에서 겪어야 할 몫이 아직은 까마득해 보였다.

*

L·A에 도착한 다음날 아침에도 정화 씨는 샤워를 끝낸 다음 언제나처럼 결가부좌를 하고 명상에 빠져 있었다. 내려감은 속눈썹 아래로 그림자가 어른거렸다. 정화 씨는 보기와 다르게 뭔가 잘 견디고 있다는 느낌을 받았다. 만취했던 날이 있었지만 정화 씨는 흐트러진 모습을 보이지 않았다. 그녀의 단단한 모습이 세주에게는 오히려 답답하게 느껴졌다. 무엇을 보든 매번 감탄하고 흐뭇하게 생각하는 정화 씨였지만, 언뜻언뜻 스쳐 가는 그늘이 만만치 않게 느껴질 때가 있었다. 그때마다 세주는

자신의 얼굴을 떠올렸다. 정화 씨보다 그녀가 더 많은 그늘을 달고 있으리라는 생각. 그 사실이 얼굴 가득 묻어 있을지도 모른단 생각이 들었다.

외출에서 돌아온 파란은 종이 봉지를 식탁에 쏟아 놓으며 좋아라 비명을 질렀다. 미국은 유럽과 달라 생필품 값이 싸다는 것이 무엇보다 마음에 든다고 했다. 종이 봉지에서 맥주와 양주, 빵, 과일이 쏟아져 나왔다.

간밤, 세주는 정화 씨의 한숨소리와, 잠꼬대 같은 울음소리가 예사롭게 들리지 않았다. 울음소리와 한숨소리가 뒤섞여 간간이 들려 왔는데 꿈속에선지 아닌지 그 소리를 들으면서 잠들었다 깨었다 했다. 그러다 골목길을 달리고 있는 꿈을 꾸다가 놀라서 깨었다.

파란이 아침밥상 앞에 앉으며 부석부석한 얼굴을 두 손으로 문질렀다.

"저 실수 많이 했지요?"

하고 물었다. 파란은 언니처럼 엄마처럼 마음 편한 어른들과 함께 지내다보니 안심하고 마음껏 술을 마셨다. 파란은 간밤, 기어이 하고 싶은 얘기를 모두 풀어 버렸는지도 모른단 생각이 들었다. 슬쩍 세주 씨의 표정을 살폈다. 세주 씨의 표정은 겉으로 잘 드러나지 않아 감을 잡기가 어려웠다.

"취한 사람이 어디 파란 씨뿐인 줄 아세요? 우리 모두 취했어요."

세주 씨가 미소를 지으며 말했다.

"파란 씨는 미국 땅에 살고 있는 첫사랑을 찾아왔다면서요? 미국 땅에 내리자마자 가슴이 뛰기 시작했다고."

"이런, 다른 얘기도 했겠네요?"

파란은 얼굴을 붉혔다.

첫사랑 세훈을 만나고 싶다는 생각이야 할 수 있다지만, 그를 만나러 이곳까지 오게 될 줄은 그녀도 생각지 못했던 일이었다. 이민을 떠난 지 삼 년 반, 그 삼 년 반 동안, 그는 얼마나 변했을까?

아침, 파란은 세면대 위에 걸린 거울 속의 얼굴을 들여다보며 세훈을 떠올렸다. 그는 왜 이민을 생각했을까? 자신 때문은 아니었을까? 세훈이 그녀를 보지 않기 위해서 고국을 떠났는지도 모른단 생각이 들었다. 파리에서 그걸 왜 확인해 보고 싶었는지 모르겠다. 세훈이 자

신을 못 잊어 떠난 게 틀림없다고, 얼마나 유치하고 가당
찮은 생각인가, 만약 그것이 사실이라고 하더라도 자신
과는 이제 아무 상관이 없는 일이었다.

세훈과 헤어지게 된 것은 오로지 일 때문이었다. 세
훈은 당시 취업준비생이었고, 파란은 광고회사에 들어
가 일을 시작한 지 얼마 되지 않았던 새내기였다. 광고
는 인간의 능력을 무한대로 끌어올려야 했다. 아무리 훌
륭한 광고라도 광고를 사는 상대의 주관적인 생각에 의
해 폐기되기도 하고 살아남기도 했다. 오로지 단 하나의
광고만 살아남았다.

파란이 디자인 일에 묻혀 지내다 보니 취준생인 세훈
과의 만남이 자주 어긋났다. 만남이 뜸해지던 때 취준생
이었던 친구 혜림과 어울린다는 소문이 들렸다. 파란은
그 일로 세훈과 다투고 돌아섰다.

생각해 보면 직업을 놓치지 않기 위해 몸부림쳤던 시
기였다.

서울을 떠나 지난날을 생각해보니 그녀의 삶속에서
가장 나쁜 선택이 T과장과 얽혀 지냈던 시간이었다. 육
체만을 탐했던 기간이 짧지 않았던 만큼, 여행을 하

는 동안에도 육망을 잠재우기가 쉽지 않았다. 한인들이
운영하는 민박집이라 교포들만 묵어갔다. 여행자들끼리
만나 자유스럽게 여행을 하다보면 유혹을 이겨내기가 쉽
지 않았다. 임신에 대한 두려움이 컸지만 어린 남자들과
밤을 보낸 적도 있었고, 욕정을 이기기 위해 자위행위를
한 적도 있었다. 머리카락을 모조리 잘라냈던 것도 욕망
에서 해방되기 위한 수단이었는지 모른다. 금욕적 생활
이 지속되자 차츰 몸과 마음이 안정되어갔고, 만나는 이
들마다 거리낌 없이 친구가 되어줄 수 있었다. 이런 것
을 진정한 자유라고 했나 스스로 생각했을 정도였다. 언
제부터였는지 모르지만 머릿속에서 T과장이 사라졌다.

*

　"간밤에 세주 씨가 눈물을 흘리는 걸 봤어유. 왜 그렇
게 울었대유?"
　정화 씨가 갑자기 생각난 듯 물었다.
　"취했나봐요. 다른 사람이 눈물을 흘리는 모습만 봐

도 따라서 우는 사람이라 그래요. 사실은 울보에요."

밤 아홉시에 시작하는 티브이 일일 프로그램 중에는 '이 밤을 즐겁게'라는 프로가 있었다. 끝나면 열시였다. 시어머니 방에서 티브이를 시청하다가 프로그램이 끝나면, 세주와 진태는 자리에서 일어났다. 홀로 지내는 시어머니를 위한 배려였다. 잠을 자기 위해 누웠을 때 누군가 방문을 두드렸다. 진태가 방문을 빠끔 열고 얼굴을 내밀었다.

무슨 일이에요? 아들의 물음에 시어머니는 방으로 들어올 기세였다. 조금 전까지, 시어머니와 함께 티브이를 시청할 때만 해도 아무 일이 없었다. 세주와 진태가 서둘러 옷을 갈아입고 자리에 앉자, 시어머니도 자리에 앉았다.

"앉아라. 내가 동네 창피해서 잠을 이룰 수가 없다."

시어머니는 긴 한숨을 쉰 뒤 입을 열었다.

"둘도 아니고 며느리 하나를 두었는데, 동네 창피해서 못살겠다."

"왜요?"

진태가 놀라 물었다. 세주도 금시초문이라 놀라서 시어머니의 입을 바라보았다.

"동네사람들이 쑥덕거려서 이상하다 했더니, 야가 동

네 사람들한테 인사도 안 하고 다닌다 안 하냐?"

"제가 새벽에 출근했다 밤이면 퇴근하는데, 동네사람을 언제 만났다고 인사를 하네 안 하네 흉을 본답니까?"

"시끄럽다, 배운데 없이 어디서 말대꾸냐? 친정에서 그렇게 배웠냐? 시집오면 벙어리 삼 년, 귀머거리 삼 년…… 너는 들은 것도 없냐? 나는 시집와서 동네사람들을 만나면 무조건 인사를 하고 살았다. 내가 오죽했으면 며느리하나 있는 것이 인사성도 없단 말을 듣고 살아야 쓰것냐? 그 말을 듣고도 참고 있으려니 속상해서 잠이 안 온다."

"저는 동네 사람들 얼굴도 잘 모릅니다. 이곳이 시골도 아니고, 어떤 사람이 그런 말을 했……"

시어머니는 세주의 말을 가로챘다.

"어디서 배운데 없이 어른 말을 꼬박꼬박 대꾸 하냐?"

시어머니의 목소리가 더욱 날카로워졌다.

"우리 어머니가 어떤 분이신데 말대꾸를 해?"

진태가 불쑥 화를 내며 목소리를 높였다.

"어떤 사람이 그런 말을 하던가요?"

세주의 물음에는 대답이 없이 시어머니는,

"니가 시집을 어떻게 알고, 나를 무시하기를 발밑에

때만도 못 여기기는 구나. 내가 이런 꼴 보려고, 이 험한 꼴을 보려고 살아온 것 같으냐…… 너 죽고 나 죽자."

시어머니는 젊은 나이에 과부로 고생하며 아들을 키웠던 얘기를 늘어놓기 시작했다. 진태는 세주의 말은 아랑곳없이 그녀를 윽박지르며 시어머니를 두둔하고 나섰다. 그제야 시어머니는 속상해 죽겠다는 표정으로 방을 나갔다.

"나를 홀로 키워주신 가엾은 우리 어머니 말을 무시해? 우리 어머닌 남의 어머니와 달라, 세상에서 우리 어머니만큼 고생하고 산 사람은 없어. 어른 말씀에 꼬박꼬박 말대꾸를 하고 나서?"

"생각을 해 봐, 새벽에 출근했다. 밤늦게 퇴근하는데, 동네 사람을 알지도 못하고, 설사 길에서 동네사람을 만났다하더라도 이곳이 시골도 아니고, 도시에서 동네 사람을 어떻게 분간해."

"그럼 우리 어머니가 거짓말을 했을 것 같냐? 우리 어머니는 나를 키우기 위해 시집도 안가고 홀로 살아오신 분이야, 평생 동안 거짓말을 해본 적이 없는 분이라고."

진태는 자신을 홀로 키운 어머니에 대해 용비어천가를 늘어놓기 시작했다. 이후에도 시어머니는 교묘하게 말을

꾸며 부부싸움을 하게 만들었다 …… 시어머니는 더 이
상 할 말이 없을 때나 세주의 입을 막을 양이면, 아들을
키우며 고생했던 얘기를 줄줄이 늘어놓기 시작했다 ……
이런 험한 꼴을 보려고 너를 키웠더냐? 후렴처럼, 주제
가처럼 늘어놓았다. 말미에는 그러니, 너 죽고 나 죽자,
언제나 진태를 자극하는 말로 끝을 맺었다.

진태는 자신의 어머니가 고생하고 살았으니, 세주도
마땅히 그렇게 살아야 하는 것처럼 말하거나, 시어머니
와 세주를 비교하며 세상에 우리 어머니처럼 불쌍하신
분이 없으니 효도를 하라고 장설을 늘어놓았다. 가난하
게 살아온 것이, 남편 없이 살아온 일이 세주 때문도 아
닌데, 매번 세주와 비교하며 불쌍한 어머니라고 들먹거
렸다. 홀어머니에게 효도를 하기 위해 세주를 데려와 바
친 것 같았다. 세주가 억울해서 진실을 얘기하려고 하면
시어머니는 자신이 고생하고 살았던 얘기를 내세워 세주
의 입을 막았고, 진태는 폭행으로 입을 막았다.

이런 식의 싸움은 자주 일어났다. 진태가 그때마다 시
어머니의 편을 들자, 시어머니는 마음대로 거짓말을 꾸
며 싸움을 붙였다. 진태는 불란이 있을 때마다 세주에

게 효도를 강요했다. 시어머니는 세주를 마치 첩을 대하는 것처럼 행동했다. 진태가 여자를 사귄다는 것을 알게 되자, 시어머니는 의기충천해서 세주가 집을 나가주기를 바랐다. 사사건건 질투하고 거짓말로 아들과 그녀 사이를 이간질했다. 옆방에서 아들이 폭력을 휘두르는 것을 빤히 알면서도 항상 모르는 채 했다. 며느리에게 속마음을 밑바닥까지 내보인 시어머니는 세주를 내보낼 방법을 연구하는지 거의 매일 분란을 일으켰다.

한번은 세주가 퇴근하고 돌아왔을 때, 시할머니가 그녀 방으로 들어왔다. 무거운 몸으로 고생한다며 시할머니가 임신복 위로 배를 어루만졌다. 그때 시어머니가 갑자기 방으로 들어오더니 당신의 흉을 봤다며 화를 내며 꾸짖었다. 세주는 너무나 뜬금없고 황당했다. 시할머니는 그런 일 없다며 방을 나갔다.

초인종이 울리자, 거실과 마당을 서성거리던 시어머니가 대문 앞으로 달려가 아들을 맞았다. 아들과 함께 안방으로 들어간 다음 남편 진태는 돌아오지 않았다. 한참 뒤 옷을 벗기 위해 방으로 돌아온 진태는 큰소리로 당신의 잘못이라고 꾸짖었다. 세주의 얘기는 들을 생각도 하지 않고, 진태는 오로지 시어머니의 말만 믿고 들었다. 자신의 어머니는 거짓말을 할 사람이 아니라며, 폭행으로 이어졌다. 세주는 퇴근하고 돌아오는 길이 두려웠다.

시어머니는 상상도 못할 거짓말을 하여 남편으로 하여금 폭행을 하게 하거나 싸움을 붙였다. 한번은 뜬금없이 예단을 문제 삼기도 했다. 친가 쪽과 외가 쪽의 예단이 달랐다는 얘기였다. 외가 쪽의 예단이 친가 쪽의 예단보다 훨씬 못 미친다. 니가 나를 무시한 처사다. 세주는 장거리 출퇴근을 하느라 바빠서 결혼 준비를 손수 하지 못했다. 친정에서 어머니와 동생이 부족함 없이 준비해준 예단이었다. 시어머니가 어떤 말을 시작하면, 남편은 시어머니의 얘기에 무조건 장단을 맞추며 그녀를 공격했다. 토끼 한 마리를 두고 두 마리의 호랑이가 공격하는 모양새였다. 두 사람이 공격하면 토끼 한 마리 정도가 아니라, 늑대도 잡겠단 생각이 들었다. 이러다간 죽어나가거나 미치거나 하겠단 생각이 들었지만, 두 생명줄 앞에서 세주는 너무나 무력했다.

죽는 한이 있더라도 생명줄을 놓진 않을 거야! 세주는 억울함을 참느라 꼬깃꼬깃 안으로 삼킨 말들이 가슴에서 맷돌처럼 굴러다녔다. 때로는 그 소리가 예리한 칼날이 되어 목구멍을 찔렀다.

*

진태가 갑작스럽게 시골로 발령을 받았다.

세주는 진태와 싸움이 없어 차라리 잘된 일인지 모른단 생각을 했다.

한번은 구역질과 어지러움이 심해서 퇴근하고 돌아와 방 안에 누워 있었다.

"나오니라. 개 약 멕이자."

시어머니가 마당에서 세주를 향해 말했다. 순간, 세주는 어지러움이 싹 가시고 불길 같은 분노가 치밀었다. 개 짖는 소리만 들어도 머리에서 불이 붙을 지경인데 개에게 약을 먹이자고 말했다.

세주는 대답 없이 가만히 있었다.

"안 들리냐? 개 약 멕이잔 말이다."

날카로운 시어머니의 음성이 들렸다. 세주는 두려웠

다. 남편에게 무슨 말로 억지를 부릴지 알 수 없었다.

어느 날, 남편이 개를 데리고 들어왔다. 주말이면 남편이 그 개를 데리고 나가 운동을 시켰다. 한번은 퇴근해 돌아오니 개의 다리에 깁스가 되어 있었다. 처음 보는 일이라 신기했다.

"개가 왜 깁스를 하고 있어요?"

"음식을 너무 많이 멕여서 개가 짜구(?)가 나서 그런다."

하고 말했다. 세주는 짜구가 났다는 사투리도 그때 처음 알았다. 음식을 너무 많이 먹어서 일어나지 못해 깁스를 했다는 말이었다. 나중에 알고 보니 그 개는 그 여자가 키우던 개로 남편에게 선물한 개였다.

그 사실을 알고 난 뒤 세주는 개를 보는 일이 괴로웠다. 견디다 못해 시어머니에게 도움을 요청했다. 그 여자가 보내준 개라 …… 다른 사람에게 주거나 그 여자에게 돌려주었음 좋겠습니다. 세주는 시집와서 처음으로 그녀의 괴로운 심정을 솔직하게 털어놓았다. 시어머니는 끝내 아무 말이 없었다. 이후에도 개는 여전히 살고 있었다. 그런데 그 개에게 약을 먹이잖다. 세주는 버티다 말고 자리에서 일어났다.

묵묵히 밖으로 나갔다. 입을 벌리고 있으면 당신이 약을 먹이겠다고 말했다. 세주는 어린 날 개에 물린 트라우마가 있어서 개만 보면 두려움이 컸다. 세주가 벌벌 떨며 입을 벌리고 있자, 시어머니는 약을 먹였다.

얼마 뒤 세주는 개를 다른 사람에게 보냈음 좋겠다고 시어머니에게 다시 한 번 부탁했다. 그러자, 시어머니는 큰소리로 화를 내며,

"나는 이런 개가 수십 마리가 있어도 좋것다 …… 동네에 가득했으믄 좋것다……"

아들을 낳은 후에도 진태는 다른 사람이 들을까봐 입을 틀어막으며 폭행했다. 세주의 입을 막기 위한 폭행은 날로 심해졌다.

전치 삼 주의 진단서가 나오자, 친정식구들이 알게 되어 합의 이혼에 이르게 되었다.

법원에 이혼 서류까지 제출 되었다. 진태의 폭행도 고통이었지만 한 집에서 호시탐탐 질투하고 싸움을 걸어 폭행을 하게 만든 시어머니의 고자질은 사지가 떨렸다. 두 아이들이 눈에 밟혔지만 더 이상 미련이 없었다.

법원으로 가기 전 진태가 찾아왔다. 한번만 용서해 달라, 새사람이 되겠다, 두 아이들을 봐서라도 용서해 달라…… 시댁에서 나와 살겠다며 용서를 빌었다.

퇴원 후, 세주는 열세 평 아파트를 전세로 얻어 아이들과 함께 살았다. 두 아이들과 헤어지느니 분가해서 사는 방법이 해결책이 될지도 모른단 생각을 했다. 그러나 보이지 않는 가운데 진태를 조정하는 시어머니의 간섭은 훗날 직장까지 파고들었다. 또, 그 여자와의 관계가 정리되기까지 오 년여의 세월이 흘렀다.

*

어린 날의 기억은 엄마와 여동생 세영, 세 식구가 전부였다. 초등학교 입학 무렵에야 모든 가정에는 어머니가 있는 것처럼 아버지가 있다는 사실을 알게 되었다. 그러나 그 사실을 알고 난 후에도 아버지가 없다는 것이 불편하지는 않았다. 그때까지는. 아버지를 한 번도 보지 못하고 살아왔지만 세 식구가 사는 일이 전혀 이상하게 생각되지도 않았다.

초등학교 일 학년 때였다. 학교에서 집으로 귀가하던 날, 집 앞에 웬 낯선 아저씨 한 분이 서 있었다. 회색 바지에 남방셔츠를 입은 아저씨는 모자를 깊이 눌러쓴 모습이었다. 큰 키에 덥수룩한 수염이며 누런 얼굴이 어딘지 아픈 사람 같았다.

"네가 세주냐? 아빠다."

대뜸 말해놓고 세주를 끌어안으려고 했다. 세주는 깜짝 놀라 주춤주춤 뒤로 물러났다. 아저씨는 두 팔을 벌려 세주를 안으려고 했다. 세주는 좁아든 아저씨의 품안에서 술 냄새를 맡았다. 세주는 아저씨의 손을 뿌리치고 집안으로 도망쳤다.

얼마의 시간이 흐른 뒤, 대문 밖을 내다보았을 때 그 아저씨는 보이지 않았다. 그녀는 그제야 외가로 뛰어갔다.

"할머니, 이, 이상해요, 어떤 아저씨가 아빠라고 했어요."

외할머니의 얼굴이 노랗게 변했다.

초등학교 육 학년 때였을까, 외할머니의 말에 의하면, 아버지는 부모가 물려준 재산을 노름과 술로 모조리 탕

진했다고 했다. 술독에 빠져 사는 아버지와 더 이상 살 수 없다고 판단한 어머니는, 세주와 세영을 데리고 외가로 왔다고 했다. 그때부터 어머니는 외가에서 과일 장사, 채소 장사, 심지어는 생선 장사까지, 안 해 본 장사가 없을 정도였다고 했다. 어머니는 재혼하라는 주위의 권유도 마다하고 지금껏 홀로 살아왔노라고, 외할머니는 말했다.

"인자는 니 엄니가 집도 장만하고 살만 하니께 니 에비가 찾아와서 함께 살것다고 하재만, 안 즉도 술을 못 끊고 마을에서 주정뱅이 노릇이나 하고 지낸다니 쯔쯔…… 어디고 머얼리 가서 차라리 죽어뿌렀으면 좋것구만. 니 에비는 알콜 중독자라 사람 되기는 글렀어."

세주는 그런 말을 하는 외할머니가 싫었다.

"세주야! 너, 니 아부지 만나먼 안 된다. 느그들은 아부지가 없으니께 잊어부러야 쓴다. 느그 엄니가 누구 땜시 그 고생을 하며 입때꺼정 살었겄냐. 술만 묵으믄 사람이 아니니라. 니 에미 새복이면 장에 나가는 것 보믄 모르겄냐. 느그들 대학까지 가르칠라고 몬 묵고 몬 입고 살었으니께 애비 찾을 생각 말어야 쓴다잉. 니 애비는 사람이 되기는 글러부렀은께."

세주는 어린 마음에 아버지와 함께 살고 싶었다. 할머니의 온갖 험담에도 그녀는 아버지에 대한 그리움을 떨쳐 버릴 수가 없었다.

생일날, 아버지가 사주신 선물이라며 친구들이 자랑을 할 때마다, 비 오는 날 친구 아버지들이 우산을 들고 학교까지 마중 나오는 것을 볼 때마다, 세주는 친구들이 한없이 부러웠다. 비를 맞으며 아무도 없는 집으로 돌아오며 세주는 남몰래 가슴앓이를 했다. 동생 세영이 왜 우리는 아빠가 없느냐고 어머니에게 물었을 때, 어머니는 아버지가 일찍 돌아가셨다고 했다.

과일 장사를 할 적에 어머니는 팔리지 않는 과일을 머리에 이고 밤길을 걸어와 잠들어 있는 그녀와 세영을 깨웠다. 눈을 비비며 일어나면, '과일 묵고 자거라.' 하시며 세주와 세영의 머리를 쓰다듬었다.

"엄마! 아빠랑 함께 살면 안 돼요?"

세주는 어머니의 표정을 살피며 물었다. 아버지와 함께 살고 싶어요, 라고 말하는 대신 조심스럽게 바꿔 물었다. 어머니는 말없이 저고리를 들추고 부채로 가슴을 활활 부쳤다. 세주는 더 이상 말을 할 수가 없었다.

2부

길

시댁에서 나와 살게 된 뒤로도 진태는 여전히 술에 취해 귀가했다. 봉급 또한 가져다주지 않았지만 세주는 불평하지 않았다. 빚을 갚고 있으리라 믿었다. 마음이 편해진 것은 아니지만, 시어머니를 보지 않고, 두 아이들을 데리고 산다는 것만으로도 마음이 한결 편했다. 진태는 일이 바쁘다는 핑계로 여전히 자정이 넘어서 귀가했다. 세주는 퇴근하면 아이들과 오순도순 살 수 있는 것만으로도 만족했다. 진태는 자신의 어머니를 홀로 두고 따로 나와 산다는 것이 죄악인양 세주를 들볶았다. 그의 신무기였다.

*

  진태는 지방 공장 중 규모가 가장 큰, 매출 삼분의 이를 쥐고 있는 공장의 부사장으로 승진했다. 진태의 말에 의하면 회장의 절대적 신임 없이는 맡을 수 없는 자리라고 했다. 자신은 그 일을 한순간도 소홀히 할 수 없다고도 말했다. 탄탄대로인 남편의 앞길이 훤히 바라보이는 것 같았다. 마흔 아홉의 나이가 버거울 만큼 거대한 자리였다. 진태는 최초의 젊은 부사장이라는 타이틀을 거머쥐었다. 고속 승진이라 주위의 부러움을 한 몸에 받으며 부임했다는 것을 늦게야 그의 친구들을 통해 알았다.

  세주에게 있어 그의 승진은 오히려 씁쓸했다. 승진이 되었다고 해서 생활비를 가져다주는 것도 아니고, 승진을 하면 할수록 시간이 없다며 타인이 되어 갔다. 행복과는 거리가 멀었다. 가족 간의 화목보다는 출세가 전부였고, 출세에 따라붙는 돈과 명예는 혼자만의 기쁨이고 행복일 뿐이었다.

  본사에서 근무했던 그가 부사장이 되어 첫 출근을 하던 아침이었다. 시내에서 공장이 있는 근무지까지는 한 시간 남짓 되는 거리였다.

아침 식사를 끝낸 그가 공장으로 출근한다며 여행 가방을 들고 나갔다. 아이들의 도시락을 준비하고 있던 세주는 그가 손에 들고 있는 여행 가방을 보고 잠시 어리둥절했다. 승진 소식 외에 한마디 의논도 없던 때라 멍청히 서 있자니 그는 서둘러 집을 나섰다.

"일 때문에 당분간 못 올지 몰라. 문 잘 잠그고 있어."

뒤 트렁크에 가방을 집어넣은 다음 문을 닫고 난 그가 말했다. 그녀가 망연히 서 있는 사이 승용차는 스르르 아파트를 빠져나갔다.

이른 새벽 공기가 싸늘하게 코끝을 스쳤을 때, 세주는 문득 등교할 아이들 생각에 집으로 돌아왔다. 부사장으로 승진한 남편은 마치 출장을 떠나듯 집을 떠나갔다. 하숙을 하겠다든지, 주말부부로 살자든지, 통근을 하겠다든지 일체의 언급도 의논도 없이 혼자서 훌쩍 집을 떠났다.

진태는 그날부터 지금껏 회사 공관에서 혼자 지내며 필요한 물건은 집에 다녀갈 때 가져갔다. 그가 집을 떠나 근무하게 된 일은 둘째를 낳았던 그해와 두 번째였다.

그 무렵 세주는 두 아이들의 교육과 가사, 직장생활에 지쳐 하루를 살아내기가 벅찼다. 가족들의 생활비와 교육비를 벌기 위해 가장이 되어 일해야 하는 것도 힘들었지만, 진태가 새 아파트를 분양받자고 졸랐다. 자신의 품위에 맞는 넓은 평수를 원했다. 형편에 닿지도 않는 넓은 평수의 아파트로 이사하게 되었다. 공무원인 세주의 이름으로 대출을 받아 빚을 지게 되었다. 빚 때문에 사표를 낼 수도 없었다. 처음 아파트를 분양받을 때는 자기도 월급에서 얼마씩 붓겠다고 했지만 돈을 보내주지 않았다. 돈을 보내주지 않는다고 멀리 있는 사람에게 날마다 전화통을 붙들고 싸울 수도 없는 노릇이었다. 세주 봉급에서 매월 할부금을 불입하고 나면 생활비는 조금씩 부족했지만 보너스로 메워나갔다. 시댁에서 나와 살면서 세주는 시어머니의 생활비까지 드려야 했다.

진태는 주말조차도 본사에서 내려온 상사들을 접대해야 한다며 집에 오지 않는 날이 많았다. 또, 직원들의 애경사는 매주 맡아 놓은 일인지, 본사 출장이면 주중에 한 번 다녀가는 것으로 주말을 대신했다.

사랑은 연애기간 뿐이었을까? 아니면 결혼을 위한 작

업이었을까?

아이들이 중고등학생이 되었을 때, 진태는 만취한 상태에서 일방통로를 지나다 교통사고를 냈다. 사건을 해결해야 할 사람은 오로지 세주뿐이었다. 그 사건으로 아파트를 팔고 수년간 전세 아파트로 전전했다. 그 일로 미안했던지 진태는 보너스를 받아 일부를 들여놓았다. 처음 있었던 일이었다.

진태가 부사장으로 발령을 받아 직장을 따라 거처를 옮겨간 다음 세주는 결혼한 독신녀로 살았다.

그동안 세주가 배운 것은 술이었다. 퇴근 후, 술을 조금씩 마시기 시작했다. 때로 속이 울렁거리고 헛구역질로 고통스러웠지만 술은 세주를 잠들게 했다. 아이들과 가사와 직장으로부터 한 발자국도 움직일 수 없는 상황에서 세주가 할 수 있는 일은 불면으로 시달릴 때마다 술을 마시고 잠이 드는 일이었다.

공개 수업을 앞둔 어느 날이었다. 며칠씩 수업 지도안을 준비하고 학습 자료를 준비하느라 퇴근 후에도 일해야 했다. 모든 준비를 마쳤을 때 몸은 고단했지만, 긴장 상태가 지속되어 잠이 오지 않았다.

아이들이 잠든 밤, 혼자 식탁에 앉아 술을 한두 잔 마시고 나니 긴장감은 풀렸지만 술기운 탓인지 외롭고 허전했다. 취기에 몸을 맡긴 채 잠시 식탁에 엎드려 있었던 모양이었다. 언뜻 쇠붙이 소리가 났다. 현관에서 나는 소리라 고개를 들어 바라보니 진태가 들어오고 있었다.

"역시, 알콜 중독자 딸이라 다르네. 타고난 대로 논다드니 꼭 맞는 말이야."

식탁 위의 술병과 술잔을 내려다보며 진태는 비웃듯이 말했다. 그 순간 세주의 머릿속에서 화르르 불이 붙었다.

"돌아가신 분을 함부로 말하지 마!"

세주는 울컥해서 한마디 하고 말았다.

"알콜 중독자가 되면 그 집안에는 이 대째가 되겠구만. 역시 피는 못 속인다는 말이 맞네."

진태의 빈정거림에 세주는 입술이 터지도록 이를 깨물었다.

"이 집안도 어떻게 될지 앞날이 훤히 보이는구만. 당신 아버지가 우리 결혼 전에 객사했지 아마?"

"그래, 난 알콜 중독자 딸이다!"

"조용히 해! 위아래 집에서 들어!"

"뭘 잘했다고 명령이야? 봉급을 갖다 주길 했어, 자식들을 먹이고 입힌 적이 있어?"

"조용히 못해!"

진태가 목소리를 낮추더니 세주의 뺨을 후려쳤다. 세주는 구타에서 벗어나려 했지만 진태의 힘에는 어림없었다. 진태는 깊은 밤에 소리친다며 세주의 머리채를 흔들며 발길질을 했다. 위아래 아파트 사람들이 듣고 있으니 조용히 하라는 것이었다. 자신의 이미지를 구겨서는 안 되는 일이었다.

결혼을 엿새 앞두고 아버지의 객사 소식이 날아들었다. 혼수 준비로 바쁘던 집안은 갑자기 폭삭 가라앉는 것 같았다. 어머니는 예정대로 결혼식을 진행하라며 묵묵히 혼수 준비를 계속했다.

"결혼 날짜는 이미 결정 된 일이니께 암말하지 말아라. 에미 속은 오죽 하것냐."

외할머니는 입단속을 시켰다. 아버지의 사랑조차 받아보지 못했지만 세주는 마음이 아팠다. 어머니는 결혼

할 사람은 장례식에 참석하는 것이 아니라며 어버지의
장례식조차 참석하지 못하게 했다.

세주는 결혼식을 그대로 진행해야 할지 연기를 해야
할지 혼란스러워 진태와 의논했다. 진태도 걱정하며 친
정어머니와 상의했다. 친정어머니는 연기 할 수 없다며
결혼을 진행시켰다. 그때 공무원 생활을 하고 있던 동생
세영이만 아버지의 장례식에 참석했다.

세주는 샌프란시스코에 오기 전에 사막 투어 패키지
여행팀에 섞여 모하비 사막에 들렀다.

고속버스는 사막을 가로지르며 포장도로를 달리고 있
었다. 끝없이 이어지는 길, 정면을 바라보면 버스가 하
늘을 향해 달리고 있는 것 같았다. 그러나 아무리 달려
도 지평선 안에 갇혀 있었다. 주유소에서 버스가 멈췄다.

세주는 길가에서 조금 떨어진 곳에, 일, 이미터쯤 자
라다 말라죽어 가고 있는 나무 한 그루를 보았다. 사막
에서 본 나무 치곤 제법 큰 나무였다. 몸을 옆으로 눕힌
채 뿌리가 거의 뽑혀 있었다. 무성한 줄기와 자잘한 나
뭇잎은 고사된 상태였다. 그 나무 밑, 땅에 깔려 있는 나

무줄기 하나가 기적처럼 살아 있었다. 이런 박토에서 얼마 동안 생존할 수 있을까? 밤의 추위는 얼마나 혹심하며 바람은 또 얼마나 세게 불어댈까? 사막의 나무나 풀은 그늘조차 맛볼 수 없는 열악하기 짝이 없는 환경이었다. 주위로부터 무방비 상태로 노출된 채, 오로지 견디는 것만이 유일한 생존 방법일 것 같았다. 저런 모습이 삶의 길일까? 하루하루 수분을 제거당하는 저 나무의 갈증과 자신의 고통은 어느 쪽이 더 힘들까?

결혼 전, 진태와 그의 친구들과 어울려 산행을 마치고 시내로 내려왔다. 버스 정류장에서 각기 헤어져 집으로 돌아가려 할 때였다. 일행들은 헤어지기가 아쉬운지 어디론가 가고 있었다. 골목길에 있는 한 주택으로 들어갔다. 뜻밖에도 진태의 집이었다. 그는 자기 집도 아니고 남의 집 상하방(방 두 개에 비좁은 재래식 부엌)에서 살고 있었다. 칸막이 방으로 된 두 개의 작은 공간에서 어머니와 할머니와 진태, 세 사람이 함께 살고 있었다. 그의 어머니가 점심을 차려주었는데 김치와 한두 가지 반찬에 달걀 프라이가 전부였다. 뭐라 말할 수 없이 가난하고 초라했다. 그 모습을 그는 당당하게 공개했다. 그때까지도 진태와 결혼하리라곤 상상도 못한 때였다. 그날 진태는 자신의 어머니에게 그녀를 선보였던 날이었다. 나중에 진태와 가까워지면서 그의 가난한 모습이 연민으로 이어졌고, 결혼으로 골인한 계기가 되었다. 생각해보면 얼마나 순진한 생각이었는지.

끝이 보이지 않는 벌판에 작고 보잘 것 없는 소나무들이 듬성듬성 서 있다. 나무 한 그루 보이지 않는 갈색의 민둥산들이 가까이 혹은 먼 곳에서 나타났다 사라지곤 했다.

교실의 좁은 공간과, 직장과 집을 오가는 거리, 도시의 이쪽과 저쪽 끝, 언제나 눈앞을 가리고 서 있는 건물들, 일상의 틀에 익숙해진 크기로 세상을 바라보다가 끝없이 광활한 사막을 마주하자 세주는 자신이 난장이처럼 왜소해졌다. 또, 그녀의 고민이나 불행이 하찮은 것처럼 여겨지기도 했다.

창문을 조금 열었다. 거친 사막을 거쳐 오는 차고 건조한 바람이 얼굴을 스쳤다. 세주는 자신도 모르게 눈을 감았다. 눈물이 차올라 눈을 뜰 수가 없었다.

개교기념일이 다가오자, 직원들은 연휴를 어디서, 무얼

하며 보낼 것인가? 얘기를 나누기 시작했다. 일 년에 한 번씩 덤으로 얻은 휴일, 직장인에게 평일 하루를 더 쉰다는 것은 머리가 핑핑 돌만큼 즐거운 일이었다. 묶여 있던 시간에서 풀려나는 해방감, 타인들이 모두 일할 시간에 햇빛을 고스란히 받으며 여행을 하거나, 등산을 하거나, 거리를 활보하는 시간. 그것만으로도 개교기념일은 충분히 행복한 하루였다. 자유의 시간을 어떻게 보낼 것인지, 교사들은 며칠 전부터 끼리끼리 둘러앉아 얘기를 나눴다. 금년에는 개교기념일이 월요일이라 연휴가 되고 보니 교사들의 화제는 당연히 개교기념일로 맞추어졌다.

토요일 오후, 세주는 친정어머니에게 아이들의 식사를 맡기고 시외버스에 올랐다. 몇 년 만의 외출인지 세주는 기억도 잘 나지 않았다. 뜻밖의 여행이었지만 마음은 가벼웠다.

전날, 커피 타임에 합석했던 한 직원이 사랑하는 사람을 찾아서 여행이라도 떠나고 싶다는 얘기에, 그 순간 갑자기 결정했던 일이었다. 그 소리를 듣지 않았더라면 여행을 생각할 겨를이 없었을지도 모른다. 진태가 있는 시골로 떠나자, 결혼 전에는 가슴을 설레며 기다리던 토

벽이 말을 할 수 있다면 289

요일이었지만 결혼 이후 토요일은 단지 다음날 쉴 수 있다는 기대감 이상이 되지 못했고, 밀린 집안일을 한꺼번에 해결하는 날이었다.

사랑이라는 말이 낯설고 쑥스러운 느낌마저 들었지만 둘만의 만남이 어쩌면 새롭게 서로를 응시할 수 있는 시간이 될지도 모른다는 기대감을 안고 시외버스에 올랐다. 진태에게 알리고 떠날까 생각했다가 서프라이즈도 재미있을 거라고 생각했다.

초겨울이었지만 모처럼 햇볕이 따뜻했다. 남편을 찾아 집을 떠나는 기분도 괜찮았다. 집안에 일이 생길 때면 전화로 일을 해결하다보니 필요한 얘기만을 주고받은 셈이지만, 그와 떨어져 지내다 보니 큰 마찰이나 충돌은 없었다.

진태가 부사장으로 발령을 받고 나서 두 달쯤 지난 뒤 부부모임이 있어서 단 한 번 그가 살고 있는 공관에 가본 적이 있었다. 남편을 따라 공관인 아파트를 처음 찾아갔을 때, 호텔이나 콘도에 와 있는 것 같았다. 거실에는 흰 레이스 커튼이 내려져 있었고 응접세트가 놓여 있었다. 주방에는 냉장고며 간단한 주방기구가 갖추어져 있었고, 안방에는 침대와 TV와 이불장까지 마련되어 있었다. 방이 셋이나 되는 그의 공관은 쓸쓸한 정도로 크고 넓었다. 살고 있는 아파트의 평수와 똑같은 크기였다. 같은 평수라도 공관은 살림이 없어 넓게 보였다. K시와 조금 떨어진 시골이라 공기도 좋았지만 무엇보다도 조용했다. 세주는 자신이 살고 있는 아파트가 갑자기 보잘것 없이 작고 답답하고 칙칙하게 느껴질 정도였다.

앞뒤 창문을 열자 시원한 바람이 불어왔다.

"당신이 이렇게 깨끗하게 청소해?"

"파출부가 일주일에 두 번 와서 청소를 해 주고 있어."

진태의 시골 생활은 사치스러울 정도로 안락했다. 그의 안락한 생활은 아내와 자식이 불필요하게 생각될 정도였다.

"이곳으로 이사 와서 살까?"

"미쳤어? 당신 직장은 어떡하고, 또 애들은?"

"아이들은 전학시키고 난, 사표를 던지면 그만이지."

세주의 장난말에 진태는 당황하는 모습이 역력했다.

*

　벨을 누르자, 동생 세영이 아파트 현관문을 열고 서서 고개를 밖으로 내밀었다. 세영은 세주를 보자마자 깜짝 놀란 얼굴로 소리쳤다.

　"언니!"

　세영이 눈이 휘둥그레졌다. 세주는 자신도 모르게 몸을 떨었다. 현관문을 잡고 서 있는 동생을 지나 방으로 들어갔다. 곧장 침대 속으로 기어들었다. 이불을 머리까지 끌어 올렸다. 간신히 참았던 눈물이 소나기처럼 쏟아졌다.

　"언니, 응급실로 가자. 구급차를 부를게."

　세주는 이불 속에서 손을 꺼내 흔들었다.

　"괜찮겠어? 얼굴이 창백해."

　세영이 걱정스런 음성으로 물었다.

　"나 좀 자게 해 줘."

　세영이 그녀를 내려다보고 있는 것을 느꼈지만 세주는 눈을 뜰 힘도 없었다.

　세주는 공관에 도착한 뒤 회사로 전화를 했다. 진태

는 시외에 나가고 자리에 없었다. 직원은 진태가 저녁 늦게야 돌아올 거라고 말했다. 회사 직원이 열쇠를 가지고 와서 아파트 문을 열어 주고 돌아갔다. 세주는 안으로 들어서며 불을 켰다. 집안은 깨끗했지만 창문이 굳게 닫힌 실내는 미지근한 공기로 가득했다. 그녀는 버스에서 내릴 무렵부터 속이 메스꺼웠다. 거실 소파에 누워 있었다. 얼마쯤 지났을까, 누군가 잠겨 있는 현관문을 거침없이 따고 들어왔다. 세주는 진태가 왔다는 생각에 반가운 마음으로 자리에서 일어났다.

세주는 잠시 어리둥절한 표정으로 앞을 주시했다. 웬여자가 현관문을 열고 들어오다 세주를 보자 깜짝 놀라는 표정이었다. 여자는 자기 집인 줄 알고 들어왔다가 낯선 표정으로 주위를 둘러보았다. 그녀는 임신복을 입고 있었고 배가 제법 부른 걸로 보아 임신한지 육, 칠개월은 족히 되어 보였다. 여자의 한 손에는 사과가 든 플라스틱 바구니가 들려 있었다.

"누, 누구세요?"

먼저 물어 온 쪽은 임신한 여자였다.

"누구세요?"

이번에는 세주가 물었다. 그제야 여자는 상황을 판단했다는 듯 당황했다. 여자는 체념한 듯 동거 사실과 임신 사실을 털어놓았다. 공관에 불이 켜져 있어서 부사장님이 돌아와 계신 줄 알고 들어왔다고 했다.

진태는 공관에서 그리 멀지 않는 곳에 집을 따로 얻어 여자와 동거하고 있었다. 여자는 얘기 끝에 연민어린 표정으로 말했다.

"부사장님은 사모님이 자궁암으로 자궁을 적출하는 수술을 받아서 가까이 갈 수 없는 처지라 외롭다고 했어요."

"내가 자궁암에 걸렸다고?"

"네."

여자의 음성이 귀를 찔렀다.

진태가 가끔 그녀에게 했던 말, 홀로서기를 해야 한다는 말은 이런 뜻이었을까? 홀로서기를 하라고 했을 때, 이 나이에 홀로서기가 뭐냐고 무심히 지나쳤다. 진태가 자신과 헤어질 것을 생각하며 했던 말이라면 좀 더 젊은 나이에 했어야 했다.

사람은 나이가 들면 자신만을 위한 일이 반드시 필요

하니 직장을 그만 두어선 안 된다고 덧붙였다. 또, 사람은 일이 없으면 쉽게 늙게 된다며 사표 쓰는 것을 한사코 막았다.

"형분 직장 때문이라는 명분으로 떨어져 살 수밖에 없다는 그 대단찮은 이유를 빌미로 언니에게 가장의 역할과 육아까지 맡기고 오로지 출세만을 위해 살아온 사람이야. 결국 누구를 위한 출세였나 생각해 봐."

"그만 해!"

"형부는 봉급도 가져다주지 않고 그 돈으로 마음껏 즐기며 안으로는 사장을 움직여 빠른 승진을 한 거야. 아내에게 시어머니의 생활비까지 주게 하고, 자식을 맡기고, 언닌 지금껏 아내의 역할을 했던 게 아니라, 형부의 부모 역할을 했던 거야. 형부의 부모 역할에 아이들의 부모 역할까지 대신했던 거라고, 그는 쓰레기야! 쓰레기 같은 인간을 위해 남은 인생까지 내줄 거야? 아이들의 아빠라는 이유만으로 남은 삶까지 내줄 거냐구?"

누군가 세주의 머리를 깨고 장작불이라도 쏟아 넣은 듯 머릿속에서 불이 났다. 육신이 녹아내리는 듯한 통증이 전신을 휘감았다.

"어떻게 사는 것이 지혜로운 삶인지, 객관적으로 바라볼 때야. 멀리 여행이나 다녀와. 마음도 정리하고."

세주는 여행을 하는 동안 어두운 과거에서 한결 벗어나 있었다.

정화 씨는 로스앤젤레스 도착 사흘 후, 인도로 떠날 준비를 했다. 정화 씨의 세계 일주 여행을 기획하고 도와주는 여행사에서 연락이 왔다. 현지 여행사 직원이 비행기 표를 가지고 정화 씨를 데리러 올 거라고 했다. 소식을 듣자, 파란이 세주에게 여행을 계속 할 건지 물었다. 세주는 이곳에서 머물다 귀국할 생각이었다.

정화 씨가 짐을 정리하는 동안 세주는 저녁식사를 준비하고 있었다.

"파란 씨, 병아리 같다. 머리카락을 기르면 너무 너무 예쁠텐디. 그렇쥬?"

정화 씨의 얘기에 뒤를 돌아보니 파란이 샤워를 하고 나왔다. 그녀는 위아래 오렌지색 운동복을 입고 있었다.

세주는 자신도 모르게 고개를 돌렸다. 황금색과 비슷한 색깔만 보아도 여자가 떠올랐다. 궁색한 자신의 모습도 덤으로 따라왔다. 동시에 찌르르 전신을 강타하는 회오리.

한번은 출근길에 운전을 하고 가다가 저만치서 오렌지색 블라우스를 입은 여성이 다가오고 있었다. 세주는 자신도 모르게 눈을 감았다가 하마터면 교통사고가 날 뻔했다. 그날 이후, 세주는 운전을 거의 하지 않는다. 어디 그뿐이랴, 결혼 전, 비발디의 사계, 운명, 등 음악을 좋아했던 그녀가 지금은 음악과는 담을 쌓고 지냈다. 음악은 가요든 클래식이든 무엇이 되었든 듣지 않았다. 듣지 않은 것이 아니라, 들을 수가 없었다. 결혼 전 아름다운 음성으로 노래했던 그녀의 미성조차 문이 닫혔다.

저녁식사를 할 때는 파란이 마타하리라는 칵테일을 만들어주었다.

"요염하고 정열적인 모습이 날 닮았네요."

칵테일을 바라보며 파란이 한마디 했다.

"이제 보니 그러네요. 크크크."

정화 씨가 거들었다.

"우리 모두 건강하고 즐거운 여행을 합시다."

세주의 건배사에 다시 한 번 잔을 모았다.

파란이 세주와 정화 씨의 잔에 위스키를 적당히 채운 다음 얼음을 두세 알 넣어 주었다. 정화 씨는 찔끔찔끔 술을 마셨다. 제일 먼저 떠날 처지여서 그런지, 술이 당기지 않는 모양이었다.

"그동안 고마웠어요. 친구처럼 의지하며 지냈는데, 혼자서 먼저 떠나게 되니까 겁이 나네요. 함께 지내는 동안 남편 생각을 많이 잊고 지냈어요. 그이가 암으로 세상을 떠났을 때, 어떻게 살아야 할지 막막하고 두려웠는데…… 살아지더라구요. 밥도 먹고 똥도 싸면서."

세주는 사투리를 쓰지 않는 정화 씨의 차분한 음성에 귀를 기울였다.

"우리 부부는 세계 일주 여행을 하자고 약속을 했거든요. 우리는 그날을 위해 영어 공부도 꾸준히 하고, 육 년 전부턴 적금까지 부었어요. 병으로 누워 있는 남편에게 제가 말했어요. 빨리 일어나 세계 일주 하자고, 그때마다 남편은 고갤 끄덕여 놓고, 혼자 떠났어요. 그이가 가고 난 뒤, 남편 친구가 찾아와서 여행계약서를 내주며 얘기하더군요. 세상을 떠나기 한 달 전쯤에 남편이 적금 통장을 내주며 적금을 해약해서 여행 계약을 하라고 했대요……"

정화 씨는 한숨을 쉰뒤 남은 술을 털어 넣었다.

"남편이 그러더군요. 혼자 살기 힘드니까, 어딜 가든지 남편 있는 사람처럼 처신하라고요. 그래야 멸시 당하지 않고 산다고요. 그동안 제가 남편 있는 사람처럼 행동했던 거 용서하세요."

"아니에요. 저는 남편분이 안 계신 줄 알고 있었어요. 안 그랬어요?"

파란은 대수롭지 않는 표정으로 세주를 바라보며 동의를 구했다. 세주 씨가 고개를 끄덕였다. 정화 씨는 그제야 편안한 얼굴이 되었다.

"남편 편지에 사십구 제가 끝나면 바로 여행을 떠나라고 적었더군요. 내가 보면 그도 보는 거라고. 나를 따라서 그도 세계 일주 여행을 하겠다고. 그렇게 되면 그는 나와 함께 자신의 소망을 이루는 것이라고."

정화 씨가 훌쩍거리며 고개를 돌렸다.

"그이를 가슴에 묻어봐도, 그이를 극락에 올려두고 생각해봐도, 어느 곳도, 그이의 거처로는 마땅한 곳이 없었어요. 그이는 아직도 갈 곳 없이 떠돌고 있는 것만 같아요."

정화 씨가 목이 타는지 물 잔을 끌어 당겼다. 그녀는 물을 다 마신 뒤에도 얼마동안 감정이 복받치는지 아무 소리도 내지 못하고 어깨 숨을 쉬었다.

"사십구 제때 스님께서 이제는 남편을 보냈으니 여행을 떠나라고 하시더군요. 그리고 인도에 가게 되면 갠지스 강인가 하는 곳에 들러 오라고 하셨어요…… 남편은 아이들을 저에게 맡기고, 저를 버렸어요. 그 사람이 먼저 저를 버렸으니까 저도 그 사람 버려야지요. 그이를 버리려고 가요. 제가 살려고요."

세주 씨가 자리에서 일어나더니 정화 씨의 가냘픈 어깨를 안았다. 정화 씨가 마침내 소리를 내어 끼룩끼룩 울었다. 세주는 말없이 정화 씨의 등을 다독였다. 파란도 다가가 아주머니들을 안았다.

혼자서 여행하는 사람들은 상처가 너무 깊어서, 견디기 어려워서 떠난 것은 아닐까, 하고 파란은 생각했다.

정화 씨가 인도로 떠난 후, 파란은 마트에서 아르바이트를 시작했고, 세주는 혼자서 바닷가를 산책하거나 명상 요가를 시작했다.

예전에도 여자 문제로 도저히 함께 살 수 없겠단 생각을 했을 때도 진태는 한번만 용서해 달라고 빌었다. 매번 입버릇처럼 빌고 다시 여자를 탐하는 그를 보면서 세주는 병이 아닐까? 생각했다. 생각다 못해 심리 상담교수를 함께 찾아가 상담을 받아보기로 했다.

상담 교수는 세주와 진태에게 여러 가지 얘기를 듣고 물었다. 얘기를 듣고 난 상담교수가 진태에게 몇 가지 얘기를 물었다.

"지금은 폭력을 쓰지 않는다고 했는데, 언제부터 폭력을 쓰지 않았습니까?"

"폭력으로 아내가 머리를 다친 뒤로 다시는 폭력을 쓰지 않겠다고 결심을 했습니다."

당시 세주는 그 말을 흘러들었다. 폭력은 수없이 많았기 때문에 당장 해결해야 할 문제부터 상담해야 한다고 생각했다.

이십 년이 지난 뒤, 아니 여행을 시작하고 나서 불현듯 떠오른 기억,

어느 날, 잠에서 깨어나니 병실이었다. 작은 병실은 허름하고 후줄근해 보였다. 그녀가 환자복을 입고 침대

에 누워있었다.

의사가 병실로 들어와 몇 가지 물었다. 그녀는 대답을 하려고 했지만 말소리가 밖으로 나오지 않았다. 마치 꿈에서처럼. 그녀가 말을 하고 있는데도 소리가 밖으로 나오지 않았다. 이상한 일이었다.

"소리가 안 나와요."

세주는 소리가 나오지 않아 입모양을 크게 해서 반복했다. 답답해진 세주가 종이와 펜을 찾으려 하자, 의사는 괜찮다며 손으로 제지했다. 그는 뭔가 깊은 생각에 잠겨 있는 표정으로 머리를 끄덕끄덕 하더니 밖으로 나갔다.

출근을 해야 하는데, 소리가 나오지 않으니 아이들을 어떻게 가르치지? 또 결근하게되면…… 상사로부터 지탄받을것이라고 생각하니 불안하고 답답했다.

퇴근 시간이 지난 후 남편이 얼굴을 내밀었다. 그는 별다른 말없이 잠시 지켜보다가 늦은 밤 집으로 돌아가곤 했다. 세주는 참 다행이라고 생각했다. 입원해 있으니 남편의 폭행도 없고, 고문을 당하듯 날밤을 세우는 일도, 시어머니의 싸늘한 눈길과 마주칠 일이 없고 보니 해방감마저 느꼈다.

한번은 눈을 떠보니 시어머니가 말없이 보호자 자리에 앉아 있었다. 세주는 시어머니를 보자 사지가 떨렸다. 혼자 있고 싶었다. 그러나 말이 되어 나오지 않았다. 다행이었다. 무슨 말을 꺼냈다가 또, 무슨 봉변을 당할지 몰라 눈을 감았다.

며칠만인지 소리가 터졌다. 그동안 말소리가 나오지 않았는데, 소리가 밖으로 나왔다.

다음 날 퇴원했다. 퇴원하던 날 의사는 말했다.

"당분간 기억력이 좋지 않을 수 있으니 조심 하십시오."

라고 말했다. 그러나 세주는 개의치 않았다. 퇴원하는 길에 뒤를 돌아보니 신경과 의원이었다.

다음날 그녀는 출근했다.

한동안 밀린 수업과 업무를 처리하느라 근무 시간이 부족했다. 일을 집으로 가져와서 학습지도안을 썼을 정도였다. 퇴근 후 집에 돌아오면 밤이었고, 두 아이들을 돌보다 다음날 아침이면 출근…… 다른 일을 생각할 겨를이 없었다.

퇴원 후, 한동안 기억력 부족과 언어장해를 심하게 겪어야 했다. 심부름을 다녀오라고 말해야 할 것을, 심부름을 했다고(?), 한다든지, 추어탕을 추심탕이라고 한다든지, 말도 아닌 말을 쏟아낼 때가 있는가 하면, 발음이나 문장을 제대로 말하지 못할 때도 있었다. 엄마는 말을 왜 반대로 해? 말이 왜 엉터리야? 말이 빗가갈 때면 집에서 아이들이 울 엄만 벌써 할머니가 됐어, 라고 놀리며 웃었다. 진태는 엄마가 다른 생각이 많아서 그래, 이때만은 뜻밖에도 관대했다. 진태가 세주에게 가장 너그러울 때가 이때였다. 직장에서 아이들을 위해 책을 읽어야 할 때, 질문을 할 때 등 말이 빗나갈 때, 세주는 깜짝깜짝 놀랐다. 말은 그렇다 치고 약속이나 회의도 잊고 지내거나 물건을 흘리고 다니거나, 한동안 고민이 될 정도로 심각했다.

퇴원할 당시에는 의사가 했던 말조차 잊고 지냈다.

세주는 여행하는 동안 자신이 머리를 다쳤다는 사실을 선명하게 기억해냈다.

K시에서도 골목길에 있었던 작은 K신경과 의원, 왜 입원해 있었는지, 며칠 만에 깨어났는지도 모른 채 치료

를 받고 퇴원했다. 당시는 혼자서 무얼 생각한다는 것 자체를 할 수 없는 형편이었을 것이다. 단지, 의사의 묻는 말에 대답을 해야 하는데, 소리가 나오지 않아 답답했던 기억만 가능했던 것 같다.

정상인이라면, 자신이 왜 병원에 입원해 있는지, 말소리는 왜 안 나오는지, 남편에게 물었어야 했다. 당시 그녀는 그런 생각조차 할 수 없는 기억 상실(?) 상태였을 것이다. 현재의 일만 생각할 수 있는, 기억력도 판단력도 없는 단순한 지능밖에 없었을 것이다. 지금도 며칠 만에 깨어났는지, 며칠 만에 소리가 터져 나왔는지, 며칠 동안 입원해 있었는지는, 정확히 기억하지 못한다.

그 일이 진태의 폭력이었다는 것을 이십 년이 지난 뒤에야, 여행을 하면서 알게 되었다. 밀어서 벽에 부딪혔던 기억…… 그 일로 인해 이십 년이 넘는 세월동안, 아니 지금까지도 기억력이 부족하다는 것과 말이 빗나간다는 사실, 그 해의 모든 일이 선명하게 떠올랐다.

그날의 기억을 되돌리고 보니……

건강했던 한 여자가 어느 날, 평생 장애인으로 살 수

도(경증인지 중증인지 모르겠지만, 그동안 그녀 자신이 기억력 부족으로, 아무것도 모른 채 직장인으로 아이들을 양육하고 남편 뜻에 따라 살아오지 않았던가), 죽을 수도 있었겠구나, 생각이 들었다.

　중고등학교 때였을까? 세주는 친정어머니를 미워했던 적이 있었다. 어머니가 가출하지 않고 좀 더 참아주었더라면, 아버지가 술을 끊을 수도 있지 않았을까, 하고 생각했다.

　세주는 자신이 결혼하게 되면 절대로 아이들을 혼자서는 키우지 않겠다고 생각했다. 반쪽만의 사랑으로 키우지 않으리라고. 이혼을 하는 것보다는 차라리 죽으리라고. 왜 그토록 집요했을까? 어린 날의 잠재의식이 그토록 깊은 뿌리가 되어 있을 줄은 몰랐다.

　요즘은 문득문득, 그녀의 삶이 불행했던 친정어머니의 삶과 닮았단 생각이 들었다. 어머니의 삶을 살아서는 안 된다고 생각했다. 친정어머니의 삶을 되풀이하지 않기 위해서는 사랑과 희망을 포기해서는 안 된다고 생각했다. 세주는 진태의 사랑을 얻기 위해 진태가 원하는 삶을 살아야만 했다.

숙소인 공관에 가기 전까지만 해도 세주는 진태를 사랑하는 마음을 버리지 않았다. 이혼 요구를 받았던 그해에도 세주는 그를 용서했다. 아이들을 위해서 가정은 반드시 지켜야 한다고 생각했다. 그 생각이 얼마나 어리석은 일이었는지……

지금 돌이켜 생각해 보니, 친정어머니의 결정은 현명했다.

아이들이 걱정되어 동생 세영에게 전화를 걸었다.

"언니, 현실을 직시해. 바꿀 수 있는 것과, 바꿀 수 없는 것이 있어. 바꿀 수 없는 것을 바꿀 수 있다는 착각은 버려. 습관은 죽을 때까지 고쳐지지 않아 ……피한다고 시간이 해결해 주진 않아."

세영은 결단을 요구했다. 세영은 언니 세주가 예전처럼 흐지부지 다시 원점으로 돌아갈까 봐 두려워하고 있었다.

"세영아, 걱정 하지 마. 끝났어. 그때 당장 해결할 수도 있었지만, 아이들이 내 생명이고 가족인 것처럼, 그도 내 남편이 아니라 가족이었어. 가족은 버릴 수 없는 거잖아. 그래서 멈췄어…… 오늘은 너에게 맡겼던 서류, 변호사에게 전해 줘. 마음이 정리되면 연락하기로 했거든. 그가 다 알아서 처리해 줄 거야.”

세주는 전화를 끊고 파란을 마중 나갔다.

“파란 씨, 수고 했어. 고단해 보인다.”

“괜찮아요. 몇 달씩도 버틸 수 있어요. 더한 일도 견뎠는데요.”

파란이 웃으며 말했다.

“더한 일도? 여자는 엄마가 되는 일이 가장 힘든 일인데?”

“오, 그런가요?”

파란은 눈을 크게 뜨며 호─ㅅ 웃는다.

보통 열흘이면 끝났을 생리가 이십여 일이 지나도록 깨끗하게 끝나지 않았다. 파란은 두 차례 임신 중절수술을 받았던 터라 병원으로 달려갔다. 의사는 난소암이라고 했다. 그 순간, 자신도 모르는 새 눈물이 후드득 떨어졌다. 그리곤 수도꼭지를 틀어놓은 것처럼 걷잡을 수 없이 눈물이 쏟아졌다. 난소암 초기로 난소 하나를 절제

해야 한다고 했다.

파란은 집으로 돌아오는 길에 부동산에 들러 오피스텔을 내놓고 간단히 짐을 정리했다. 다음날, 정상 출근한 파란은 인계할 서류를 정리한 다음 사표를 냈다. 오피스텔로 가는 길에 핸드폰을 해지하고 새 핸드폰을 만들었다. 집으로 돌아와 가방을 들고 오피스텔을 나왔다. 그 일을 하는데 이십사 시간이 채 걸리지 않았다.

파란은 그날로 모든 것이 정지되는 것 같았다. 그녀의 존재가 세상에서 사라지는 것 같았다. 고향에서 잠시 부모님을 뵙고, 생각지도 않았던 낯선 도시에서 수술을 받았다. 죗값을 받나? 생각했을 정도로 외롭고 두려웠다. 수술을 받고 치료하는 과정을 생각하면, 두 발에 쇠사슬을 묶고 얼굴에 자루를 쓰고 네 발로 동굴을 기어가는 기분이었다.

아무도 모르게 고국을 떠날 수 있어서 그나마 다행이었다.

"오늘은 우리 맛있는 거 해먹자."

세주 씨가 파란의 한쪽 어깨를 다정하게 붙잡았다.

*

    세주는 귀국을 하기 위해 비행기에 올랐다. 마음이 착잡해지는 것 같기도 하고, 홀가분해진 것 같기도 했다. 파란을 홀로 두고 먼저 떠나려니 그녀의 모습이 애잔해 보였다.

    "귀국해도 직장도, 애인도, 기다리는 사람도 없어요. 저도 정화 아줌마처럼 버릴 것을 온전히 버리지 못해 이곳을 떠나지 못하는지도 몰라요. 완전하게 버릴 수 있게 되면 귀국 할 거에요. 그때가 언제가 될지 모르지만."

    파란은 공항에서 세주를 힘껏 안아주며 귓속말로 힘내세요, 라고 말했다.

    정화 씨는 건강하게 여행하고 있을까? 남편을 잃고, 여름, 가을이 지나도록 문밖 출입조차 못했다고 했다. 겨울이 되자 비로소 미뤄 왔던 여행을 떠나 왔다고……

    정화 씨가 떠나던 날 아침, 그녀는 다른 날과 달리 편안한 얼굴이었다. 공항에서 정화 씨는 하릴없이 운동화 끈을 풀었다 다시 묶었다.

    정화 씨는 지금도 어디선가 운동화 끈을 단단히 졸라

매고 있을 것이다.

창밖을 내다보니 바다 물빛이 투명하게 내려다보인다. 세주는 나이가 들면 들수록, 살아온 시간만큼 세상을 아는 만큼, 선택을 두려워하는 겁쟁이가 되는지 모르겠단 생각이 들었다.

세주는 여행하는 동안 남편이 원했던 건 출세와 욕정뿐이었음을 비로소 깨달았다. 그동안, 이 평범한 사실 하나를 알아내기 위해 길고 긴 강을 건너온 것 같았다.

창밖에는 두 개의 색깔이 빛나고 있다. 비행기 위쪽은 맑고 푸른 하늘이, 아래는 흰 솜이불을 펼쳐 놓은 듯한 흰 구름이 지구를 덮고 있다. 흰 구름을 걷어내면 지구는 어떤 모습일까? 그리고 한국은? 눈, 비, 흐림, 맑음 중 어느 쪽일까?

갑자기 가슴이 답답해진다. 여행 중 나았다고 생각했는데 고통이 서서히 가슴을 압박했다.

'나는 왜 남편으로부터 버림받았다고 생각했을까? 버림을 받은 것이 아니고, 내가 그를 버린다는 생각은 왜 못해 봤을까? 버린다고 생각하면 좀 더 쉬웠을지도 모르는데……'

"부기장입니다. 일 분 후, 날짜 변경선을 지납니다. 오늘은 이 월 오 일 금요일, 현지 시간은, 오전 아홉 시 사십 분입니다."

그녀가 가지고 있는 시계는 사 일 오후 두 시 사십 분이었다. 갑자기 오 일 오전 아홉 시 사십 분이란다. 옆자리의 아저씨가 시계를 벗어들고 시각을 맞춘다. 주위에 있던 몇몇 사람들이 모두 시계를 벗어 들고 시침과 분침을 맞추기 시작했다. 날짜 변경선을 넘으면서 순식간에 무려 열아홉 시간을 건너뛰었다.

지금은 오 일…… 갑자기 다른 날짜와 다른 시간대를 지나고 있다. 열아홉 시간은 어디로 갔을까?

이건 너무 황당하다. 어제와 오늘, 그 사이에는 열아홉 시간이 분명 존재하고 있었다. 열아홉 시간이 한 순간에 미궁 속으로 사라져 버렸다. 주위에 있는 어떤 사람도 건너 뛴 시간은 인정할 수 없다고 말하지 않는다. 누구도 이 원칙을 불평하지 않는다. 불과 일 초도 되지 않는 사이에 어제와 오늘로, 과거와 현재로 바뀌어 버렸다. 마법 같은 시간 속에 놓여 있다. 한순간에 현재의 시간이 과거로, 어제로, 감쪽같이 사라졌다. 오늘이 도도하게 흐르고 있다. 티끌처럼 날아가 버린 열아홉 시간…… 이혼의 아픔도, 날짜 변경선을 넘듯이 감쪽같이 사라질 것이다. 사라진 열아홉 시간처럼.

얽혀 있던 관계를 잘라 내는 것, 그 일도 시계를 맞추듯이…… 지금, 전혀 다른 시간대를 살고 있는 것처럼, 다른 삶을 살 수도 있을 것이다.

결혼이 둘이서 통과하는 문이라면, 이혼은 혼자서 통과해야 하는 문일까?

오로지 진태를 붙들기 위해, 그 길만이 한 가정의 행복을 지키는 길이라고 굳게 믿었던 믿음이 얼마나 어리석은 일이었는지, 떠나버린 세월을 생각하니 헛헛하다. 나약하게 살아온 이십 년의 세월이 견딜 수 없이 허망하다. 그러나, 오십이 되었을 때도, 육십이 되어서도 이혼을 생각하고 있어서는 안 된다. 남은 시간은 아이들을 위해, 그리고 자신을 위하여 소중한 시간을 사용할 차례다.

세주에게 있어 이혼은 혁명과 같은 일이었다. 그러나, 이 일이 혁명과 같을지라도, 어리석음을 되풀이해선 안 된다. 이제는, 혁명을 감행해야 할 시간이다, 세주는 가만히 자신의 어깨를 두 손으로 쓸어내렸다. 괜찮아, 사랑한다.

*

파란이 하와이 비행장에 도착하자 무더운 바람이 후
끈 불어왔다. 비행기에서 내린 사람들은 대부분 가을 겨
울 옷차림을 하고 있었고, 공항에서 만난 사람들은 모두
여름 옷 차림이었다. 갑자기 동화 속으로 들어온 듯 여
름나라로 들어왔다.

공항 밖으로 나가자 따뜻한 공기 속에서 익은 과일 향
기가 물씬 났다. 파란은 뭔가 큰일을 저지른 사람처럼
가슴이 뛰었다. 이곳에 온 것이 후회가 되기도 하고 다
른 한편으로는 그를 만날 생각으로 기쁘기도 했다. 불쑥
그를 만나서는 안 된다는 생각과 보고 싶다는 생각 사이
에서 갈피를 잡을 수가 없었다.

파란은 예약했던 숙소로 향했다.

하와이에서 가장 눈에 띄는 모습은 남자들의 의상이
었다. 남자들은 반바지에 꽃무늬가 크고 화려한 알로하
남방셔츠를 입고 있었고, 여자는 화려한 꽃무늬가 그려
진 프릴 원피스를 입고 있었다. 무무 원피스라고 했다.
상점마다 알로하 남방과 무무 원피스가 걸려 있었고, 그

옷에는 세일된 가격표가 누구나 볼 수 있도록 큼직하게 적혀 있었다.

파란은 숙소에 짐을 벗어 두고 시내 관광을 시작했다. 설레는 마음을 지그시 누르며 가슴의 떨림과는 전혀 다른 무관한 얼굴로 차분히 바람 산을 관광하고 이올라니 궁전을 돌아보았다.

거리 곳곳에는 이름 모를 열대 꽃과 코코넛 나무들이 바람을 따라 이리저리 나부끼고 있었다. 짙은 녹색 잎과 이름을 알 수 없는 붉은 꽃들이 강렬하게 눈을 찔렀다.

다음 날, 파란은 무료 가판대에서 한국어판 관광 징보를 들고 섬 일주 버스에 올랐다. 아침, 자리에서 일어났을 때 어서 빨리 세훈을 만나고 싶은 생각으로 가득했다. 그러나, 그를 만나는 것이 영원히 그를 잃게 될지도 모른단 불안감이 스쳐 지났다.

버스를 타고 섬을 한 바퀴 돌아 도시로 돌아왔다. 거리에는 하나둘 불이 들어오기 시작했다. ABC스토어에서 빵과 우유로 요기를 한 다음 거리로 나왔다.

와이키키 해변 도로에는 노점상들이 즐비했다. 관광

객들을 상대로 산호로 만든 목걸이나 팔찌 등 값싼 물건을 가득 진열하고 있었다. 관광객이 일본인인 것 같으면, 일어로, 한국인 같으면 한국어로 말을 걸었다. 파란은 노점상을 한 바퀴 도는 동안 그곳에서 노점상을 하는 한국인들을 많이 만났다. 혹시 그도 이런 일을 하며 살고 있는 것은 아닐까? 갑자기 떠난 그와 혜림이 돈도 없이 무얼 하며 사는지, 궁금했다.

세훈을 마지막 만난 것은 그가 이민을 떠나기 며칠 전이었다. 광고회사의 디자인 업무는 일의 끝이 없었다. 늦은 밤 집으로 돌아오는 길이었다. 오피스텔 입구로 들어서는 순간, 누군가 파란 앞으로 불쑥 튀어나와 앞을 가로막았다. 세훈을 본 순간, 놀랍게도 노여움 대신 가슴이 울렁거렸다. 대학 동문인 혜림과 결혼한 이후 처음 만난 자리였다.

"이제야 오는구나."

세훈은 풀죽은 목소리로 말하며 고개를 떨궜다. 술냄새가 확 끼쳤다. 파란은 냉정하게 세훈을 쫓아 버리고 싶은 마음도 있었지만, 축 늘어져 있는 세훈을 대하자 원망도 미움도 사라지고 말았다. 그동안 지치도록 원망하고 미워하며 지낸 세월 때문인지 파란은 어느 정도 안정이 된 상태였다. 어색해 하는 세훈을 파란은 오히려 차분히 바라보았다.

"무슨 일이야? 이렇게 늦게."

"할 얘기가 있어서 왔는데 너무 늦었구나."

세훈은 말은 하면서도 돌아갈 뜻이 없어 보였다. 파란은 잠시 마주 서 있다 세훈을 도로 앞 포장마차로 데려갔다.

"소주 하고 안주 좀 주세요."

파란은 자칫 대화가 무거워질까 두려워,

"혹, 얘 아빠 됐니? 혜림은 잘 있지?"

세훈의 대답도 듣지 않고 계속해서 물었다. 세훈이 혜림의 여자라는 것을 잊지 않도록 상기시키며 말했다.

"오늘 지리산에서 내려오는 길이야. 지리산에 한 번이라도 가 봤니?"

"지리산은 왜?"

파란은 넉살좋게 받아넘겼다. 세훈은 들고 있던 소주를 입 안에 털어 넣고 나서 빈 잔을 소리 나게 내려놓았다. 그는 얼마동안 침묵을 지켰다. 사 학년 마지막 여름

방학 때 동아리 친구들과 함께 지리산을 종주했다. 세훈의 손에 이끌려 질질 끌려가야 했던 고된 산행 길, 다리가 휘청거리도록 걷고 또 걸었던 등산길, 산장 안에서 자고 있던 파란을 느닷없이 밖으로 불러내어 퍼붓던 키스, 밤이 되면 몇 번이고 안아 보고 나서야 그녀를 놓아주었다. 세훈은 용암을 품고 있는, 살아 있는 화산처럼 언제든 분출할 것 같은 위태로운 표정을 짓고 있었다.

산행 마지막 밤이 되자, 세훈은 그녀를 놓아주지 않았다. 그녀도 세훈의 품으로 깊이깊이 파고들었다. 뜨거웠던 일치감 속에서 아침을 맞았던 기억……

세훈이 잔을 부딪친 다음 성급하게 소주를 털어 넣었다.

"나, 며칠 있음 이민 가."

그가 불쑥, 말줄임표로 마감하고, 한순간에 본론을 전개해 버렸다. 그의 의식 속에는 본론만 남아 있는 것 같았다. 파란은 갑자기 자신의 내부에서 또 한 번 끈이 끊기는 듯한 느낌이 들었다. 아직도 그런 끈이 세훈과 자신 사이에 존재하고 있었던가.

"정말?"

세훈은 길게 두어 번 고갤 끄덕였다. 앞뒤를 잘라 낸 말들은 고개를 끄덕거림으로 마감되었다. 그의 시선은 앞의 포장을 뚫고 멀리 떠나 버린 뒤였다. 갑자기 침묵이 가로놓였다.

　세훈은 침묵 속에서 잠시 후 돌아올 사람처럼 포장마차를 나간 뒤 돌아오지 않았다. 그날 밤이 그와 마지막이었다. 파란은 문득, 고통을 받았던 사람은 자신이 아니라 세훈이었던 것처럼 생각되었다. 그 생각은 파란의 뇌리에서 지워지지 않았다. 파란은 세훈과 부채 관계라도 있는 사람처럼 그를 꼭 만나야 할 것 같았다.

　파란은 여행을 하는 동안 거의 켜지 않던 핸드폰을 켰다. 모교 강당에서 있었던 열린 음악회에 갔다가 우연이 세훈의 절친 상구를 만났다. 그 자리에게 얻어냈던 세훈의 전화번호, 여기까지 와서 돌아설 수는 없지. 파란은 다시금 중얼거렸다. 그가 반가워하는 목소리가 아니면 어떻게 하지? 온갖 상상 속에서 씨름하다 번호를 눌렀다. 몇 차례 신호음이 울린 다음 여자 목소리가 들렸다. 헬로우? 영어발음이라 그런지 혜림이의 목소리가 무척 낯설었다. 파란은 자신도 모르게 핸드폰을 닫았다.

외로움이 무섭게 전신을 흔들었다. 파란은 핸드폰을 움켜쥔 채 서 있었다.

*

　바람이 솜털처럼 부드럽고 삽상하다. 그 바람 속에 파란을 부르는 다급한 목소리가 섞여 있는 것 같다. 파란은 비행기에 오르며 뒤를 돌아보았다.

　바퀴 구르는 소리가 나기 시작했다. 파란의 눈가에 뜨거운 기운이 몰렸다. 세훈을 만나지 않은 일은 잘한 일이었다고, 생각했다. 둘만의 추억은 영원히 훼손되지 않게, 순결한 모습 그대로 간직해야 한다고 생각했다.

　눈을 뜨니, 앞에 있는 대형 스크린에 세계지도와 함께 도착지와 거리, 시간이 나타났다. 광고가 끝난 후 외국 코미디 영화가 시작되었다. 숙취 약을 먹었음에도 비어 있는 위장이 울렁거렸다. 파란은 비니를 벗고 한 손으로 머리를 쓸어내렸다. 어느새 짧은 머리카락이 만져졌다.

　귀국하면, 이탈리아의 섬 마을에서 한 할머니에게 배

웠던 고소한 피자, 스페인의 빠에야, 또르띠아, 독일 맥주, 치즈 등 지금까지 배운 것을 토대로 길거리 장사나, 작은 구멍가게라도 낼 생각을 하니, 울적했던 마음이 밝아졌다. 작은 삶을 펼칠 밑그림이 배낭 가득 실려 있었다.

파란은 커튼을 올렸다. 푸른 하늘이 아득히 펼쳐졌다. 그 하늘로부터 맑은 기운이 서서히 가슴으로 스며들었다.

불현듯, 루카치*의 말이 홀연히 떠올랐다.

'여행이 끝나자, 길은 시작되었다.'

---

* 게오르크 루카치(Georg Lukacs, 1885~1971): 헝가리 태생, 철학자, 미학자, 『소설이론』, 『미학의 논평』, 『이성의 파괴』, 『역사와 계급의식』 등

작가의 말

*

내 소설 속 인물들은 눈물이 차오르도록 외롭고 힘들어보였다. 그들의 얘기를 쓰는 동안 나는 그들과 함께 아파하고 울었다. 그래서 가능한 어두운 얘기들은 쓰지 않으려고 한다. 모든 에너지를 소진한 다음에야 글이 끝나기 때문이다. 그럼에도 다시 글을 쓴다. 힘들어하는 이웃들이 많기 때문일 것이다. 나는 내 소설의 인물들이 반짝반짝 빛날 날을 희망한다.

또, 이 글이 외롭고 상처받은 이들을 만나 위로가 되었음 좋겠다.

지난여름은 백십일 년만의 사상 초유의 폭염이라고 했다. 나와 폭염과의 싸움은 견딜 수 있었는데, 나와 폭염 사이에 어린 나무들이 있었다. 종일 물을 주었음에도 나무가 말라 죽었다. 감당할 수 없는 폭염이었다. 폭염이 끝나갈 무렵에야 이파리가 화상을 입어 죽었다는 것을 알았다.

　마당 한쪽에 묘목을 심고 어린아이들을 돌보듯이 키웠던 터라 죽어가는 모습을 하루하루 바라보는 일은 너무나 안타까웠다. 그 중에는 내 키를 훌쩍 넘게 자란 나무들도 몇 그루 있었다. 봄에 좁쌀만 한 새싹들이 자라서 무성한 이파리를 달았다. 그동안 하루에도 몇 번씩 나무 사이를 걸으며 어린 나무들과 눈 맞춤을 하며 지냈다. 나는 나무와 교감하는 시간이 무엇보다 즐겁다. 내가 나무를 좋아하는 이유는 누구에게나 베풀 줄 아는 넉넉함과, 하늘을 마주보아도 언제나 당당한 모습에 있을 것이다.

　소설을 출판사에 넘기던 날 오후, 나는 MRI 통 속에 들어가 삼십 분 동안 진땀을 흘렸다.

그동안 오래 책상 앞에 앉아 있었던 일이 무리가 되었던지 허리가 몹시 아팠다. 글을 마무리 할 때마다 이 힘든 소설은 그만 쓰자, 하고 생각했다.

　그러나, 마침표를 찍으며 나는 또다시 책상 앞에 앉을 것이라는 것을 안다.

　오늘 밤은 숙제를 끝낸 아이처럼 몸과 마음이 가볍다. 삽상한 가을바람이 싱그럽게 스쳐 지난다.

　글을 쓰는 동안 언제나 넘치는 사랑으로 응원을 아끼지 않았던 가족들과 언니, 기도로 함께 해주신 세 분 수녀님(정 까리다스, 여 루갈다, 노 피델리스), 친구들, 과분한 사랑에 깊이 감사드린다.

2018. 가을.

김다경

아무도, 아무도 없이

김다경 지음

발 행 처 · 도서출판 **청어**
발 행 인 · 이영철
영   업 · 이동호
홍   보 · 천성래
기   획 · 이용희
편   집 · 방세화
디 자 인 · 이해니 | 이수빈
제작부장 · 공병한
인   쇄 · 두리터

등   록 · 1999년 5월 3일
(제321-3210000251001999000063호)

1판 1쇄 인쇄 · 2018년 11월 10일
1판 1쇄 발행 · 2018년 11월 20일

주소 · 서울특별시 서초구 효령로55길 45-8
대표전화 · 02-586-0477
팩시밀리 · 02-586-0478

홈페이지 · www.chungeobook.com
e-mail · ppi20@hanmail.net
ISBN · 979-11-5860-590-2(03810)

이 도서의 국립중앙도서관 출판시도서목록(CIP)은 서지정보유통지원시스템 홈페이지
(http://seoji.nl.go.kr)와 국가자료공동목록시스템(http://www.nl.go.kr/kolisnet)에서 이용
하실 수 있습니다.(CIP제어번호: CIP2018034415)

이 책은 문화체육관광부, 전라남도, (재)전라남도 문화관광재단의 후원을 받아 발간
되었습니다.